ラーシュ・ケプレル/著
染田屋 茂/下倉亮一/訳

つけ狙う者(上)
Stalker

JN105355

扶桑社ミステリー
1563

つけ狙う者（上）

登場人物

エリック・マリア・バルク ——— 精神科医
ネリー・ブラント ——— エリックの同僚
ネストル ——— エリックの元患者
ジャッキー・フェデレル ——— ピアノ教師
マデレーン ——— ジャッキーの娘
マリア・カールソン ——— 殺人事件の被害者
スサンナ・ケルン ——— 同上
サンドラ・ルンドグレン ——— 同上
ビヨーン・ケルン ——— スサンナの夫
ロッキー・キルクルンド ——— 殺人事件で有罪になった元牧師
レベッカ・ハンソン ——— サレムでの殺人事件の被害者
フィリップ・クローンステッド ——— 乱交パーティの主催者
マルゴット・シルヴェルマン ——— 国家警察の警部補
アダム・ヨーセフ ——— 国家警察の刑事
カトリーナ ——— アダムの妻
ニルス・オレン（ノーレン） ——— 法医学者
サーガ・バウエル ——— 公安警察の警部
ヨーナ・リンナ ——— 国家警察の元警部

　最初の死体が発見されるまで、誰もそのビデオのことは真剣に考えていなかった。YouTubeへのリンクが、国家警察犯罪捜査局の公開メールアドレスに送られてきていた。送り主をたどるのは不可能だった。警察の事務官はリンクをクリックしてビデオを見たが、意味不明のいたずらと決め込んで記録箱に放り込んだ。

　二日後、ストックホルムの国家警察本部八階にある小部屋に、問題のビデオを観《み》るために三人の刑事が集合した。最年長の刑事がぎしぎしときしむ椅子に腰かけ、あとのふたりは立ったままビデオを観た。

　それはわずか五十二秒の短いビデオクリップだった。

　寝室の窓越しに手持ちカメラで撮った映像はぶれていたが、黒いタイツをはこうとしている三十代の女性が映っていた。

　ばつが悪そうに押し黙ったまま、三人の刑事は女性の姿を眺めた。

　タイツがしっくり収まるように、女性は見えない障害をまたぐみたいにぐいと足を伸ばしてから、スクワットのように何度か腰を上下させた。

　月曜日の朝、この女性はストックホルムの郊外、リーディンゲ島に建つテラスハウスのキッチンで、グロテスクに口をぽっかり開け、床に横たわっているところを発見された。血が窓や植木鉢の白い蘭《らん》の花に飛び散っていた。女性はタイツとブラジャーを着けただけの姿だった。

解剖が行われ、死因は複数の裂傷と刺傷からの出血多量と判定された。傷は異常な残虐さを見せつけるように、喉と顔に集中していた。

「ストーカー」という言葉は一七〇〇年代の初頭から使われ出した。当時は、漁師や密猟者の意味だった。

一九二一年、フランスの精神科医クレランボーが、ストーカーの最初の現代的分析として広く認められる恋愛妄想《エロトマニア》患者の研究を発表した。今日、ストーカーは強迫的な執着を持つ人、ないしは他人の行動を監視することに不健全な執着を持つ人のことをいう。

一生のあいだに何らかのかたちのストーキングを受けた人は、人口の一〇パーセント近くに達すると言われる。

ストーカーは被害者と付き合いがあるか、あるいはかつて付き合っていた人物である場合がほとんどである。ただし、見ず知らずの他人や世間で注目を浴びる人々への病的執着が動機となるケースも驚くほど多い。

介入が必要ないケースも少なからずあるが、ストーカーの異常なまでの執着はもともと危険をはらんでいるので、警察は真剣に対処している。高気圧と低気圧にはさまれて回転する雲が竜巻に変わるのに似て、ストーカーの崇拝と憎悪のあいだの感情の起伏が突然、極端な暴力に変化する可能性があるからだ。

一

八月二十二日金曜日午後八時四十五分、魔法のような入り日と真夏の明るい夜が過ぎ去ると、びっくりするほどの速さで闇があたりを包み込む。国家警察本部の周囲はすでに黄昏時になっていた。

マルゴット・シルヴェルマンはエレベーターを降りると、玄関ホールの防護扉へ向かった。胸にぴったり貼りついた白いブラウスのうえに黒いカーディガンをはおり、黒いパンツのハイウェストは突き出た腹に引っ張られてはちきれそうだった。

マルゴットはゆったりとした足どりで、ガラス壁にうがたれた回転ドアへと歩いていく。

木製のカウンターの後ろには警備員が座ってモニターを見ていた。この大きな建物の内外を、監視カメラが昼夜を問わず撮影している。

マルゴットの髪は白樺の色で、それを太く編んで背中に垂らしていた。潤んだ目に、血色のいい頰。いま三十六歳で、三人目の子どもを身ごもっている。

ようやく週末を迎えて、帰宅するところだった。毎日残業が続き、すでに働きすぎの警告を二度受けていた。

マルゴットは、連続殺人犯《シリアル・キラー》、大量殺人者、ストーカー捜査の新任スペシャリストで、マリア・カールソンの殺害がいまの部署に来て初めて担当した事件だった。目撃者も容疑者もいなかった。被害者は独身で、子どももいない。イケアで商品アドバイザーとして働き、父親が死に、母親が介護施設に入ったのちに、ローンを払い終わった両親所有のテラスハウスを相続した。

ほぼ毎日、同僚とともに仕事で外回りをしており、いつもシルクヴァーゲン通りで落ち合うことになっていた。その朝、マリアが姿を見せないので、同僚が車で彼女の家まで行き、ドアホンを鳴らし、窓を覗《のぞ》いてから、裏へ回って彼女を発見した。マリアは床に座り込んでいた。顔じゅうにナイフの切り傷があり、首はほとんど断ち切られて片側にだらりと垂れ、口は奇妙なかたちにぽっかり開いていた。

解剖の結果、口のかたちは死後に手を加えられたものであるのがわかった。もっとも、口が自然にそういう状態になることもないわけではない。死後硬直は通常、心臓と横隔膜から始まる。後頭部と顎の硬直は、死後二時間たったことを意味する。

金曜日の夜の広い玄関ホールにはわずかな人影しか見えなかった。ネイビーブルーのセーターを着たふたりの警官が立ち話をしており、疲れた顔の検事が法廷のひとつから出てきたところだった。

捜査の指揮をまかされたとき、マルゴットはあまりのめり込んでいるように見られないようにしようと思った。普段からむきになりすぎるきらいがある。

今度の事件がシリアル・キラーの仕業であるのは間違いないと言えば、きっと同僚は声をそろえて笑うだろう。

その週はずっと、マリア・カールソンがタイツをはく場面を写したビデオを二百回以上見て過ごした。すべての証拠が、マリアが殺されたのはビデオがYouTubeにアップされた直後であるのを示していた。

マルゴットはそのビデオに特別な何かが映っているとは思えなかった。タイツ・フェチはさほどめずらしくはないが、今度の殺人にはそうした性癖を匂わせるものはなかった。

ビデオは、平凡な女性の暮らしの短い一場面を切り取っただけのものだった。被害者は独身で、安定した職につき、夜はアニメ制作の講座に通っていた。

犯人がどうして被害者の家の庭に入ったのか、その理由を知る手がかりはなかった。まったくの偶然か、それとも入念に計画を立ててのことだったのか。それでも犯人は、殺人を犯す直前に彼女をビデオに収めている。

警察にリンクを送ったからには、何か見せたいものがあったにちがいない。特定の女性、ないしはこうしたタイプの女性を際立たせたかったのか。あるいは、女性はみんな、こんなものだと言いたかったのか。

だがマルゴットには、被害者の動きや姿に異常なところは見つけられなかった。ただ、タイツをきちんとはこうとしているだけではないか。

マルゴットは二度、犯行のあったブレダブリックス通りの家を訪れたが、大半の時間は血で汚される前の現場のビデオを見て過ごした。

警察の現場ビデオに比べれば、犯人の写したビデオはまるで愛情をこめて撮られたアート作品のようだった。鑑識チームが事細かに証拠を記録した現場ビデオは、無慈悲としかいいようがなかった。黒ずんだ血に囲まれ、両足を投げ出して床に座り込んだ被害者がさまざまな角度から撮影されていた。引きちぎられたブラジャーが片方の肩からぶら下がり、白い乳房の一方が腹のふくらみのうえに垂れている。顔と言えるものはほとんど残っておらず、赤く染まったどろどろのものに囲まれて、ぽっかり開いた口が見分けられるだけだった。

マルゴットはふと気づいたように、果物の入った鉢の脇に立ち止まると、電話中の警備員に目をやり、さりげなくそちらに背を向けた。ほんの数秒、ガラス壁に映った警備員の姿をうかがってから、鉢のリンゴを六個とってバッグに入れた。

六個も要らないのはわかっていたが、とらずにはいられなかった。持っていけば、ジェニーは喜んで今度のディナーに、バターとシナモンと砂糖をたっぷり入れたアップルパイを焼くはずだ。

そのとき携帯電話が鳴り出し、彼女の思いは断ち切られた。画面を見ると、捜査チームの一員であるアダム・ヨーセフの写真が映っていた。

「まだ署ですか?」と、アダムが尋ねた。「いてくれたらいいんだが。というのも、いま……」

「車でクラストランス通りを走っているところよ」と、マルゴットは嘘《うそ》をついた。

「何か用?」

「やつがまたビデオをアップロードしたんです」

マルゴットは胃をぎゅっとつかまれたような気がして、ふくらんだ腹に片手をあてた。「またビデオを」とおうむ返しに言う。

「戻ってきますか?」

「車を停《と》めてUターンするわ」と言って、マルゴットはいま来た通路を戻り始めた。

「ちゃんとコピーをとっておいてね」

捜査はアダムにまかせて、家に帰ることもできた。一本電話するだけで、一年間の有給育児休暇をとることも可能だ。マルゴットの運命は、どちらに転がるかわからない分岐点にあった。この事件がどんな結果をもたらすのかはわからないが、マルゴットはその引力を、邪悪な力を感じた。

エレベーターの照明を受けてきらきら輝く扉に映る自分の顔は老けて見えた。目のまわりの黒く太いマスカラはほとんど消えかけている。天を仰いだマルゴットは、自分が父親に似てきているのを認めざるをえなかった。元警察本部長の父親に。

エレベーターが八階に止まると、マルゴットは突き出た腹が許す限りの速度で人気《ひとけ》のないホールを進んだ。彼女とアダムは、警察主催のヨーナ・リンナ警部の追悼式が行われた週に、ヨーナのオフィスを引き継いだ。マルゴットはヨーナとは面識がなかったので、彼のオフィスを使うのに何のこだわりもなかった。

「ずいぶん速い車に乗ってるんですね」彼女が入っていくと、アダムがそう言って、鋭い歯をむき出してにやりとした。

「かなり速いのよ」と、マルゴットは応じた。

アダムは警察に入る前に、しばらくプロのサッカー選手をしていた。いま二十八歳で、若々しい丸顔に髪を長く伸ばしている。半袖シャツの裾をパンツの外に垂らしていた。彼はアッシリアで生まれ、セデテリエで育ち、スウェーデンのサッカーリーグ、ディヴィジョン1・ノースのチームでプレーしたことがある。

「ビデオがアップされてどれぐらいたつの？」

「三分」と、アダムは言った。「やつはまだ現場にいる。窓の外に立っていて……」

「そんなこと、わからないわ。でも……」

「いるんですよ」と、アダムがさえぎった。

マルゴットは重いバッグを床に下ろして自分の椅子に腰を下ろすと、鑑識に電話をかけた。

「マルゴットよ。コピーをダウンロードしてくれた？」と尋ねる。「いいわね、場所か名前を知りたいの。そちらが持っている情報を全部ね。五分あげるわ。それ以上は待てない。何か教えてちょうだい。そうすれば、あなたは金曜日の夜を心ゆくまで楽しめるのよ」

マルゴットは受話器を置くと、アダムのデスクに載っているピザの箱を開けた。

「あなたはもうすませたの？」

メール受信のピンという音がしたので、マルゴットは急いでピザの切れ端を口に詰め込んだ。眉間の皺《しわ》が深くなる。ビデオ・ファイルをクリックして、全画面化すると、束ねた髪を肩に載せてから、アダムにも画面が見えるように椅子を少し後ろに引いた。

最初の場面は、闇のなかで輝く明るい窓だった。それからカメラはレンズをかすめる葉叢《はむら》のあいだをゆっくり前進した。

マルゴットは両腕の産毛《うぶげ》が逆立つのを感じた。

女性がひとり、テレビの前に座って紙箱入りのアイスクリームを食べていた。脱ぎかけたスウェットパンツが片足にからまっている。片方の靴下は脱ぎ捨ててある。

テレビの画面に目を向けていた女性が、にやりとしてスプーンをなめる。

マルゴットのいる警察本部に響くのは、コンピューターのファンの音だけだった。

ひとつでいいから手がかりになるものが欲しい、と女性を見つめながらマルゴットは思った。女性の身体は余熱《ほとぼり》で湯気を立てているように見えた。ジョギングをしてきたところなのか。洗いざらしの下着はたるんでおり、汗じみの広がるスウェットシャツからブラジャーがはっきり透けて見える。

マルゴットは腹を太ももに押しつけて前のめりになり、画面に目を近づけた。束ねた髪が肩から胸の前に落ちる。

「一分たった」と、アダムが言う。

画面の女性はアイスクリームの紙箱をコーヒーテーブルに置くと、スウェットパンツを片足にからませたまま部屋を出て行った。

カメラはそれを追い、狭いドアをよぎって寝室の窓まで移動する。寝室に明かりがつき、女性が姿を現す。女性はスウェットパンツを蹴り脱いだ。パンツは赤いクッションの置かれたアームチェアの後ろの壁にぶつかり、床に落ちた。

二

カメラはゆっくりと近づき、寝室の窓の外で止まった。流れに漂っているように、画面がかすかに揺れる。

「ほんのちょっと目を上げれば、相手が見えるはずよ」マルゴットは鼓動が速まるのを感じながら、そっとささやいた。

寝室から漏れる明かりがレンズの上部に輝点をつくりだしている。

アダムは片手で口を覆ったまま座っていた。

女性はシャツを脱いでアームチェアに放ると、しばらく洗いざらしの下着と汗のしみたシャツ姿で立っていた。ベッドサイドテーブルに置いてある充電中の携帯電話にちらりと目をやる。太ももには張りがあり、走ったあとの余韻で火照《ほて》っていた。スウェットパンツのウェストのゴムが腹の周囲に赤い線を残している。

彼女の身体には、タトゥーも目立った傷痕もない。かすかに妊娠線の痕跡があるだけだ。

寝室もどこにでもある平凡なものだった。出所を追跡してみる価値のあるものは何ひとつない。

カメラが揺れて後退する。

女性がベッドサイドテーブルのうえにある水のグラスをとって、口に運ぶ。その瞬間、唐突に画像が途切れる。

「なによ、なによ」いらだったマルゴットが同じ言葉を繰り返した。「何もないじゃない。何ひとつ」

「もう一度観てみませんか」と、アダムが言った。

「何千回観ても同じじょ」マルゴットは椅子をさらに画面から遠ざけた。「いいわ、やってみましょう。でも、収穫は期待できないわよ」

「いろいろ見るべきものはあるはずですよ。たとえば……」

「私たちに見えるのは、二十世紀様式の一戸建て。果樹にバラに三重ガラスの窓、四十二インチのテレビ、ベン&ジェリーのアイスクリーム」と、コンピューターを指さしながら、マルゴットは言った。

いままで考えたこともなかったけれど、私たちはみんな、なんとよく似た暮らし方をしているんだろう、とマルゴットは思った。窓を覗くと、多くのスウェーデン国民が同じパターンを選択し、それを変えることができないでいる。外から見ると、まったく同じ暮らしをしているように見える。見た目も同じ、やることも同じ、持っているものも同じ。

「まったく無茶苦茶な話じゃないですか」と、アダムが怒りをこめて言う。「なんでこんなことをしているんだ？　やつは何がしたいんだ？」

マルゴットが小さな窓越しに外を見ると、クロノバーリ公園の木々の梢《こずえ》をもやが覆い、街の明かりを反射していた。

「シリアル・キラーであるのは間違いないわ」と、マルゴットが言う。「私たちにできるのはまずプロファイルを作成して、それから……」

「どうやって、彼女を助けるんです?」アダムは片手で髪をかき上げた。「やつはいま窓の外に立っている。それなのに、あなたはプロファイルのことなんかしゃべってる!」

「次のときには役に立つわ」

「何を言ってるんだ。僕らがやるべきことは……」

「ちょっと黙ってなさい」マルゴットがさえぎって、受話器を手にとる。

「黙るのはあなたのほうだ」声を荒らげて、アダムが言う。「考えてることを口に出して何が悪い。僕たちがやるべきなのは、この女性の写真を新聞のウェブサイトに載せることだ」

「いい、アダム、この女性《ひと》の身元がわからなければ、私たちにはこれ以上何もできないのよ。鑑識に頼んではみるけど、前のときよりましなものが見つかるとは思えないわ」

「でも、写真を公開すれば……」

「そんなことをしているひまはないの」と、マルゴットがぴしゃりと言う。「少し頭を働かせて。どう考えても、この相手は彼女の家から直接ビデオをアップロードしている。現実にできるかどうかは別にして、彼女を救うチャンスはある」

「僕が言ってるのもそれなんだよ！」

「でも、もう五分はたっている。窓の外に立っている時間としては少し長すぎるわ」

アダムは身を乗り出して、マルゴットを見つめた。彼の目は充血し、髪が逆立っていた。「じゃあ、あきらめるんですか？」

「動く前に考えなければ。ちょっとでも間違った動きをすれば終わりよ」

「わかりました」と、アダムはしぶしぶ答えた。

「犯人は自信を持っている。自分が私たちの先を行っていることを知っている」と、マルゴットは、ピザの最後のひと切れをつまみながら説明した。「でも、もっと犯人のことがわかれば……」

「やつのことがわかれば？　確かにそうだ。だが、いまはそんなことを考えるときではないんじゃないですか」アダムは上唇の汗をぬぐった。「前のビデオの出所はわからなかったし、現場からは何も見つからなかった。今度もたぶん追跡はできないだろう」

「鑑識が証拠を見つけるとは期待できないけど、ビデオと手口の残虐さを分析して犯人を突き止める努力はできるわ」と言ったとたん、マルゴットは腹のなかで子どもが動くのを感じた。「ここまでで何がわかったかしら？　相手は私たちに何を見せようとしたか、相手は何を見たか？」

「ジョギングから帰ってきて、アイスクリームを食べながらテレビを見ている女性、かな」と、アダムは自信なさげに言った。

「それが殺人者について何を語っている？」

「アイスクリームを食べる女性が好きなやつとか？」アダムはため息をついて、両手で顔を覆った。

「さあ、しっかりしてよ」

「すみません。でも……」

「私は、犯人が殺人を犯す前の場面を写したビデオをアップロードした理由を突き止めたいの」と、マルゴットは言った。「お楽しみの時間をたっぷりとっている。私たちに女性が生きている場面を見せたがっている。ビデオに彼女の姿を録画したがっている。もしかしたら、犯人が関心を持っているのは生きている人間なのかもしれない」

「窃視者か」アダムは両腕に不快なうずきを覚えた。

「ストーカーよ」と、マルゴットがささやくように言う。

アダムはコンピューターのほうに顔を向け、警察のデータベースにログインした。

「この汚らわしい前科者のリストをどう絞り込めばいいのか教えてください」

「レイプ常習犯、凶暴なレイプ、病的執着」

アダムは手早くキーボードに打ち込むと、マウスでクリックして、もう一度文字を入力した。「結果が多すぎる。時間切れになりそうだ」

「最初の被害者の名前を入れてみて」

「結果なし」アダムが髪をかき上げる。

「処置を受けた連続レイプ犯。化学的に去勢された者」と、マルゴットは頭に浮かんだ言葉を口にした。

「データベースをいちいち当たってみなければならないけど、時間がかかりすぎる」

アダムは立ち上がって、ゆっくり歩き始めた。「それじゃあうまくいかない。いったい、僕たちは何をしようとしてるんです?」

「彼女は死ぬわ」と、椅子の背にもたれて、マルゴットが言った。「二、三分はもつかもしれないけど、でも……」

「僕たちには彼女が見える」とアダムは言った。「顔が、家が見える。暮らしぶりがすっかり見えるというのに、彼女が誰なのかわからない。死体が見つかるまでは」

三

脱いだスウェットパンツを椅子に向かって蹴ったとたん、スサンナ・ケルンは太ももがぴりぴりするのを感じた。ジョギングのせいだ。

三十代になってから、週三回、夜に五キロ走ることにしていた。金曜日はビヨーンが十時過ぎに帰ってくるので、走ったあとはいつもアイスクリームを食べながらテレビを観る。

ビヨーンがロンドンへ転職したときはきっと寂しくなるだろうと思ったが、さほどたたないうちに、モルガンが実の父親と過ごす週にひとりで過ごせるこの時間をありがたいと思うようになった。

カロリンスカ研究所で先進神経学の厳しい講座を受け始めてからは、以前よりこうした休息の時間がさらに必要になった。

汗まみれのブラジャーを外しながら、洗う前にもう一度着られるだろうかと考えた。いままで、こんなに暑い夏があったかしら。

そのとき何かを引っかくような音がして、ふと窓に目を向ける。

裏庭は闇に包まれており、見えるのは窓ガラスに映った寝室だけだった。まるで舞台の装置か、テレビスタジオみたいだ。自分はいま舞台に登場したところで、フラッドライトを浴びている。

衣装を着け忘れて出てきちゃったけどね、と顔をしかめながらスサンナは思った。

しばらくじっと立ったまま、窓に映った自分の裸体を眺める。芝居風の照明のせいか、実際よりやせて見える。

また何かをこする音がした。窓の下枠を爪《つめ》でこすったような音だ。外は暗くて、誰かいるのかどうかわからない。

窓にしばらく目を向けていたが、用心深く近づいてガラスに映った影の向こうを見ようとした。ダークブルーのベッドカバーをつかんで、身体に巻きつける。ぶるっと身震いが走った。

おそるおそる窓に顔を寄せる。裏庭が暗い灰色の世界のように広がっている。まるでギュスターブ・ドレが銅版画に描いた地下世界のようだ。芝生や丈高の灌木《かんぼく》、モルガンのぶらんこ、建てる余裕のなかったサンルームの代わりに作った子ども用の家の窓枠が見える。

身を起こしてピンクのカーテンを閉めると、窓が息で曇る。スサンナは重いベッドカバーを床に落として、裸でドアに向かった。そのとたん、背筋を震えが走り、思わず窓のほうを振り返る。カーテンのすき間から見える窓ガラスがちらちらと光っている。

スサンナはベッドサイドテーブルの携帯電話を取り上げると、ビヨーンに電話した。電話がつながった瞬間、窓を振り返らずにはいられなかった。

「やあ、きみだね」と、ビヨーンの大きな声が応答した。

「いまは空港？」

「何だって？」

「あなたはいま……」

「空港だよ。〈オリアリーズ〉でハンバーガーを食べてるところさ。それに……」

近くにいる男たちの叫び声や歓声で、声がかき消される。

「リヴァプールが二点目をあげたんだ」と、ビヨーンが説明する。

「やったわね」と、おざなりにスサンナが応じる。

「きみのママが電話してきて、きみが誕生日に何を欲しがっているか教えてくれって」

「それはありがたいお話ね」

「シースルーの下着がお好みだって言っておいた」と、ビヨーンがふざける。

「ありがとう」

電話に雑音が入り、スサンナはカーテンのすき間から入る光を反射している窓ガラスに目を向けた。

「家のほうは問題ないかい？」ビヨーンの声が耳に飛び込んできた。

「暗いのが急に怖くなったところなの」

「ベンはそこにいるのかい？」

「テレビの前よ」

「ジェリーは？」

「ふたりともあなたの帰りを待ってるわ」

「早くきみに会いたいよ」

「飛行機に乗り遅れないでね」と、スサンナはささやくように言った。

もう少し話してから、ふたりはさよならを言って、電話越しにキスを送りあった。

電話が切れると、なぜか昨夜運び込まれた患者のことが頭に浮かんだ。バイクで事故を起こし、ヘルメットをかぶっていなかったので、頭に重傷を負っていた。若者の父親が夜間勤務から直接病院に駆けつけてきた。汚れたオーバーオールを着て、防塵《ぼうじん》マスクを首にかけていた。

スサンナはピンクのキモノで前を隠して居間に戻り、分厚いカーテンを引いた。部屋を静寂が包み込む。

窓を覆うカーテンが揺れるのを見て悪寒を覚え、スサンナは窓に背を向けた。

食べ残したベン&ジェリーのアイスクリームを試してみる。溶けてやわらかくなっていたが、悪くない。口のなかに濃厚なチョコレート味が広がる。

アイスクリームの紙箱をテーブルに戻して、浴室へ向かう。ドアをロックしてシャワーを出してから、ポニーテールにした髪を解いて、ヘアバンドを洗面台の縁に置く。

暑い湯が勢いよく降りかかって身体を包むと、スサンナはため息をついた。耳を聾《ろう》するような音が響くなか、肩から力が抜け、筋肉がほぐれていく。身体を洗いながら片手を両足の付け根にすべらせると、脱毛してさほどたたないのにもう毛が伸び始めていた。

ガラスドアの曇りをぬぐいとってドアノブを見えるようにして、ロックがかかっているのを確認する。

ベッドカバーを身体に巻きつけているときに寝室の窓から見た、いや、見たと思ったもののことがどうしても頭を離れない。

スサンナはそれを想像力の産物と思って忘れようとした。ガラスの向こうは見通せなかったのだから。

室内が明かるすぎたし、外は暗すぎた。

それでも、ガラスに映った濃色のベッドカバーのなかに、こちらを見つめている顔を見たような気がした。

明日の朝になればその顔も頭から消えて、錯覚だったと気づくにちがいない。でもいまは、それが現実であるという思いを振り払えなかった。

子どもの顔ではなかったが、もしかしたらいなくなった猫を探している隣人が足を止めて、彼女のほうを見たのかもしれない。

スサンナはシャワーを止めた。ふとキッチンのドアが開けっぱなしだったのを思い出して、鼓動が速まる。閉め忘れたなんて、どうかしている。夏のあいだは涼しい風を入れるために開け放してあるが、シャワーを浴びるときは普通、閉めて鍵をかけていた。

もう一度ガラスドアの曇りをぬぐって、浴室のドアのロックを確認する。さっきと変わりはない。タオルに手を伸ばしながら、ビヨーンに電話して、家のなかを確認するあいだ、つなげたままにしておこうかと思った。

四

浴室を出ると、テレビから拍手の音が聞こえる。キモノの薄いシルクが、湿った肌のように身体にぴったりまとわりつく。

廊下をつたって、冷たいすき間風が吹き抜ける。

スサンナの足が、ところどころ欠けている寄せ木張りの床に足跡を残していく。

ダイニングの窓がかすかな光を反射している。天井から吊られたシダの後ろの暗い窓で光がゆらめく。誰かに見られているような気がしたが、あえてそちらは見ないようにした。これ以上、怖い思いをするのはごめんだった。

それでも地下室に下りるドアにはできるだけ近づかないようにして、キッチンへ向かう。

濡《ぬ》れた髪のせいで、キモノの奥襟がびしょびしょになっている。あふれた水滴が生地の裏側を尻まで伝い落ちてくる。

キッチンに近づくにつれて、床がますます冷たくなった。

心臓が波打つように鼓動している。

いつのまにかまた、頭にひどい傷を負った若者のことを思い出していた。若者は鎮静剤を投与されていた。顔全体がつぶれ、額《ひたい》のところまで押し上げられている。父親は繰り返し、息子は悪くないと言い続けた。話し相手が欲しかったのだろうが、スサンナには相手をするひまはなかった。

いま、あの太った父親が彼女の家を探し当て、難詰するために汚れたオーバーオール姿でキッチンのドアの外に立っている場面を想像した。

テレビからは、さっきとは違う歌が聞こえている。

キッチンを風がまっすぐ吹き抜ける。ドアが大きく開き、縦型ブラインドがばたばたと風にあおられている。スサンナはゆっくり前へ進んだ。ブラインドの後ろに何があるのか見えなかった。

手を伸ばしてブラインドを横に押しやり、脇をすり抜けてドアノブに手を伸ばす。キッチンに流れ込む夜気で、床は冷えきっている。

ずり落ちたキモノの前がはだける。

裏庭には人気《ひとけ》がないのがわかった。繁みが風になびき、ブランコがリズミカルに揺れている。

スサンナはカーテンがはさまるのも気にせず、急いでドアを閉めてロックしてから、鍵を引き抜いてあとずさった。

小銭を入れている小鉢に鍵を放り込み、キモノの前を合わせる。

少なくとも鍵はかけた――そう思ったとたん、背後で何かがきしる音がした。

あわてて振り返って、自分のそんな反応に苦笑いする。空気の流れが止まって、居間の窓が動いたのだ。

テレビから、審査員の判定に対するブーイングと口笛が聞こえる。

スサンナは寝室から携帯電話を取ってきて、ビヨーンに電話しようかと思った。いま頃、ゲートで搭乗待ちをしているはずだ。室内の点検を終えてテレビの前に腰を下ろすまで、彼の声を聞いていたかった。それ以外に気を休める手段が見つからなかった。唯一の問題は、地下室では携帯がつながらないことだ。スピーカーにして、階段の途中に置いておけばいいかもしれない。

私の家なのだ、こそこそ歩きまわる必要はないと自分に言い聞かせたが、どうしても足音を忍ばせてしまう。

地下室へのドアの前を通り過ぎながら、キッチンの暗い窓を横目でうかがい、そのまま居間へ向かう。

室内の点検を始める前に鍵をかけたのはわかっていたが、それでももう一度戻って確認したかった。

居間の窓から口笛のような音が聞こえ、カーテンが窓のわずかなすき間に吸い込まれるようにたわむ。

ダイニングに入ると、重いオーク材のテーブルの花瓶に活けた野花が枯れかけているのに気づく。その瞬間、スサンナの足がぴたりと止まる。

全身を悪寒が突き抜ける。あっという間に、血液中にアドレナリンが放出される。

ダイニングの三つの窓が大きな鏡の役割を果たしていた。天井の照明がテーブルと八つの椅子を照らし出し、その後ろに人影が見えた。

スサンナは窓に映った部屋を見つめた。鼓動が耳を聾するほどに高鳴っている。

戸口に、キッチンナイフを手にした人物の姿があった。

なかにいる！　家のなかに。

逃げなければならないときに、キッチンのドアに鍵をかけてしまった。

スザンナはゆっくりあとずさった。

侵入者はダイニングを背にしてじっと動かず、廊下に目を向けてキッチンのほうをうかがっている。

右手でゆるく握った大きなナイフがじれたようにぴくぴくと動く。

その指に目を据えたまま、スサンナはさらにあとずさった。右足が床をこすって、寄せ木張りがきしむ。

外へ逃げるべきなのだろうが、キッチンへ行けば姿を見られてしまう。鍵のあるところまでは行けるかもしれないが、ドアは開けられそうにない。

スサンナは窓に映った部屋から目を離さず、用心深く後退した。

左足が踏んだ床がぎしっと鳴る。スサンナは足を止めて、人影が振り向いてダイニングのほうに顔を向けるのを見つめた。相手は顔を上げて、暗い窓に映ったスサンナの姿に気づいた。

スサンナがもう一歩、ゆっくり後ろへ下がる。侵入者が彼女に向かって歩き出す。

スサンナはすすり泣くような声を漏らすと、向きを変え、居間へ向かって走った。

カーペットで足をすべらせ、床に左の膝をしたたかに打ちつける。苦痛にあえぎながら、両手を突き出して身体を支えようとする。

ダイニングテーブルにぶつかる椅子の音がする。

立ち上がった拍子に、スサンナは電気スタンドを倒してしまう。スタンドは壁にぶつかり、大きな音を立てて床に倒れる。

背後から足音が急速に近づいてくる。

そちらには目も向けず、スサンナは浴室に駆け込んでドアをロックした。浴室の空気はまだ湿って生ぬるい。

こんなこと、ありえない。パニックに襲われながら、スサンナは思った。

急いで洗面台とトイレの脇をすり抜け、小さな窓のカーテンを引き開ける。震える両手で掛け金のひとつを外そうとする。動かない。なんとか自分を落ち着かせようとする。もう一度ひねって横に強く引っ張ると、ひとつ目の掛け金が外れた。それと同時に、ドアのロックのスリットをこする音が聞こえた。スサンナはとって返し、回り始めたノブをつかんだ。しがみつくように両手でノブを押さえる。

五

侵入者はドライバーかナイフの背をロックのスリットにすべり込ませたらしい。スサンナはノブをつかんでいたが、身体があまりに震えるので、手をすべらせてしまいそうだ。

〝信じられない、こんなことが起きるなんて〟と、胸でつぶやく。〝こんなことが起きるはずない、起きるはずが……〟

窓のほうにちらりと目をやる。小さすぎて、とても通り抜けられそうにない。助かるためには、窓へ駆け寄ってふたつ目の掛け金を外し、押し開けてよじ昇るしかなかった。だが、ノブから手を放すわけにはいかない。

いままでこれほどおびえたことはなかった。それは底知れぬとてつもない恐怖で、抑え込むことなどとてもできない。

こわばる指で握ったノブが熱を帯び、すべりやすくなったような気がする。ドアの反対側で金属がこすれる音がする。

「ねえ?」スサンナはドアに向かって言った。

侵入者はいきなりノブをひねってドアを開けようとしたが、スサンナはそれを予期していたので、なんとか対処できた。

「何が欲しいの?」できるだけ冷静な口調で問いかける。「お金が必要なの? もしそうならお手伝いできる。問題ないわ」

答えは返ってこなかった。代わりに、金属と金属がこすれる音がして、ノブがかすかに震えるのを感じる。

「好きなだけ見てちょうだい。ここにはたいして値打ちのあるものはないわ。テレビはまだ新しいけど……」

スサンナは途中で口を閉じた。声がひどく震えて、自分でも何を言っているのか聞きとれなかったからだ。ノブを握る手にさらに力をこめる。落ち着かなくては。この恐怖は危険だ。相手を挑発しかねない。

「玄関にお財布を置いてあるわ」と言って、ごくりと唾を飲み込む。「黒いバッグよ。なかにお金とＶＩＳＡカードの入った財布がある。お給料をもらったばかりよ。必要なら、暗証番号を教えてもいい」

侵入者はノブを回すのをやめた。

「わかった。いい？　暗証番号は３－９－４－５よ」と、スサンナはドアに向かって言った。「あなたの顔は見ていない。お金を引き出してちょうだい。紛失届は明日まで出さないから」

ノブをきつく握ったまま、スサンナは耳をドアに押し当てた。足音が床を遠ざかっていくのが聞こえたが、やがてテレビのコマーシャルが始まって何も聞こえなくなる。ほんとうの暗証番号を教えたのは馬鹿だったかもしれないが、とにかくこんなことは終わりにしたかった。宝石類のほうが心配だった。特に母親の婚約指輪と、モルガンを産んだときにもらったエメラルドが。

スサンナはドアのそばにそのまま留《とど》まり、まだ終わったわけじゃないと自分に言い聞かせた。集中力を切らしたらだめよ。

ノブを放さないようにして、握る手を換える。親指と人差し指が麻痺《まひ》していた。手を振りながら、耳を傾ける。暗証番号を教えてから、もう三十分ほどたっている。たぶん相手は、キッチンのドアが開いているのに目を留め、めぼしいものがないかと入り込んできた麻薬中毒患者なのだろう。

テレビのショー番組は終わろうとしている。もう少しコマーシャルが入って、そのあとはニュースだ。スサンナはもう一度ノブを握る手を換え、待つ。

十分ほどもそうしていたが、やがて床に腹ばいになり、ドアの下から外を覗いてみる。外には誰も立っていない。寄せ木張りの床がずっと先まで見えた。ソファの下も。テレビの光がニスに反射している。

すべてが静まり返っている。

〝泥棒は暴力をふるわないものだ。お金が欲しいだけなのだ〟

スサンナは身震いしながら立ち上がると、もう一度ノブをつかみ直してから、ドアに耳を寄せた。ニュースと天気予報が聞こえてくる。

せめてもの武器にと床から窓拭きワイパーを拾い上げ、覚悟を決めてそっとロックを解く。

ドアが音もなく開く。

廊下の先に居間の様子がおおかた見える。侵入者のいる気配はない。まるで最初から存在しなかったみたいに。

恐怖で足を震わせながら浴室を出る。居間に近づくにつれて、あらゆる感覚が研ぎ澄まされてくる。

遠くでイヌの吠《ほ》え声が聞こえる。

おそるおそる前進すると、テレビの光が閉まったカーテンのうえで踊っているのが見えた。ソファと、アイスクリームの紙箱が載ったコーヒーテーブルも。

寝室に入って携帯電話を取り、浴室に戻ってロックしてから警察に電話するつもりだった。

左手に、ビヨーンが遺産相続したドレスデン磁器一式を収めたガラス・キャビネットが置いてある。ふたたび、心臓が激しく鼓動し始める。廊下が途切れるところまで行けば、玄関ホールも見えるはずだ。

スサンナは居間へ入って四方を見まわし、ダイニングにも人のいる気配がないのを確認する。その瞬間、侵入者がすぐそばに、一歩と離れていないところにいるのに気づいた。

ナイフのひと刺しはあまりにすばやく、避けようがなかった。鋭い刃がスサンナの胸を一直線に刺し貫く。

スサンナは、身体の奥で筋肉が痙攣《けいれん》するのを感じた。

心臓が途方もない速さで鼓動する。時間がぴたりと静止する。こんなことが起きるとはとうてい信じられなかった。

ナイフが引き抜かれる。片手を胸の傷に当てると、指のあいだから生ぬるい血が勢いよく噴き出すのを感じる。窓拭きワイパーが手からすべり落ち、身体が一方にぐらりと傾く。頭がささえきれないほど重くなり、居間の入り口に掛けてあるレインコートに血が飛び散るのが見える。照明が、点滅するように明るくなったり暗くなったりする。これは何かの間違いだとスサンナは言おうとしたが、声が出なかった。

彼女はくるりと向きを変え、キッチンのほうへ歩き出す。何度か背中を突かれるのを感じる。繰り返し刺されているのだ。

よろけてぶつかったガラス・キャビネットが壁に当たって、なかの食器がガチャガチャと大きな音を立てる。

早鐘のように打つ心臓が送り出した血がキモノの前を流れ落ちる。胸が我慢できないほど痛い。

視野がトンネルのようにせばまっていく。

耳のなかで轟音《ごうおん》が響き、侵入者が何か叫んでいるのはわかっても、言葉は聞き取れない。

侵入者に髪をつかまれ、スサンナの顎が天井を向く。アームチェアにつかまろうとしたが、つかむ力が残っていなかった。

足から力が抜けて、スサンナは仰向《あおむ》けに床に倒れた。

胸が燃えているようだった。弱々しく咳《せき》をする。

顔ががっくりと横を向く。ソファの下に、埃《ほこり》まみれになったポップコーンが転がっているのが見える。

頭のなかでとどろく音の向こうから、奇妙な叫び声が聞こえる。腹と胸に何度も刃を突き立てられるのを感じる。

浴室へ戻ろうと思い足を蹴ったが、床がすべって立ち上がれない。力が残っていなかった。

横向きになろうとすると、侵入者は彼女の顎をつかんで顔に何度もナイフを突き立てた。もう痛みは感じなかった。頭のなかがぐるぐると回転していた。まだ信じられない思いだった。顔を切り裂かれるのを間近に感じ、おびえとショックで意識が遠のく。

ナイフの刃が首と胸を刺し、また顔に戻ってきた。頬と唇に生温かさと痛みを感じた。

スサンナは自分が生き延びられないのを悟った。抵抗するのをやめると、氷のように冷たい苦痛が深い裂け目のように彼女を呑《の》み込んだ。

六

精神科医のエリック・マリア・バルクは薄グレーの羊皮を張ったアームチェアにゆったりと背を預けた。彼の家には、ニス塗りの樫《かし》の床と造りつけの本棚を備えた大きな書斎があった。暗色のレンガ造りの家は、ストックホルム南部のガムラ・エンフェデ地区のなかで最も古い町並みにある。

真っ昼間ではあったが、昨夜当直だったのでまだ数時間は眠れる。

エリックは目を閉じて、息子のベンヤミンがまだ小さかった頃、ママとパパの出会いの話を聞くのが大好きだったことを思い出した。エリックはベッドの端に腰かけ、キューピッドがほんとうにこの世にいることを教えてやった。キューピッドは雲のあいだに住んでいるまるまる太った男の子で、弓と矢を持っている。

「ある夏の晩、キューピッドがスウェーデンを見下ろしていて、パパに気づいたんだ」と、エリックは息子に話して聞かせた。「パパは大学のパーティに出ていた。ルーフデッキの人混みを縫って歩いているときに、キューピッドが雲の端からそっと身を乗り出して、地上に向かって矢を放った。

パパはぶらぶらうろついて、友だちとおしゃべりしたり、ピーナッツを食べたり、学部長と話をしたりしていた。

片手にシャンパンのグラスをもったストロベリーブロンドの髪の女性がパパのほうを向いた。そのとき、キューピッドの矢がパパのハートに刺さったんだ」

二十年近い結婚生活の末、エリックとシモーヌは別れることに合意した。もっとも、離婚を望んだのはシモーヌだけだった。

ライトを消そうと身をかがめると、本棚の脇にある縦長の鏡に自分の疲れた顔が映っているのに気づいた。額の皺と頬のくぼみがこれほど深く見えるのは初めてだ。ダークブラウンの髪には白髪が交じっている。そろそろ床屋に行かなければ。エリックは頭を強く振って、目にかかる髪の束を払った。

シモーヌにジョンとの出会いを打ち明けられたとき、結婚生活が終わったことがわかった。ベンヤミンはこの成り行きを鷹揚《おうよう》に受け止め、パパがふたりいるなんてクールじゃないなどと言って、エリックをからかったものだった。

いまベンヤミンは十八歳になり、ストックホルムの大きな邸で、シモーヌと継父、義理のきょうだい、それに犬たちと暮らしている。

エリックは鏡から目を離し、骨董品のスモーキングテーブルに視線を向けた。テーブルのうえには、『米国精神医学雑誌』の最新号とオウィディウスの『変身物語』が置いてある。『変身物語』には栞《しおり》がわりに半分空になった睡眠導入剤のブリスターパックがはさんであった。鉛の枠で囲まれた窓の外では、雨が果樹園の緑を静かに濡らしている。エリックは本からパックを抜いて、錠剤を一錠手のひらに振り出した。薬の作用が全身に行き渡るのにどれぐらい時間がかかるか推測してみようとしたが、途中であきらめた。念のために、小さな溝に沿って錠剤をふたつに割り、苦さを飛ばすために散ったくずを息で吹き飛ばしてから、錠剤の半分を口に入れた。

ジョン・コルトレーンのアルバム『ディア・オールド・ストックホルム』の弱音器を通したサックスの音が流れるなか、雨が何本もの流れになって窓ガラスを伝い落ちている。

錠剤の化学的なぬくもりが筋肉にしみ渡っていく。エリックは目を閉じて、音楽を楽しんだ。

エリックは、心的外傷《トラウマ》と災害精神医学のカウンセリングを専門にする精神科医だった。

五年間、赤十字の職員としてウガンダで働いた経験があり、四年間カロリンスカ研究所で、深催眠も取り入れた画期的なグループ・セラピーの研究プロジェクトを主導してきた。ヨーロッパ催眠協会のメンバーでもあり、臨床的催眠療法においては国際的権威と目されている。

現在は、急性期トラウマと心的外傷後の患者を研究する少人数のグループに属している。このグループには犯罪被害者の事情聴取への助力を求めて、警察や検察官から定期的にお呼びがかかる。

エリックの研究テーマは、催眠法を使って被害者をリラックスさせ、精神的衝撃を受けた状況に正面から向き合うようにさせることだった。

三時間後には、カロリンスカ研究所で会議がある。それまではできるだけ睡眠をとりたかった。

まもなく深い眠りに落ちたエリックは夢を見た。ひどく小さな家のなかを髭《ひげ》をはやした老人を歩かせている夢だった。閉まったドアの後ろから、シモーヌが彼に何か叫んでいる……そのとき、電話が鳴った。

エリックは跳ね起きて、電話をつかんだ。深い眠りの底から急に引きずり出された不安で、心臓が激しく鼓動している。

「シモーヌだ」と、エリックがぼんやりと言った。

「あら、こんにちは、シモーヌ」と、ネリーがふざける。「そろそろ例のフランスたばこはやめたほうがいいわね。その声からすれば、どう考えてもあなたは男よ」

睡眠導入剤のせいで頭が重いのを感じながら、エリックは言った。「わかったよ、ネリー。確かに僕だ」

ネリー・ブラントも精神科医で、カロリンスカ研究所で一番親しい同僚だった。とても優秀で勤勉な医師であり、ときおり品性を疑うこともあるが、実に楽しい友人でもあった。

「いい、エリック」と、ネリーが言った。エリックはその声にストレスが聞きとれるのに初めて気づいた。「警察が病院に来てるの。なんだかとてもいらだっている。ショック状態にある患者を連れてきたのよ」

エリックは目をこすって、ネリーが患者のことを話すのに耳を傾けた。道路に面した窓に視線を投げると、雨がガラスを流れ落ちていた。

「いま内臓の状態をチェックして、いつもの検査をやっているところ。血液、尿、肝臓の状態、腎臓と甲状腺の機能」

「それは結構」

「エリック、警部補があなたをご指名なのよ。私のミスよ。うっかり、あなたがベストだと言ってしまったの」

「お世辞は僕には通用しないぜ」と、ふらつく足で立ち上がりながら、エリックが言った。片手で顔をこすってから、家具につかまってデスクに向かう。

「手をわずらわせてごめんなさいね。でも、緊急なの。できるだけ早く来られるかしら?」

「ああ、だけど……」

「よかった。あなたはスーパーヒーローね。まもなく来ると、警察に言っておくわ」

デスクの下には黒の靴下一足とタクシーの領収書、携帯電話の充電器が転がっていた。靴下を拾い上げようとすると、急に床が目の前に迫ってきた。危うく転倒しかけたが、寸前でなんとか立ち直った。

デスクのうえに置いてあるものが溶け合って、二重に見えた。銀製のペンがきらっと光って目を射る。

エリックは手を伸ばして飲み残しのグラスをつかむと、水をすすりながら、しっかりしろと自分に言い聞かせた。

七

カロリンスカ大学病院はヨーロッパでも最大級の大きさで、一万五千を超すスタッフをかかえている。心理臨床科は巨大な本体とは別の建物にあった。さほど目立つ建物ではなく、通りから近づくか上から見下ろすと、岩を切り出して彫ったヴァイキング船のようにも見えるが、公園を横切って近づくとその特徴も失われる。正面の壁に塗られた漆喰《しっくい》が雨で湿っており、赤錆色の雨水が樋《とい》を伝って流れ落ちている。自転車スタンドには、本体が盗まれたのか、ロックされたままの前輪だけがぶら下がっていた。

かすかにタイヤをきしらせながら、エリックは駐車場に車を乗り入れた。

ネリーが両手にひとつずつコーヒーのマグカップを持ち、階段で彼を待っていた。

エリックはネリーはもとより、彼女の夫のマルティンともよく会っていた。マルティンはデータメトリックス・ノルディック社の大株主だから、ほんとうはネリーが働く必要はなかった。

エリックのBMWが駐車場に入ると、ネリーがマグカップを手に近づいてきた。片方のカップに息を吹きかけて冷まし、慎重にひと口すると、カップを車のルーフに置いて助手席側のドアを開ける。

「何がどうなってるのかよくわからないの。担当の警部補はずいぶん頭に血がのぼってるみたい」ネリーはもう片方のマグカップをシート越しに手渡しながら、そう言った。

「ありがとう」

「どんな場合も自分たちの患者を優先させるとは言っておいたけど」ネリーは車に乗り込んで、ドアを閉めた。「あら、大変！　ごめんなさい、ティッシュか何かない？

コーヒーをシートにこぼしちゃったわ」

「気にしなくていい」

「怒らないでね。それはあなたの分よ」と、ネリーは言った。

コーヒーの香りが車内に広がり、エリックはつかの間、目を閉じた。「どんな話なのか聞かせてくれ」

「さっき話したこと以外は何も聞いてないの。あの怒りんぼ女が――かわいらしい、って意味よ――女警部補があなたに直接話すと言ってきかないから」

「なかに入る前に知っておいたほうがいいことは？」と尋ねながら、エリックは車のドアを開けた。

「あの女は、あなたのオフィスで引き出しを漁《あさ》りながら待つって」

「コーヒーをごちそうさま。車と僕で二杯ももらってしまって」そう言うと、エリックは車を降りた。

エリックは車をロックし、キーをポケットにしまうと、髪をかき上げてから診療科の建物へ向かった。

「幸運を祈るわ！」と、後ろからネリーが呼びかける。

エリックは建物に入り、入館カードを読み取り機に入れると、廊下を自分のオフィスまで歩いた。まだ足もとがふらつく。薬をもう少し調整する必要があるかもしれない。飲むと、眠りがあまりに深くなりすぎる。まるで水に溺れているみたいだった。夢から無理に引きずり出されると、息が詰まりそうになる。ゆうべは成長して二匹に分裂した犬の悪夢だったし、先週は診療室で寝てしまい、ネリーとのセクシャルな夢を見た。ほとんど覚えていないが、ネリーが彼の前にひざまずき、冷たいガラス玉を差し出している場面の記憶はあった。

エリックの物思いは、女性刑事がエリックの椅子に腰を下ろし、足をゴミ箱に載せている姿を見て雲散霧消した。彼女は片手で大きな腹をかかえ、もう一方の手にコークの缶を持っている。額に深い皺が寄り、口を半分開いて息をしていた。

デスクのうえにIDバッジが置いてあり、彼女はだるそうにそちらを指さして自己紹介をした。「マルゴット・シルヴェルマン、国家警察犯罪捜査局です」

「エリック・マリア・バルクです」そう言って、エリックは握手した。

「急な呼び出しに応じていただき、感謝します」と、マルゴットは唇を湿らせながら言った。「心的外傷を受けた目撃者がいるんです。誰に聞いても、あなたを同席させたほうがいいと言うものだから。もう四回も事情聴取を試みてるんですけど」

「ひとこと言わせてもらえば」と、エリックは言った。「われわれのチームには五人のメンバーがいる。僕は犯人や容疑者の聴取に立ち会ったことは一度もない」

天井の明かりがマルゴットの薄い色の目に反射した。くせ毛の髪が太い束から飛び出しそうになっている。

「わかりました。でも、ビヨーン・ケルンは容疑者ではありません。ロンドンで働いていて、自宅で何者かが奥さんを殺しているときは、帰りの飛行機のなかでした」マルゴットがコークの缶を握ると、薄い金属がきしる音がした。

「なるほど」と、エリックが言う。

「アーランダ空港からタクシーで帰り、奥さんが死んでいるのを発見したんです」と、警部補は先を続けた。「そのあと彼が何をしたのかはわかっていません。でも、たいそう忙しかったのは間違いないようね。もともとどこに奥さんの死体があったのかはわからないけど、警察が行ったときは寝室のベッドに寝かされていた。掃除がしてあって、血痕も拭き取られていた。何も覚えていないと彼は言っているけど、家具が動かされ、血のしみ込んだラグは洗濯機に入れてあった。彼が見つかったのは、自宅から一キロ以上離れた場所でした。道路を走り去るのを隣人が目撃しています。血まみれのスーツを着たままで、靴は履いていなかった」

「会いましょう」と、エリックは言った。「でも初めに言っておきますが、無理に情報を引き出そうとしてはいけない」

「どうしても話をさせる必要があるのよ」と言って、マルゴットはさらに強くコーク缶を握った。

「焦る気持ちはわかりますが、無理強いすると相手は重度の精神病の領域に入ってしまう可能性がある。時間を与えれば、あなたが知りたいことを話してくれますよ」

「警察を手伝った経験はおありなの？」

「何度もね」

「でも、今度の件は……一連のものと思われるものの二件目なんです」

「一連のもの？」

マルゴットの顔から血の気が失《う》せていた。目のまわりの小皺が照明でくっきり際立って見えた。「私たちが追っているのは連続殺人犯なんです」

「なるほど、わかりました。でも、患者には……」

「この殺人犯は活動期に入っています。自分で自分を止められなくなっているんです」と、マルゴットがさえぎった。「私に言わせれば、ビヨーン・ケルンは災厄です。彼はまず家のなかを見てまわり、警察の到着を待たずに犯行現場のあらゆるものの位置を変えてしまった。そしていまは、自宅に着いたときにどんな様子だったかを話そうとしない」

マルゴットは足を床に下ろし、そろそろ行かなければと自分に言い聞かせたが、しばらく背筋を伸ばし、荒い息をつきながら座り続けた。

「いまプレッシャーをかければ口を閉じてしまうかもしれない」と言いながら、エリックは引き出しの鍵を開けて、ビデオカメラの入ったケースを取り出した。

マルゴットはようやく立ち上がり、コークの缶をデスクに置くと、バッジを拾い上げて重い足どりでドアへ向かった。「あの人が地獄を見たのはわかってるけど、自分を取り戻してもらわなければ……」

「そうですね。でも、地獄どころではなかったかもしれない。いまは何も考えられない状態じゃないかな」と、エリックは応じた。「あなたの話からすると、危険なストレス反応を引き起こしている状態で……」

「口でなら何でも言えるわ」と、マルゴットがぴしゃりとさえぎる。いらだちで頰が紅潮していた。

「心に傷を負ったことで深刻な反応抑制が起こったとも考えられるし……」

「なぜ？　私には信じられない」

「ご存じかもしれないが、われわれの一過性の空間記憶は海馬で形成され、そのあと情報は前頭前皮質に運ばれます」と、エリックは額を指さしながら、我慢強く説明を続けた。「だが極度の興奮やショックを受けると、それが一変してしまう。小脳扁桃《へんとう》が脅威を識別すると自律神経系が働き出し、副腎皮質ホルモンであるコルチゾールの分泌が亢進《こうしん》されて……」

「わかったわ。脳のなかでいろいろ起きるってことね」

「重要なのは、これほどのストレス状態にあると、記憶が通常の仕方では保存されないことです。ばらばらに凍結されるんです。角氷みたいに。遮断されてしまうんです」

「あの人はあの人なりに、できるだけのことをやってるって言いたいのね」マルゴットはそう言って、片手を腹に当てた。「でも、ビヨーンはこの殺人犯の犯行を止めるヒントになることを見たかもしれない。あなたの仕事は彼を落ち着かせること。そうすれば話し始めるはずよ」

「やってみましょう。だけど、どれぐらい時間がかかるか、いまの段階では何とも言えません」と、エリックが答える。「僕はウガンダで、戦争によってそれまでの暮らしをめちゃくちゃに破壊されたトラウマを持つ人々を診たことがある。時間をかけて進めるべきです。安心感、睡眠、会話、運動、薬を使って……」

「催眠は使わないの？」マルゴットはそう言って、思わず笑みを漏らした。

「もちろん使いますよ。誰もその結果に過大な期待を抱かない限りは。ときには適度の催眠が、患者が記憶を再構築してそれを取り戻す助けになる場合もある」

「いまは少しでも助けになるなら、馬があの人の頭に一発蹴りを入れたいと言ってきても許可するわね」

「それは別の診療科の担当だ」と、エリックがそっけなく言う。

「ごめんなさい。妊娠すると、こらえ性がなくなるの」と、マルゴットが言った。そう言うのももっともなほど彼女が身を粉にして働いているのが、エリックにもわかった。「でも、なんとか最初の事件との共通点を見つけなければならない。この殺人犯を追う手がかりになるパターンが必要なの。いまのところ、それがまったくわかっていないんです」

ふたりは患者のいる部屋に着いた。制服警官がふたり、ドアの外に立っていた。「あなたには大切なことであるのは理解しています」と、エリックが言った。「でも、彼は妻が殺されたのを発見したばかりであることを忘れないでください」

八

エリックはマルゴットのあとから部屋に入った。部屋にはアームチェアがふたつとソファ、低い白のテーブルと椅子が二脚、プラスチックカップ付きのウォータークーラー、ゴミ箱が置かれている。

窓台の下に壊れた植木鉢が転がっていて、床に土が散らばっていた。部屋の空気から、ストレスと汗のにおいが嗅《か》ぎ取れる。男がひとり、できるだけ遠くへ行こうとしているように奥の隅に立っていた。

男はエリックとマルゴットの姿を見ると、背中を壁に押しつけたまま、ソファのほうにすべるように移動した。顔にはまったく血の気がなく、やつれていた。青いシャツの腋《わき》に汗染みの輪ができており、裾をパンツから出して着ていた。

「こんにちは、ビヨーン」マルゴットが声をかける。「こちらはエリック、ここのお医者さんよ」

男はエリックを不安そうに見つめながら、さらに奥へ移動した。

「やあ」と、エリックが言う。

「僕は病気じゃない」

「それはそうだが、きみの経験したことを考えれば、きみには治療を受ける権利がある」と、エリックは事務的な口調で言った。

「僕が何を経験したか、あなたにはわかっていない」まるで独り言のように、男はそうつぶやいた。

「きみが鎮静剤を処方されていないことはわかっている。だが、これだけはぜひ知っておいてほしい。きみにはそれを飲む選択肢もあって、もし……」

「なんで僕に薬が必要なんだ？」と、男が口をはさむ。「薬が何の助けになる？　飲めば万事解決とでも言うのか？」

「そうではないが、ただ……」

「薬がサンナにもう一度会わせてくれるのか？」と、男は声を張り上げた。「そんなはずないじゃないか。そうだろう？」

「なんであれ、起きたことは変えられない」と、真剣な口調でエリックが言う。「だが、起きたこととときみの関係は変わる可能性がある。たとえきみが……」

「何を言いたいのか理解できない」

「きみがいま感じていることは変化の過程の一部であるのを説明しようとしているんだ。私を受け入れてくれたら、その過程を乗りきる手助けをしたい」

ビヨーンは横目でエリックをうかがい、さらに壁沿いに遠ざかった。

マルゴットは小型の録音機をテーブルに置いてセットして、日時とこの部屋にいる者の名前を吹き込んだ。「これはビヨーン・ケルンへの五回目の聴取である」と言って締めくくると、ソファのところまで後退したビヨーンのほうを向いた。「ビヨーン、あなた自身の言葉で話してくれれば……」

「何を？」と、ビヨーンがすぐさま問い返す。「何を話すんだ？」

「あなたが帰宅したときのことよ」

「何のために？」ささやくような声だった。

「なぜなら、何が起きたのか、あなたが何を見たのかを知りたいからよ」と、マルゴットがぞんざいな口調で言った。

「どういう意味だ？　僕は家に帰っただけだ。帰っちゃいけないのか？」ビヨーンは両手で耳を覆い、荒い息をついた。

　エリックは、ビヨーンの両こぶしから血が出ているのに気づいた。

「あなたは何を見たの？」と、マルゴットがじれったそうに尋ねる。

「なんでそんなことを訊《き》くんだ？　訊く理由がわからない。なんだって……」ビヨーンは首を左右に振ると、口と目を強くこすった。

「きみには、この部屋にいれば安全であるのをわかってほしい」と、エリックが言った。「気を抜いてはならないと考えているのはわかるが、リラックスしてかまわないんだ」

　ビヨーンは壁紙の継ぎ目に指先を差し入れ、細く剝《は》ぎ取った。「僕が考えてるのはこういうことだ」と、ふたりのほうには目を向けずに言った。「もう一度、最初から全部やり直すべきだと思っている。だけど、今度は正しくやらなければならない。家に帰って、ドアを開けてなかへ入る。今度はまともになってるはずだ」

「どういう意味だね、〝まとも〟って？」エリックはそう尋ねて、相手の視線を自分に向けさせようとした。

「どんなふうに聞こえるかはわかっている。でもそれが真実かどうかは、きみたちにはわからない」と言って、ビヨーンは口をはさまないようふたりを制した。「ぼくは玄関を入って、サンナの名を呼ぶ。サンナは何か土産があるのを知っている。いつも免税店で買ってくるからね。ぼくは靴を脱いでなかへ入る」

ビヨーンはすっかり正気を失っているように見えた。

「床に土が落ちている」と、彼は小声で言った。

「床に土が落ちていたの？」と、マルゴットが尋ねる。

「黙れ！」と、ビヨーンがひび割れた声で叫ぶ。

彼は土が床に散らばったところまで行くと、別の植木鉢を手に取り、それを壁に投げつけた。鉢が割れ、ソファの後ろに土が雨のように降り注ぐ。

「ちくしょうーーー！」と、ビヨーンがあえぎながら言う。壁によりかかると、唾が糸を引いて床に落ちる。

「ビヨーン？」

「くそっ、こんなの無意味だ」と言って、ビヨーンはすすり泣いた。

「ビヨーン」と、エリックがおもむろに口を開く。「マルゴットは何があったのか、その詳細を知るためにここに来ている。それが彼女の仕事だからだ。私の仕事はきみに力を貸すことだ。きみのためにここにいる。私はトラブルをかかえた人々を数多く見てきた。かけがえのないものを失った人々、恐ろしい体験をした人々を……誰にもそんな体験はさせたくないが、残念なことに、われわれのなかにはそうしたことが人生の一部になる人がいる」

ビヨーンは返事をせず、すすり泣いた。目は暗く血走り、どんよりとしている。

「そこに立っていたいのかね?」と、エリックが穏やかに言う。「アームチェアに座ったらどうだね?」

「そんなことはどうでもいい」

「私もだ」

「ならいい」ビヨーンは小声でそう言うと、エリックのほうを振り向いた。

「前にも言ったし、きみの気持ちもわかっているが、できる限りの助力を提供するのが私の仕事だ。鎮静剤をあげてもいい。それで実際にあった恐ろしい体験を消すことはできないが、きみのなかで暴れているパニックを鎮める助けにはなる」

「僕を助けてくれるのか?」しばらく間があいて、ビヨーンが小声で言った。

「きみがまず第一歩を……最悪の状態を乗りきるための最初の一歩を踏み出す助けをすることはできる」と、エリックは冷静に説明した。

「家の玄関のことを考えると身体が震えてくるんだ……なぜなら、僕は別のドアから入らなければならなかったのに、そうしなかったからだ。間違ったドアを入ってしまった」

「そういう気持ちは理解できるよ」

ビヨーンは唇が痛むのを恐れるように、慎重に口を動かした。「僕に座ってほしいかい？」と、用心深く尋ねる。

「そのほうがくつろげるなら」と、エリックが応じる。

ビヨーンが初めて腰を下ろした。マルゴットがその様子をじっと見守っていたが、ビヨーンは彼女と目を合わそうとしなかった。

「きみがその間違ったドアを入ったとき、何が起きたんだ？」

「そのことは考えたくない」と、ビヨーンは答えた。

「でも、覚えているんだね？」

「あなたは……このパニックを消してくれるのか？」と、ささやくようにエリックに尋ねる。

「それはきみしだいだ」と、エリックは言った。「だけどここに座って、きみとマルゴットと私でそれぞれ自分のことを話せればいいと思う。それに、催眠も試してみたい。きみが最悪の状態を乗りきる助けになるかもしれない」

「催眠？」

「人によっては効果がある」と、エリックはあっさりと答えた。

「まさか」と、ビヨーンがにやりとする。

「催眠はリラクゼーションと精神集中を組み合わせたものだ」

ビヨーンは片手を口に当てて音を立てずに笑うと、立ち上がってもう一度壁沿いに部屋の隅まで行ってから、エリックのほうを振り返った。「あなたが言ってた薬のほうがよさそうだな」

「いいだろう」と、エリックがうなずく。「ジアゼパムを処方しよう。聞いたことがあるかね？　身体が温まってだるくなるが、とても気持ちが落ち着く」

「わかった、それを飲むとしよう」ビヨーンは片方の手のひらで何度か壁を叩《たた》くと、ウォータークーラーのほうへ移った。

「看護師に言って、持ってこさせるよ」と、エリックが言う。

エリックは、いずれビヨーンが催眠をかけてほしいと言ってくるのを確信して部屋を出た。

九

リーリヨン・プラン四番地のゴシック様式の建物は、周囲のビルとは一風変わって見えた。暗色のファサードには装飾用レンガが張られ、張り出し窓とアーチが付いていた。

一階のカーテンは閉じられている。

エリックはメモを見て住所を確認し、しばらくためらっていたが、やがて大ぶりのした。

玄関口をなかへ入った。このことは誰にも話していなかった。

胃がぴくぴくと痙攣するのを感じた。階段の吹き抜けをピアノの音が流れていた。

エリックは時計に目をやり、まだ少し早いのを見て、玄関口へ引き返して待つことにした。

今年の春、郵便受けにピアノの個人レッスンのチラシが入っているのを見つけた。ほぼ即決とも言える速さで、夏の初めに十八歳になる息子のベンヤミンのために集中コースを申し込んだ。

ピアノを習うのに遅すぎることはないと思ったからだ。エリック自身、ずっと前からピアノを演奏することを夢見ており、ひとり腰を下ろしてショパンの物悲しい夜想曲を弾きたいと思っていた。

ところがベンヤミンの誕生日の前日、あなたが自分の夢を息子に託そうとしているのを見抜くのに精神分析医になる必要はないわ、とネリーに指摘されてしまった。

そこでエリックは、急遽《きゅうきょ》、プレゼントを自動車の運転教習のコースに切り替えた。ベンヤミンは大喜びし、シモーヌにも気前のいいプレゼントだとほめられた。

ピアノのレッスンはキャンセルしたと思っていた。ところがその朝、一回目のレッスンをお忘れなきようというリマインドのメールが送られてきた。

エリックは滑稽なほど思い悩んだ末に、せっかくのチャンスだから、とりあえず最初のレッスンだけは行ってみようと心を決めた。

このまま立ち去って、レッスンのキャンセルはすでに伝えてあるとメールしようかという思いが頭をぐるぐるまわっていたが、ドアの前に戻り、指を一本伸ばしてベルを鳴らした。

ピアノの音は止まらなかったが、軽やかに駆けてくる足音が聞こえた。

ドアを開けたのは幼い子どもだった。七歳ぐらいの少女で、大きな目は澄んでおり、髪はくしゃくしゃだった。水玉模様の服を着て、ヤマアラシのぬいぐるみをかかえている。

「ママはレッスン中よ」と、少女は小声で言った。

美しい音楽がフロアを流れている。

「七時に約束してるんだ。レッスンを受けるために」と、エリックは説明した。

「ママは、小さい頃に始めなければだめだって言ってるわ」

「うまくなりたいならね。でも、私はそうじゃない」と言って、エリックはにやりとした。「聴いている人が耳を覆ったり、悲鳴を上げたりしなければ十分なんだ」

少女も引きずられたようににっこりする。急に思い出したのか、「コートを預かろうか?」と尋ねる。

「持てるかな?」

エリックは重いコートを少女のか細い腕に預け、少女が玄関の奥のクロゼットへ歩いていくのを見送った。

三十代なかばの女性が廊下を近づいてきた。何か物思いにふけっている様子だが、ピアノの音色は耳に入っているようだった。

黒い髪をボーイッシュに切り詰め、目を小さな丸いサングラスで隠している。唇は薄いピンクで、まったくのすっぴんらしいが、それでもフランスの映画スターのように見えた。

この人がピアノ教師のジャッキー・フェデレルだな、とエリックは思った。ルーズなニットのセーターとスウェードのスカートに、ヒールのないバレエシューズ風のパンプスを履いている。

「あなたがベンヤミン？」と、彼女は尋ねた。

「僕はエリック・マリア・バルクです。息子のベンヤミンへの誕生日プレゼントと思って申し込んだのですが、結局息子にはプレゼントのことを言いそびれました。代わりに私が来ました。ピアノを習いたいのは、実は私だったからです」

「あなたがピアノを習いたいの？」

「年をとりすぎていなければ」と、エリックは急いで付け加えた。

「お入りなさい。前のレッスンはもう終わるところよ」

エリックはあとについて廊下を歩きながら、ジャッキーが片手の指を壁に触れながら歩いているのに気づいた。「むろん、ベンヤミンには別のプレゼントを贈りましたよ」と、彼女の背に向かって言う。

ジャッキーがドアを開けると、ピアノの音が高くなった。「お座りください」と言って、自分もソファに浅く腰を下ろす。

高窓から入る光が部屋を明るく輝かせていた。窓の外には葉陰の多い中庭が見える。黒いピアノの前に、十六歳ぐらいの娘が背筋をぴんと伸ばして座っていた。身体を前後にゆっくり揺らしながら、かなり難しい曲を弾いている。楽譜をめくると、鍵盤に指を走らせ、器用に足でペダルを踏んだ。

「テンポを変えないで」と、ジャッキーが顎を突き出して言った。

娘は顔を赤らめ、そのまま演奏を続けた。素晴らしい音色に思えたが、ジャッキーが気に入っていないのはエリックにもわかった。

このピアノ教師は、昔はスターだったのだろうか、とエリックは思った。自分も名前を知っていてもおかしくないコンサート・ピアニストだったのか。室内でもサングラスをかけているプリマドンナ、ジャッキー・フェデレル。

曲が終わり、しばらく宙にとどまっていた音が徐々に消えていった。ほとんど消えかけると、娘が右のペダルから足を離し、ピアノのダンパーが弦の振動を止めた。

「今日のその音はとてもよかったわ」と、ジャッキーが言った。

「ありがとうございます」娘は楽譜をしまうと、足早に部屋を出て行った。

静寂が部屋を包んだ。中庭の大きな木の緑の影が床に伸び、かすかに揺れている。

「じゃあ、あなたはピアノを習いたいのね」ジャッキーはそう言って、ソファから立ち上がった。

「ずっと習いたいと思ってたんですが、そのチャンスがなかった。言うまでもなく、僕には才能はかけらもありませんが」と言ってから、エリックはあわてて付け加えた。

「僕は音楽的な人間ではないので」

「それは残念ね」と、ジャッキーが静かに言った。

「ええ」

「まあ、とにかくやってみましょうか」ジャッキーは片手を壁のほうに突き出した。

「ママ、ミックスジュースをつくったわ」少女がジュースのグラスを載せたトレイを掲げて入ってきた。

「喉が渇いてるかどうか、お客さんに訊いてみたら」

「喉が渇いてる?」

「ありがとう、うれしいよ」と、エリックは言ってジュースを口に含んだ。「きみもピアノを弾くの?」

「ママが同じ年のときよりうまく弾けるわ」何度も同じ質問をされてきたらしく、少女はそう答えた。

ジャッキーはにっこり微笑《ほほえ》むと、娘の髪と首をどこかぎごちない手つきでなでてから、エリックに顔を向けた。「レッスン料は二十回分いただいているわ」

「僕はちょっとやりすぎるところがありましてね」

「このコースで何を身につけたいと思ってらっしゃるの？」

「本音を言えば、前々からショパンのソナタか夜想曲を弾けるようになりたいと夢見てました」エリックは顔が赤らむのを感じた。「でも、最初は『メエメエ、黒ヒツジさん』から始めなければならないのはわかっています」

「ショパンでもいいと思いますけど、練習曲《エチュード》から始めたほうがいいかもしれないわ」

「短いものがあれば」

「マデレーン、ショパンのエチュードを持ってきてくれる？　作品二十五の一を」

少女はジャッキーのすぐ脇の棚からフォルダーを下ろし、なかから楽譜を引き出した。少女が母親の手にその楽譜を手渡すまで、エリックはピアノ教師が盲目であることに気づかなかった。

一〇

　ぴかぴかに磨き上げられたピアノの前に腰を下ろして、エリックは笑みを浮かべた。小さな金のステンシル文字で〈ベヒシュタイン、ベルリン〉と書かれている。

「スツールをもっと下げないと」と、少女が言った。

　エリックは立ち上がり、椅子を数回転させて座面を下げた。

「最初は右手だけで。でも、音符によっては左もつけましょう」

　エリックはジャッキーの色白の顔を見つめた。鼻筋が通り、口を少し開いている。

「私を見ないで、楽譜と鍵盤を見なさい」と言いながら、ジャッキーはエリックの肩越しに手を伸ばし、小指で黒鍵のひとつをそっと押した。ピアノの内部で高音が反響する。

「これがEフラット。まずは六つの音、十六分音符六つでできた長調の音階から始めましょう」そう言って、ジャッキーはその音階を弾いてみせた。

「わかりました」と、エリックがつぶやく。

「初めの音は？」

　エリックが音階の主音を押すと、耳ざわりな音が出た。

「小指を使って」

「どうして使った指を……」

「みんな、それを使うから。さあ、弾いてみて」と、ジャッキーは言った。

苦労しながらも、エリックはなんとかレッスンをこなした。ジャッキーの指示に注意を集中し、音階の最初の音を強めに叩く。だが、左手でいくつか音を弾かなければならなくなると、どうしていいかわからなくなった。ジャッキーが何度か彼の手に触れて、もっと力を抜けと注意した。

「いいわ、疲れたでしょう。そこまでにしておきましょう」ジャッキーが淡々とした口調で言った。「頑張ったわね」

彼女はエリックに次のレッスンでやる音階を教えてから、少女にドアまで案内するよう指示した。玄関へ行く途中の閉じたドアに、子どもっぽい文字で〝入室禁止！〟と書いてある大きな看板がかかっていた。

「きみの部屋かい？」と、エリックが尋ねる。

「ここにはママしか入れないの」と、少女は答えた。

「僕が子どもの頃は、母親も自分の部屋に入らせなかったものだよ」

「ほんとう？」

「大きな頭蓋骨を描いた紙をドアに吊るしてたんだ。でも、そんなことをしても母親は入ってたんだろうな。ときどき、きれいなシーツに取り替えてあったからね」

外へ出ると、夜の空気が新鮮に感じられた。まるで、レッスンのあいだ、ずっと呼吸を止めていたような気分だった。背中がこわばって痛かったし、まだ決まりの悪い気持ちが消えていなかった。

家へ戻ると、時間をたっぷりかけて熱いシャワーを浴びてから、エリックはピアノ教師に電話をかけた。

「はい、ジャッキーです」

「こんばんは、エリック・マリア・バルクです。あなたの新しい生徒の」

「あら、どうも」と、ジャッキーは怪訝《けげん》そうに言った。

「電話したのは……その、謝りたくて。あなたの夜の時間を無駄に使わせてしまって……もし見込みなしだったら……始めるのが遅すぎたのなら……」

「言ったでしょう、あなたは頑張ったわ」と、ジャッキーは言った。「教えた音階を練習しておいて。次にお目にかかるまでに」

エリックは言うべきことを思いつかなかった。

「おやすみなさい」と言って、ジャッキーは電話を切った。

寝る前に、エリックは自分の目標であるショパンの作品番号二五を聴いた。マウリッツィオ・ポリーニの泡立つような音を聴いているうちに、声を上げて笑わずにはいられなくなった。

一一

太陽は木々のはるか高みにあり、青と白のテープがそよ風になびき、その影がアスファルトのうえで踊っている。

立ち入りを禁じる規制線に配置された警官が黒のリンカーン・タウンカーを通すと、リンカーンはステーンハンマルス通りをゆっくりと進んだ。夜の森のように真っ黒な車体に、緑濃い庭の影が映り込む。

マルゴット・シルヴェルマンは車を路肩に寄せると、パトカーの後ろにスムーズに停めた。片手をハンドブレーキに置いて、しばらくじっとたたずむ。

時間切れになる前にスサンナ・ケルンの身元を突き止めるのがどれほど難しかったかを改めて考えていた。一時間たってすでに手遅れだとわかっていても、マルゴットとアダムはあきらめずに追跡を続けた。

ふたりが疲れきったIT専門係官に会いに階下へ行き、ビデオの出所をたどるのは不可能だと聞かされているときに、その電話がかかってきた。

午前二時を少し回った頃、鑑識チームが現場に到着し、ブロンマ・シルク通りとリーレングス通りにはさまれた地域を封鎖した。

犯行現場の調査は一日かけて行われ、その間に精神科医エリック・マリア・バルクの助力を得て、被害者の夫の事情聴取が続けられた。

警察は近隣の家の聞き込みを行い、近所の交通監視カメラを調べた。マルゴットはアダムとともに、エリクソンという名の鑑識専門家と現場で落ち合う約束をしていた。

大きく息をつくと、マルゴットは〈マクドナルド〉の紙袋を手に取り、車を降りた。

ステーンハンマルス通りを遮断した規制線の外には花束が積み重ねられ、ロウソクが三本灯《とも》されていた。教区ホールには、ショックを受けた隣人が数人集まっていた。

容疑者はまだひとりも挙がっていなかった。

スサンナの前夫は、警察が所在を突き止めたとき、息子と一緒にクリスタンバーリ・スポーツクラブでサッカーをしていた。犯行のあった時間にアリバイがあるのはわかっていたが、警官は彼を部屋の隅へ呼んで事情を打ち明けた。

マルゴットが受けた報告では、前夫は話を聞き終えるとゴールのところへ戻り、息子が蹴るペナルティーキックを何度も受け止めていたという。

その朝マルゴットは、目撃者も法医学的証拠も皆無という前提で捜査プランを立てた。

まずはここ数年間に、強迫性障害で入院、または通院した人物を探すことにした。

なかでも性犯罪で有罪判決を受け、すでに釈放されたか保護観察中の人間に焦点を絞る。絞り終えたら、犯罪プロファイリング班の協力をあおぐ。

マルゴットはまだ口をもぐもぐさせながら、紙袋をくしゃくしゃにまるめて制服警官に渡し、「五人前は食べられそうよ」と言った。

犯行現場を囲うテープを引き上げてくぐると、門の外で待っていたアダムのところへ重い足どりで近づいていく。そして、「知ってるでしょうけど、シリアル・キラーは存在しないそうよ」と不機嫌そうに言った。

「そうらしいですね」と答えて、アダムは門に入る彼女に道を譲った。

「ボスたちはいったい何を考えてるのかしら」と、マルゴットがため息をつく。「私たちが何を言ったって、夕刊タブロイド紙が遠慮するわけないのに。新聞はいつも警察をこき下ろしてる。連中にすれば、朝食前なのよ」

「朝飯前だよ」と、アダムが訂正する。

「メディアが犯人にどんな影響を与えるか予想もつかない」と、マルゴットが先を続ける。「世間の目を気にして、しばらく鳴りをひそめるか。あるいは、注目を浴びたことで虚栄心を刺激されて自信過剰になるか」

建物の窓から漏れる投光照明器の光があたりを照らし出し、まるで映画かファッション写真の撮影現場のようだった。

白いつなぎの防護服姿の男がコカ・コーラの缶を開け、最初に噴き出す泡を逃すまいとでもいうように、大急ぎでがぶりと飲んだ。顔は汗で光っており、マスクを顎の下にはさみ込み、大きな腹のせいでつなぎ服の縫い目がいまにもはちきれそうだ。

「エリクソンを探してるんだけど」と、マルゴットが言った。

「五つのパンと二匹の魚でイエスが五千人を満腹させる話を聞いただけで大泣きする巨大なマシュマロ男を探してみるんだな」エリクソンはそう答えて、握手の手を差し出した。

マルゴットとアダムが薄地のつなぎの防護服を着ているあいだに、エリクソンは、外階段でようやくサイズ43のゴム底ブーツの足跡を採取したというのに、なかへ入ると被害者の夫がご丁寧に家じゅう掃除してくれていて、おかげで証拠が全部おしゃかになったという話をした。

「何をするにせよ、普段の五倍は時間がかかる」と、頬の汗を白いハンカチでぬぐいながら、エリクソンは言った。「通常の復元は不可能だが、どんな成り行きだったか、ふたつ三つ教えてやれることもあるよ」

「それで、死体は？」

「いまから一緒にスサンナに会いに行く。でも、動かされてるんだよな……知ってのとおり」

「ベッドに運ばれたのね」と、マルゴットが言った。

エリクソンは彼女が防護服のファスナーを締めるのを手伝ってやった。アダムは袖をまくり上げた。

「マシュマロが三つ出てくるお子様向け番組ができそうね」と言って、マルゴットは両手を自分の腹に当てた。

三人は犯行現場への立ち入りリストに名前を書くと、エリクソンを先頭に玄関へ向かった。

「用意はいいか?」と、エリクソンが突然、真剣な口調で言った。「普通の家、普通の女、長く続いた平穏な日々。それがわずか数分のあいだに、地獄からの訪問者が……」

三人は家へ入った。ビニールの防護服がかさかさと音を立て、ドアを閉めると、蝶番《ちょうつがい》が罠にかかったウサギのようにかすかに悲鳴を上げた。急に晩夏の日差しから断ち切られて薄暗い玄関ホールに入ったせいで、目がくらんだ。

三人は目が慣れるまで、その場に立っていた。

空気は生温かく、血の手形がドア枠や錠とノブのまわりに残っている。

ノズルのない電気掃除機が床のビニールシートのうえに置かれていた。ホースから黒ずんだ血が垂れている。

アダムがマスクの下で重い息をついた。額に汗の玉が噴き出している。

ふたりはエリクソンのあとから床に敷かれた保護板のうえをキッチンへ向かった。リノリウムに血の足跡が付いている。足跡はぞんざいにぬぐわれたあと、また踏まれていた。シンクの片側はペーパータオルの塊でふさがれており、窓拭きワイパーが濁った水に浮かんでいる。

「ビヨーンの足跡は見つけてある」と、エリクソンが言った。「最初は血まみれの靴下で歩きまわり、その後は裸足《はだし》だった。靴下はキッチンのゴミ箱に入っていた」

エリクソンは口を閉じ、三人はキッチンとダイニングや居間をつなぐ廊下を進んだ。

犯行現場は時間とともに変化し、捜査が進むにつれて破壊されていく。どんな証拠も見逃さないように、科学捜査班の現場担当官はまず近所にあるゴミ箱と駐車中の車を確保し、特定のにおいなどすぐに消えてしまう要素を記録に残す。

それが終わると、外側から絞り込むように犯行現場の全般的な捜査を行い、最後に死体と実際の殺人現場にいたる。

エリクソンはマルゴットとアダムを、差し込む日差しのまぶしい居間へと案内した。

鼻をつく血のにおいは消しようがなかったが、普通なら乱れているはずの部屋が妙に整然としていた。家具が全部拭き掃除され、元の位置に戻されていたからだ。

昨夜マルゴットはビデオで、スサンナがこの部屋に立ち、紙箱から直接スプーンでアイスクリームを食べている姿を見た。

そのときブロンマ空港に着陸する飛行機が近づいてきて、轟音でガラス・キャビネットがかたかたと音を立てた。マルゴットは磁器の人形が全部、まるで眠っているように横たえられているのに気づいた。

ソファの後ろに置きっぱなしにされた血まみれのモップのまわりをハエが飛んでいた。バケツの水は暗赤色で、床にも同じ色の筋ができている。壁の幅木と家具に付いた濡れ跡を見れば、モップのたどった経路がよくわかる。

「最初、ビヨーンは掃除機で血を吸い取ろうとした」と、エリクソンが言う。「そのあと、どうやら床をモップがけしてから、布巾とペーパータオルで拭こうとしたらしい」

「彼は何も覚えてないのよ」と、マルゴット。

「もともとの血痕の輪郭はほとんど残っていないが、彼が拭き残したところもある」と言って、エリクソンは壁紙の一部に付着した細長い飛沫の跡を指さした。

エリクソンは昔ながらの手法を用い、八本の糸をそれぞれ壁の最も遠い血痕から伸ばして、中心を成す点を割り出していた。そこが、血が最初に噴き出したところだ。

「ここがまさにその場所だ。ナイフはうえから振り下ろされ、かなり深くまで届いている」と、エリクソンは息も継がずに言った。「それに、むろんこれは最初の攻撃のひとつにすぎない」

「なぜなら、彼女は立っていたから」と、マルゴットが低くつぶやく。

「なぜなら、彼女はまだ立っていたからだ」と、エリクソンが肯定する。

マルゴットは横たえられた磁器の人形を収めたキャビネットに目をやり、きっとスサンナが逃げようとしてあれにぶつかったのにちがいないと思った。

「この壁は掃除してあった」と、壁を示しながら、エリクソンが言う。「だからあくまで推測だが、たぶん彼女はこの壁に背中をもたせてずり落ちたのだと思う。一度床に転がり、足をばたばたさせたのかもしれない。いずれにしろ、しばらく穴の開いた肺で息をしながら、ここに横たわっていた」

マルゴットは身をかがめて、ソファの背面に飛んだ血を見た。下方から噴きかかったものだ。スサンナが咳をしたのか。

「でも、血はここにもかかっているわ」と、マルゴットが指さす。「スサンナは抵抗したんだわ」

「それに、ビヨーンがどこで彼女を見つけたか、われわれにはわかっていないんじゃないんですか？」と、アダムが尋ねる。

「そうとも。だけど、ここには大量の血の痕がある」と、エリクソンが指さす。

「あそこにもね」と、マルゴットが窓のほうを示した。

「確かに。でも、彼女はあそこまで引きずられていったんだ。死んだあと、いろんな場所に移されている。ソファに横たえられ……浴室にも運ばれ……」

「そして、いまは寝室にいる」と、マルゴットが言った。

一二

投光照明の白い光が寝室にあふれていた。何もかもが輝いている。あらゆる線が、空中で渦を巻く細かい埃が。薄グレーのカーペットのうえを、血のしずくの痕が小さな黒い真珠のようにベッドまで続いている。

マルゴットは部屋に入ってすぐに足を止めたが、あとのふたりはそのままベッドに近づいた。そこで防護服がかさかさとこすれる音が消える。

「ひどい」アダムがぎょっとして、小さな悲鳴をあげる。

マルゴットの頭に、またしてもビデオの場面が浮かんだ。脱ぎかけたスウェットパンツを片足にからませて歩きまわっているスサンナ。

視線を下げると、スサンナの服が表に返して畳まれ、椅子にきちんと積み上げてあった。

「マルゴット、大丈夫ですか？」

マルゴットはアダムと目を合わせた。その見開いた目を見て、ハエのにぶい羽音を耳にすると、彼女はしぶしぶ死体のほうに目を向けた。

カバーが死体の顎のところまで引っ張りあげられている。

顔は暗赤色のどろどろした塊でしかなかった。犯人は切り刻み、刺し、えぐり取っていた。

近づいてみると、ひとつしか残っていない目がねじ曲がった角度で天井を見上げていた。

エリクソンがカバーを折り開く。カバーは固まった血でごわごわになり、肌とくっついていた。乾いた血が剝がれる小さな音がして、破片がぱらぱらと舞い落ちる。

アダムが片手で口を覆った。

残虐な仕打ちは顔と首、胸に集中していた。死んだ女性は裸で、血にまみれていた。全身に刺傷と内出血があるのが、マルゴットにも見て取れた。

エリクソンが写真を撮り始めたので、マルゴットは被害者の腹の右側が緑のまだら模様になっているのを指さした。

「それは正常だ」と、エリクソンが答えた。

スサンナの陰毛は、外陰部を覆う赤みがかったブロンドの繁みの周辺が伸び始めていた。太ももの内側には目立った痕や傷は見当たらなかった。

エリクソンは数百枚も写真を撮った。枕に載った頭から始めて、爪先まで余すところなく撮影した。

「いよいよきみに触れなければならないな、スサンナ」とささやきかけると、エリクソンは死体の左腕を持ち上げた。

腕をひっくり返して裏側の防御創を見る。襲撃を防ごうとした証拠である切り傷だ。手慣れた仕草で、エリクソンは被害者の指の爪の下をこすった。犯人のDNAが残されている可能性が最も高い場所だ。爪のひとつずつに新しい管を使い、ラベルを貼ってから、ベッドサイドテーブルのうえのコンピューターに記録する。

すでに死後硬直は解け、スサンナの指はだれりと垂れていた。

指からの採取を終えると、エリクソンはビニール袋を死体の手にかぶせて、テープで留めた。

「私は毎週のように普通の人々を訪問しているが」と、エリクソンがつぶやく。「みんな、窓ガラスを割ったり、家具をひっくり返したり、床を血に染めたりしている」

彼は、もう一方の手の採取をするためにベッドの反対側にまわった。手を持ち上げようとした瞬間、ぴたりと動きを止める。

「手のなかに何かある」と言って、カメラに手を伸ばす。「見えるかい?」

マルゴットは身を乗り出して、目を凝らした。死んだ女性の指のあいだに黒っぽいものが見えた。強く握っていたものらしいが、手から力が抜けて姿を現したのだ。

エリクソンはスサンナの手を持ち上げて、慎重にそれを取り出した。まるで彼女はまだ未練があるのに、抗うだけの力が残っていないかのように。

一瞬、エリクソンの大きな身体が視界をふさいだが、まもなくマルゴットにもそれが何かわかった。

小さな磁器の鹿の頭がもげたものだ。

頭は光沢のある栗色で、もげた底部は砂糖のように真っ白だった。

犯人か彼女の夫が握らせたものなのだろうか？

マルゴットはガラス・キャビネットのことを思い出した。磁器の人形は倒れただけで、どれも壊れてはいないはずだ。

マルゴットは部屋全体を見渡せるようにあとずさった。エリクソンは死体のそばにいて、小さな栗色の鹿の頭を撮影している。洋服ダンスの前にあるオットマンに腰を下ろしているアダムは、吐き気をなんとか我慢しているように見える。

マルゴットはガラス・キャビネットのところへ戻り、しばらくのあいだ、倒れた人形たちを見つめた。どれも死んだように倒れているが、壊れたものはなく、首がもげたものもない。

被害者はなぜ、小さな鹿の頭を握りしめていたのだろうか？

マルゴットは点滅する光の向こうにある寝室に目をやった。ソルナの法医学局に戻る前に、もう一度死体を見ていこうと思った。

一三

朝、エリックは心理臨床科のカフェテリアでコーヒーを注文した。金を払おうと財布を取り出すと、ピアノのレッスンのせいで肩に痛みが走るのを感じた。

「お代はいただいています」と、レジ係が言った。

「払ってあるって?」

「お友だちが、クリスマスのあいだのあなたのコーヒー代と言って支払っていかれました」

「その人は名乗ったかね?」

「ネストル、と」と、レジ係が答える。

エリックはにやりとしてうなずいた。ネストルと話して、感情に流された過剰な感謝は必要ないと言ってやらなければと思った。自分の仕事は人を助けることだ。ネストルが恩義を感じるいわれはない。

エリックがまだ元患者の用意周到で心温まる振る舞いのことを考えているあいだに、

後ろからくぐもった足音が聞こえた。振り返ると、妊娠中の警部補が近づいてきて、シュリンク包装したサンドイッチを持つ手を振った。

「ビヨーンはいくらか眠れたみたいで、少し気分がよくなったようです」と、マルゴットは息を切らせながら言った。「協力すると言っています。催眠を試してもいいと」

「いますぐ始めれば、一時間で終わるでしょう」そう言って、エリックは急いでコーヒーを飲み干した。

「彼に効果があると思いますか？」ふたりで並んで処置室に向かいながら、マルゴットはそう尋ねた。

「催眠は彼の頭をリラックスさせる手段にすぎません。リラックスさせれば、彼も以前よりもう少し秩序だった方法で記憶をたどることができるかもしれない」

「でも、検察側が催眠状態でなされた供述を証拠にできるケースはごく限られています」

「そうですね」と言って、エリックはにやりとした。「だけど、ビヨーンがあとできちんと証言できるようになれば、捜査を前進させる助けになるのは間違いない」

ふたりが処置室に入ると、ビヨーンはアームチェアの後ろに立って、椅子の背を両手でつかんでいた。目がうつろだった。

「催眠はテレビで見たことしかないんだ」と、弱々しい声でビヨーンは言った。「だから、信じていいかどうか確信が持てない」

「催眠はあなたの気分をよくするためのものと考えてください」

「でも、この人にはここにいてほしくない」と、マルゴットに目をやりながら、ビヨーンは言った。

「もちろんです」と、エリック。

「彼女にそう言ってくれますか？」

マルゴットはソファを動かず、表情ひとつ変えなかった。

「ここを出て、外で待っていてください」エリックがきっぱりと言う。

マルゴットは自分の腹を指さした。「座ってないとつらいのよ」

「カフェテリアの場所はご存じのはずだが」

ため息をついて立ち上がると、マルゴットは携帯電話を取り出してドアへ向かった。ドアを開けたところで、エリックのほうを振り返る。「ちょっと外で話せます？」と、親しげな口調で言う。

「いいですよ」と言って、エリックはあとについて廊下へ出た。

「あの人を甘やかしているひまはないんです」と、マルゴットが小声で言う。

「彼が話すかどうか心配なのはわかるが、僕は医者です。彼を助けるのが僕の仕事なんです」

「私にも仕事はあります」いらだちの混じった口調で、マルゴットは言った。「殺人犯の犯行を止めるのもそのひとつです。これは重大なことよ。ビヨーンの知っていることが……」

「これは尋問ではない」と、エリックがさえぎる。「あなたもわかってるはずだ。すでに話し合ったことなのだから」

そう言って、エリックはマルゴットがいらだちを抑え込む様子を見守った。やがて彼女は、エリックの言葉を受け入れたかのようにうなずいた。

「わかったわ。彼に害をおよぼさないという条件で」と、彼女は言った。「私がいま置かれている立場から言えば……そう、どんなに細かいことでも、すべてが捜査にとても重要な意味を持つのよ」

一四

エリックはドアを閉めると、折り畳み式のスタンドを伸ばしてカメラを据えつけた。ビヨーンは片手で額をこすりながら、その様子を眺めていたが、「撮影するんですか?」と尋ねた。

「自分のしていることを記録するだけですよ」と、エリックが答える。「メモをとらなくてもすむしね」

「わかった」と、エリックの返事が耳に入っていないかのように、ビヨーンが言った。

「まずはソファに横になってください」エリックは窓のそばへ行き、カーテンを閉めた。

部屋が心地よい暗さになった。ビヨーンは仰向けに寝ころび、少し身じろぎしてから目を閉じた。

エリックは椅子をソファのそばに持っていき、腰を下ろした。ビヨーンの緊張が感じ取れた。混沌《こんとん》のなかに身を置き、さまざまな衝動に引き裂かれそうになっているのが。

「ゆっくり鼻で息をして」と、エリックは言った。「口と頬と喉には力を入れないで……枕に載せた頭の後ろの重さを感じられるように。首がリラックスしていることも。首をもたげる必要はありません。あなたの頭は枕に載っているのだから……顎の筋肉もリラックスしています。額のあたりも穏やかで、乱れはない。まぶたがいつもより重く感じる」

エリックはたっぷり時間をかけてビヨーンの全身——頭から足の爪先までひとつひとつの状態を言葉にしてから、ふたたび張りを失ったまぶたと頭の重さに戻った。

眠りを誘う単調な話し方で、エリックは催眠誘導を行った。次に起きることに備えて力をたくわえながら、なめらかな声で話しかける。

ビヨーンの身体から力が抜けていく。場合によっては、心的外傷《トラウマ》が催眠に対する感受性を研ぎ澄ますことがある。それは、現在の耐えがたい状況を抜け出すために、脳が指示を待ち望んでいることを意味するのかもしれない。

「あなたに聞こえるのは私の声だけです……もしほかに何か聞こえるとしても、それはあなたをさらにリラックスさせ、私の言葉に気持ちを集中させるためのものです。これから数を逆にかぞえていきます。数を聞くたびに、あなたは少しずつリラックスしていきます」

エリックは次にやって来るもののことを考えた。家のなかで待っていたものを、ビヨーンが玄関を入って見たものを……衝撃が襲いかかる瞬間を。

「九百十二」と、エリックは数えた。「九百十一……」

ひと呼吸ごとに、ゆっくりした平板な声でひとつずつ数を唱える。途中で数をいくつか省略したが、それでもカウントダウンを続けた。いまやビヨーンは深い眠りの底にいた。額の皺が目立たなくなり、口もともゆるんでいる。エリックは、自分も共鳴して催眠状態に入るときの内臓の震えを感じた。被験者が深い眠りに入ると、医師もそれに同調して催眠状態に陥る現象である。

「いまのあなたはとてもリラックスしている。大いにくつろぎ、快適で、安らかな気分だ」と、エリックはおもむろに言った。「まもなくあなたは、金曜日の夜の記憶に戻っていく。私がゼロまで数えたとき、あなたは自宅の前にいる。でも、あなたは完全に冷静だ。何も危険はないのだから。四、三、二、一。いまあなたは自宅の前の通りにいる。タクシーがタイヤをきしらせて走り去る」

ビヨーンは目を開いたが、その焦点は自分の内側に、記憶に当たっていた。重そうなまぶたがふたたび閉じる。

「自分の家が見えますね？」

ビヨーンは自宅の前の涼しい夜気のなかに立っている。奇妙な輝きが、彼のゆったりとした心臓の鼓動に合わせて空に光を放っている。光が広がり陰が退くにつれて、家が前のめりにかしいだように見える。

「動いている」ほとんど聞こえないほどの声で、ビヨーンが言う。

「あなたは玄関に向かって歩いていく」と、エリック。「夜風が心地よく、不快なことは何ひとつない……」

カラスが数羽、木から飛び立って、ビヨーンをぎょっとさせる。カラスの姿が空にくっきり浮かび上がり、その影が草のうえを走る。やがてそれも見えなくなる。

「あなたの身には何の心配もない」エリックがそう言ったとたん、ビヨーンの片手がソファのうえで不安そうに動くのが見えた。

一五

深い催眠状態のまま、ビヨーンは玄関のドアに近づく。石畳の通路を進むうちに、窓でかすかにゆらめくものが気になり始める。

「あなたは玄関に着く。キーを取り出し、鍵穴に差し込む」と、エリックは言った。

ビヨーンはそっとノブを押したが、ドアは開かない。もう少し力をこめると、今度はねばつくような音を立てて開く。

エリックはビヨーンが額に汗をかいているのに気づいた。もう一度、なだめるような口調で、何も恐れることはないと言い聞かせる。

ビヨーンはなんとか目を開けようとしながら、何かつぶやいた。エリックが身を乗り出すと、ビヨーンの息が耳にかかった。「戸口に……何か変なものがある」

「そう、この戸口はいつも変なのです」と、エリックが冷静に言った。「でも、一度越えれば、何もかもがいつもの金曜日と同じになります」

エリックは、ビヨーンの額に汗が膜を張っているのに目を留めた。顎が震え始めた。

「いやだ、いやだ」ビヨーンが首を振りながらつぶやく。

ビヨーンを家のなかに入らせるには、もっと深い催眠状態に導く必要がありそうだった。

「いましなければならないのは、自分の声に耳を傾けることです」と、エリックは言った。「なぜなら、あなたはすぐにもっとリラックスした状態になるからです。何の心配もいらない状態に。私がカウントダウンすると、あなたはもっと深く沈んでいく。四、あなたは沈んでいく、三……どんどん冷静になっていく、二……あなたは完全にリラックスしている。ドアはもう障害物ではないのがわかる」

ビヨーンの表情がゆるんだ。ぽっかりと開けた口の片側からよだれが垂れる。エリックのもくろみ以上に深い催眠状態に落ちていた。

「準備ができたら、あなたは……敷居を越えることができる」

気は進まなかったが、それでもビヨーンは一歩家のなかに踏み入る。廊下の先にあるキッチンのほうへ目を走らせる。何もかもがいつもと変わらないように思える。バウハウスのチラシが置かれたドアマット、靴棚にはあふれそうなほど靴が積み上げられ、始終倒れている傘が今日も床に横たわっている。整理ダンスのうえに置いたキーがジャラジャラと音を立てる。

「何もかもいつもと変わりない」と、ビヨーンはささよくように言った。「いつもと同じだ……」

その瞬間、何かが転がるような奇妙な動きを目の隅で捉えて、ビヨーンは口をつぐむ。そちらには目を向けず、まっすぐ前を見すえたが、視野の端で何かが動いている。

「何か妙なものが……脇のほうにある。僕は……」

「何と言ったのですか?」と、エリックが尋ねる。

「動いている。脇のほうで……」

「わかりました。それは放っておきましょう。まっすぐ前に進みます」

ビヨーンは廊下を前進する。それでも視線はどうしても脇にそれ、戸口にぶら下がった服のほうに向いてしまう。まるで家のなかを風が吹き抜けているように、服は薄暗がりでゆっくりと揺れている。スサンナのトレンチコートの袖が一瞬、風に持ち上げられ、またもとへ戻る。

「前を見なさい」と、エリックが言う。

心的外傷を受けた人間は、記憶が無秩序な集合体になって四方八方から押し寄せてくる体験をする。記憶はやがて消えるが、ふたたび出現し、また渾然《こんぜん》一体となる。エリックにできるのは、ビヨーンを部屋から部屋へと歩きまわらせることだけだった。自分には妻の死を防げなかったという基本的な事実を認識するまでは。

「いまキッチンにいる」と、ビヨーンがささやく。

「止まらずに歩き続けなさい」と、エリックは言った。

ビヨーンは、廊下に置かれたリサイクルに出す新聞紙の束にちらりと目をやる。前をまっすぐ見ながら、用心深く一歩を踏み出す。だがそのとき、キッチンの引き出しがするりと開くのが見える。引き出しはカタカタと音を立てて止まる。

「引き出しがひとつ開いた」と、ビヨーンが小声で言う。

「どの引き出しですか？」

ビヨーンは、それがキッチンナイフの引き出しであるのを知っている。それを開けたのが自分であることも。ほんの数時間前に、大型のキッチンナイフを洗ったからだ。

「ああ、どうしよう……僕にはできない……僕には」

「恐れることはない。あなたは安全だ。先へ進んでも、私がついている」

「いま地下室へ下りるドアの前を通り過ぎて、キッチンへ向かっている。スサンナはきっと眠っているにちがいない」

静かだ。テレビは消えていたが、どこかいつもと違う感じがする。家具の位置が正しくない。まるで巨人が家を持ち上げて、そっと揺すったみたいに。

「サンナ？」と、ビヨーンがささやく。

彼は明かりのスイッチに手を伸ばす。部屋の明かりはつかなかったが、庭に面した窓が輝いている。誰かに見られているような感じが振り払えず、カーテンを閉めたいという衝動に駆られる。

「ああ、どうしよう。どうしよう」突然、ビヨーンがすすり泣きを始める。顔が小さざみに震えている。

エリックには、ビヨーンがまさにその場所に、トラウマを生んだ出来事の記憶のただなかにいることがわかった。だがビヨーンはそれがどんな記憶なのか、ほとんど何も語ろうとしない。自分の胸にしまい込んでいる。

ビヨーンはさらに核心に近づいていく。暗い窓に自分の姿が映っている。その向こうで、外の繁みが風になびいているのが見える。

深い催眠状態にあるのに、彼は息を切らしている。身をこわばらせ、上体をのけぞらせる。

「何が起きているのですか?」と、エリックは問いかけた。

ビヨーンははっとして足を止める。窓から暗灰色の顔の人物がこちらを見つめているのが見える。窓ガラスのすぐそばにいる。心臓が激しく打つのを感じながら、ビヨーンは一歩あとずさる。バラの繁みが左右に揺れて、出窓をこすっている。灰色の顔は窓の外にあるのではないことに、ビヨーンは気づく。窓の前の床に誰かが座っている。その姿がガラスに映っているのだ。

落ち着いた声が、何も恐れることはないと繰り返している。

脇へ寄ると、それがスサンナであるのがわかる。彼女は窓の前の床に座り込んでいる。

「サンナ?」と、驚かさないようにそっとささやきかける。

彼女の肩が、髪の一部が見える。アームチェアに寄りかかって前を見つめている。

ビヨーンは用心深く近づく。床が濡れているのを感じる。

「彼女は座っている」と、ビヨーンがつぶやく。

「座っているって?」

ビヨーンは窓のそばにあるアームチェアに近づく。そのとき、天井の明かりが点き、部屋が光で満たされる。自分がスイッチを入れたのはわかっているが、部屋がまばゆい光に照らされても、まだ彼はおびえている。

いたるところに血があふれている。

ビヨーンは血のなかに立っている。テレビやソファ、壁の上部にも血が飛び散っている。床にも溜《た》まって、建材のすき間からぽとぽとと床下に落ちている。

彼女は床の暗赤色の水たまりのなかに座っている。死んだ女性はスサンナのキモノを着ている。周囲の血だまりのなかで埃が固まっている。

エリックは、ビヨーンの顔がこわばり、唇から血の気が失せたのに気づいた。ビヨーンが死んだ女性は妻のスサンナであると気づいた瞬間に、催眠から目覚めさせるつもりだった。

「そこに見えるのは誰です?」と、エリックは問いかけた。

「違う……そんなはずは」と、ビヨーンがつぶやく。

「あなたには、それが誰かわかっている」

「スサンナだ」ゆっくりとそう言うと、ビヨーンは目を開いた。

「もう、あなたは戻れる」と、エリックが言った。「これから目を覚まさせるから……」

「ものすごい血の量だ、ああ、僕はやりたくない……彼女の顔がめちゃくちゃにされている。ぴくりとも動かずに座っている。まるで……」

「ビヨーン、私の言うことを聞きなさい。これから数をかぞえるから……」

「彼女は片手で耳を覆っている。肘から血が垂れている」と、ビヨーンは荒い息をつきながら言った。

　エリックは強烈な寒気を覚えた。両腕とうなじの産毛が逆立っている。心臓を高鳴らせて、彼は処置室のドアのほうを横目で見た。ドアの向こう側を、やかましい音を立ててカートが移動していく。

「両手を見なさい」と、冷静な口調になるように努めながら、エリックは言った。「自分の両手を見るんです。ゆっくり呼吸して。ひと息ごとに気分が落ち着いてくる」

「やりたくない」と、ビヨーンが小声で言う。

　エリックには被験者に無理強いしているのはわかっていたが、ビヨーンが見つけたとき、妻がどこに座っていたのかを正確に知る必要があった。

「目覚める前に、もう少し先へ進む必要があります」唾をごくりと飲んでから、エリックは言った。「あなたがいまいる家の下に、まったく同じ家があります。そこは、あなたがスサンナをはっきり見ることのできる唯一の場所です。三、二、一、はい、あなたはそこにいます。彼女は血だまりのなかに座っていますが、あなたは怖がらずに彼女を見ることができる」

「顔はほとんどなくなっている。血のかたまりだ」と、ビヨーンは気だるげに言った。

「それに、片手で耳を……」

「続けて」と言って、エリックはまたドアのほうに視線を投げた。

「手がからまっている……キモノの紐《ひも》と」

「ビヨーン、これからあなたをうえの家に戻します。あなたにわかっているのは、スサンナが亡くなったことと、あなたには彼女を救うために何もできなかったことだけです。そのふたつだけを持ち帰り、それ以外のことは全部置いて行きましょう」

一六

エリックは自分のオフィスのドアを閉めて、デスクに戻った。座ると、背中に汗をかいているのを感じた。「何でもない」と、そっと自分に言い聞かせる。

マウスを動かしてコンピューターを起動し、ログインする。小きざみに震える手で一番上の引き出しを開けてブリスターパックから睡眠剤を一錠押し出し、水なしで飲み込んだ。

指が冷えきっているのを意識しながら、手早くIDとパスワードを打ち込んで患者のデータベースに入る。

そのときマルゴット・シルヴェルマン警部補がノックもせずにドアを開けたので、エリックは文字どおり椅子から飛び上がった。警部補は部屋に入ってきて、腹のうえでしっかり両手を組んで、エリックの前に立った。

「ビヨーン・ケルンは、あなたに何を話したか覚えていないと言ってます」

「それが自然です」と、エリックはできるだけはしょって答えた。

「催眠はどんな具合だったのです？」と、デスクにあるマレーシアの木製の象の表面に手をすべらせながら、マルゴットが尋ねた。

「全面的に受け入れてくれました」

「じゃあ、催眠をかけられたのね」マルゴットがにっこりとする。

「残念ながら、カメラのスイッチを入れるのを忘れてしまってね」と、エリックは嘘をついた。「でなければお見せできたのに。彼はすぐに催眠状態に入りましたよ」

「カメラのスイッチを忘れたですって?」

「あれが正式な尋問ではないことはあなたもご承知でしょう」と、かすかにいらだちを見せながら、エリックが言った。「これは、われわれが情緒安定化と呼ぶものに向かう第一歩なのです。うまくいけば……」

「そんなことは私にはどうでもいいのよ」と、マルゴットがさえぎる。

「……うまくいけば、あなたはあとで役に立つ証人を手に入れられるわけだ」と、エリックは最後まで言い終えた。

「あとって、どれぐらいあとのこと? 彼は今日中に何かしゃべってくれるかしら?」

「たぶん、彼はまもなく現実に起きたことを理解できるようになる。だが、それを話せるかどうかは別問題です」

「じゃあ、何があったの? 彼は何を話したの? 間違いなく、何か言ったはずよ」

「ええ、だけど……」

「守秘義務なんてたわ言はよしてちょうだい」と、マルゴットがさえぎる。「知らなければならないの。でないと、人が死ぬことになる」

エリックは窓のそばに行き、窓台に寄りかかった。ビルのはるか下で、入院着姿のやせた患者が背を丸めてタバコをすっている。

「僕は彼を家に戻した」と、エリックがゆっくりと言った。「家のなかへ。一筋縄でいかなかったのは、ごく最近の体験だし、恐ろしい記憶の断片が詰まっていたからです」

「でも、彼は全部見たのでしょう？　すべてを見ることができたのでしょう？」

「この催眠の目的はただひとつ、彼には妻を救うすべがなかったことを納得させることでした」

「それでも、彼は殺人現場を見たのね？　奥さんを？　そうなんでしょう？」

「ええ、見ています」と、エリックが答えた。

「で、何と言ったの？」

「ごくわずかでした。血のことを言ってました……妻の顔の傷のことも」

「彼女がいた場所の特徴は？　性的なことを暗示する姿勢だったの？」

「何も言いませんでした」

「座っていたのか、横たわっていたのか？　口はどんな具合だったのか？　手はどこに置かれていたのか？　裸だったのか？　暴行されていたのか？」

「ほんのわずかしか話さなかった」と、エリックが応じる。「そういう細かい点に話がおよぶまでには、かなり時間がかかるでしょう」

「あらかじめ言っておきますが、もしあの人がしゃべらなければ勾留します」と、マルゴットは声を高めた。「あの人を本部まで引っ張っていって、しゃべるまでタカのように監視してやり……」

「マルゴット」と、エリックは親しげな口調で言った。

マルゴットは表情をやわらげてエリックを見つめると、ため息をついてうなずいた。名刺を取り出し、デスクに置く。

「いつ次の犠牲者が出るか、私たちにはわからない。あなたの奥さんかもしれない。そのことを忘れないように」と言うと、マルゴットは部屋を出て行った。

エリックは顔の緊張がゆるむのを感じた。ゆっくりとした足どりでデスクに戻る。床がだんだん柔らかくなっているような気がした。コンピューターの前に腰を下ろしたとたん、ドアをノックする音がした。

「はい？」

「チャーミングな警部補さんは退去されましたよ」と、ドアから顔をのぞかせて、ネリーが言った。

「彼女は自分の仕事をしてるだけだよ」

「わかってます。ほんとにかわいらしい人ね」と、ネリーが皮肉る。

「やめなさい」と言いながらも、エリックはにやりとして、頬づえを突いた。

ネリーは急にまじめな顔になり、ドアを閉めると、なかへ入ってきた。「何があったの?」

「何でもない」と、エリックが答える。

「何でもないとは思えないけど」デスクの端に腰かけて、ネリーが言う。足を組むと、ナイロンのタイツとこすれた赤いウールの服が、静電気を起こしてパチパチと鳴った。

「そうかな」と言って、エリックはため息をついた。

「聞かせてちょうだい」と、ネリーが穏やかに言った。

エリックは立ち上がると、深呼吸をひとつしてからネリーに顔を向けた。「ネリー」と、うつろに響く声で言った。「ある患者について、きみに訊かなければならないことがあるんだ。きみがここで働き始める前に、ニーナ・ブロムが込み入った研究プロジェクトのためにチームを組織したことがある」

「それで?」ネリーは興味津々の顔つきでエリックを見つめた。

「僕がしてきた研究のことは、おおむねきみに話して聞かせた。でも、この件はそのなかに入っていなかった」

「患者の名前は?」

「ロッキー・キルクルンド。覚えてるかい?」

「ええ、ちょっと待って」と、ネリーはためらうように言った。

「彼は牧師だった」

「そうね。覚えてるわ。あなたからさわりだけ聞いたわね」と、思い出しながらネリーが言った。「あなたは犯行現場の写真を見せてくれて……」

「彼がどうなったか覚えていないのか?」と、エリックがさえぎる。

「何年も前のことだから」と、ネリーが答える。

「まだ監禁されている、そうじゃなかったか?」

「そう願いたいわ」と、ネリーが応じる。「人を殺したのよね」

エリックはうなずいた。「女性を」

「そうだわ、思い出した。顔全体が破壊されていたのね」

一七

エリックが患者のデータベースを検索するあいだ、ネリーは彼の背後に立っていた。ロッキー・キルクルンドの名前を打ち込むと、その人物がカーシュウデン地域病院に送致されていることがわかった。

「カーシュウデンにいる」と、エリックは言った。

ネリーは頬にかかった金髪の束を払うと、目を細くしてエリックを見つめた。「なぜその患者が問題なの?」

「ロッキー・キルクルンドの犠牲者はポーズをとらされていた。顔をめちゃくちゃに破壊され、片手を首のあたりに置いて床に寝かされていたんだ。たったいま、ビヨーン・ケルンの催眠を行ったんだが……彼が描写した光景は過去の殺人と酷似していた」

「牧師がやった殺人と？」

「はっきりとは言えないが、ビヨーン・ケルンの話では、妻の顔は完全に破壊されていて、片手で耳を覆って床に座り込んでいたという」

「警察は何と言っているの？」

「わからない」と、エリックがつぶやく。

「あの警部補には話したの？」

「彼女には何も言っていない」

「話さなかったの？」と、ネリーが尋ねた。

「なにしろその話が出たのは、彼が催眠状態にあったときだからね」

「でも、彼は催眠をかけることに同意したんでしょう？」

「僕が聞き間違えたのかもしれない」と、エリックは言った。

「聞き間違えたですって？」

「気分が悪いんだ。頭が働かない」

「エリック、もしかしたら意味のないことかもしれないけど」と、ネリーが言う。

「でも、警察には話すべきよ。あの人たちはそのためにここに来たのだから」

エリックは窓辺に寄った。さっきまで患者がタバコをすっていた場所には人影がなかったが、地面にタバコの吸い殻とキャンディの包み紙が捨てられているのが見えた。青い靴カバーがゴミ箱に押し込まれている。

「ずいぶん前の話なのに、僕には……あの頃がどんなふうだったか話したかな？　僕はロッキーを自由の身にさせたくなかった」と、エリックがゆっくりと言った。「まさに犯罪だった……すべてがそろっていた。残虐さ、目、両手……」

「知ってるわ。書かれたものは全部読みつくしたもの」と、ネリーが言う。「あなたが教えてくれたことの細かい点は忘れたけど、犯人がきわめて危険であることと、常習犯罪者である確率が高いと言ったことは覚えている」

「あの男が釈放されていたら？　カーシュウデンに電話してみなければ」エリックは携帯電話を手に取り、カーシュウデンの精神科の主任、シーモン・カシーヤスの番号を打ち込んだ。

エリックが相手と話すあいだ、ネリーはソファに座っていた。エリックが礼を言ってから、もう一度、精神医学雑誌に掲載されたカシーヤスの論文をほめて会話を締めくくるまで、彼を励ますような目で見つめていた。

太陽が雲に隠れると、まるで建物の前に巨大な人影が立ったかのように部屋が暗くなった。

「ロッキーはまだD－4病棟にいるそうだ」と、エリックが言った。「一度も外出していないらしい」

「少しは安心できた？」

「いや」と、エリックはささやくように言った。

「ほんとうに大丈夫なの？」ネリーのその口調があまりにも真剣だったので、エリックは思わず笑みを漏らした。

彼はため息をつくと両手で顔を覆い、指先でまぶたをそっと押してから、ゆっくり頬まで下ろしていき、もう一度ネリーに目を向けた。

ネリーは背筋を伸ばして、エリックの顔をじっくりと眺めた。細い両眉のあいだに、小さな深い皺が寄っている。

「わかった、話すよ」と、エリックは言った。「自分が大変な間違いを犯したことはよくわかっているんだが、最後に何度かロッキーと話をしたとき、彼は殺人のあった夜にアリバイがあると主張した。僕が彼を自由にしたくなかったのは、彼が証人を金で買った可能性があったからだ」

「あなたは何を言おうとしてるの？」ネリーの顔を不安がよぎった。

「僕はその情報を誰にも伝えなかった」

「まさか」と、ネリーが言う。

「彼が釈放される可能性があったからだが……」

「よして。してはいけないことだわ」

「わかってる。だけど、あいつは有罪で、また人を殺す可能性があった」

「それは私たちの問題じゃない。私たちは精神科医よ。刑事じゃない。裁判官でもないのよ」

動転したネリーは数歩前に進んだが、そこで足を止めて首を強く振った。「冗談じゃない」と、あえぐように言う。「正気じゃないわ。あなたは完全に狂って……」

「怒ってるね」

「ええ、怒ってるわ。わかってるでしょうけど、もしこのことが世間に知れたらあなたは職を失うのよ」

「自分が間違いを犯したのはわかっている。あれ以来、苦しんできた。それでも、自分が殺人を阻止したのを疑ったことは一度もない」

「よしてよ」と、ネリーがつぶやく。

エリックはデスクから名刺を拾い上げると、警部補の番号を携帯電話に打ち込み始めた。

「何をしているの？」

「ロッキーのアリバイのことを彼女に話さなければ。それに手や耳のことも全部……」

「おやりなさい」と、ネリーがさえぎる。「でも、もしあなたが正しかったら？　アリバイが事実でなければ？　もしそうなら、共通点はただの偶然ということになる」

「だとしてもかまわない」

「じゃあ、これからの一生をどう過ごしていくのか自分に訊いてみることね」と、ネリーは言った。「医者でいることをあきらめなければならないのよ。収入も失う。訴えられる可能性だってある。メディアにスキャンダルやゴシップを書き立てられるのは言わずもがなよ」

「僕の過ちだ」

「まずはアリバイを調べてみるべきよ。もし嘘のアリバイだったら、私があなたのことを通報するわ」

「ありがたいね」と、エリックは笑った。

「私は真剣なのよ」と、ネリーは言った。

一八

車庫の前に車を停めると、エリックは急ぎ足で暗い家に続く小道を進み、家のなかに入った。玄関の明かりをつけて、コートも脱がずにそのまま地下室への急な階段を下りる。そこには、自分の記録を保管して鍵をかけたスチール・キャビネットがある。ウガンダ時代のものからカロリンスカ研究所での大規模な研究プロジェクト、心理臨床の際の患者との対話まで、すべてそこに集めてあった。業務日誌、個人的な日記、さまざまなメモ類……。診療記録は全部、八基の外付けハードディスクに収めてある。キャビネットを解錠して、自分の生きてきた道がロッキー・キルクルンドの道と交わった時期の記録を探していると、鼓動が速くなった。

黒い箱からファイルを取り出し、急いで階段を昇って書斎へ行った。デスクライトをつけて、ファイルを開く。

それは九年前のことで、いまとはまったく別の暮らしをしていた。ベンヤミンはまだ小学校に通っており、シモーヌは美術史の論文を書いていた。エリック自身も危機トラウマ・センターでステン・W・ヤコブセン教授と仕事を始めたばかりだった。

いまでは自分がどんな経緯でその法精神科医のチームに参加したのか、よく覚えていない。それまで、そういったたぐいの依頼は一度も引き受けたことがなかった。友人のニーナ・ブロムが事件の特異性を考慮して、エリックに助けを求めてきたので、考えを変えて引き受けることにしたのだろう。

着任したばかりのオフィスで、検事から送られてきた資料を読んで夜を過ごした。鑑定の対象となっていた人物、ロッキー・キルクルンドはサレムの教区牧師だった。彼は、レベッカ・ハンソン殺害の容疑で勾留されていた。レベッカは四十三歳の女性で、殺される前、日曜日のミサのあとにロッキーとふたりきりで話をしていたのを目撃されていた。

犯行は憎悪に駆り立てられた、きわめて残虐なものだった。被害者の顔と両腕はめちゃくちゃに破壊されていた。死体は片手を首のあたりに置いた姿勢で、自宅の浴室のリノリウムの床に横たわっていた。

鑑識の捜査からかなり有力な証拠が挙がった。ロッキーはレベッカに何通も脅迫のメールを送っており、レベッカの家からは彼の指紋と髪の毛が見つかった。また、彼の靴にはレベッカの血が付着していた。

逮捕状が発行され、それから七カ月後、ブルンビーの高速道路で発生した大きな交通事故との関連で逮捕にいたった。ロッキーはフィンスタで車を盗み、アーランダ空港へ向かう途中だった。

ロッキーは事故で脳に重い損傷を負い、前頭葉と側頭葉由来のてんかん発作を起こすようになった。

記憶喪失、不随意運動、てんかんの反復性発作が生涯続くと診断された。

エリックが初めて会ったとき、ロッキーの顔には事故で負った傷の赤い痕が縦横に走り、腕はギプスで固定され、髪は何度にもわたる手術のあと、ようやく伸び始めた状態だった。ロッキーはよく響く声でしゃべる大柄な男で、身長二メートル弱、肩幅は広く、大きな手と太い首の持ち主だった。

ときおり彼は気を失い、椅子から転げ落ちて、コップと水差しの載った安っぽいテーブルをひっくり返した。ときには、それとほとんどわからない発作を起こすこともあった。そういうときは、いくらか沈んだ表情でぼんやりとしており、あとで訊いても何をしゃべったか覚えていなかった。

相性がよかったのか、エリックはロッキーとかなりうまく話ができた。牧師がカリスマ性の持ち主であることは間違いなかった。その言葉は本心から出たものであると相手に思わせる力を持っていた。

エリックはふたりの会話をメモした自分の日記をめくっていった。ひとつの診療から次の診療へと、さまざまなテーマが語られている。

ロッキーは人を殺したことを認めていなかったが、かといって否定もしなかった。

レベッカ・ハンソンなる人物を覚えておらず、なぜ自分の指紋が彼女の家に残っていたのか、なぜ靴に彼女の血が付着していたのかを説明できなかった。

会話がすこぶる順調に運んだときのロッキーは、記憶の断片のまわりをぐるぐると回り、ほんのわずかとはいえ認識力を示すこともあった。

一度彼は、聖具室でレベッカ・ハンソンとセックスをしていて、途中で邪魔が入ったと言ったことがある。昔、教区の若い女性が寄進したざらついた絨毯《じゅうたん》のうえで行ったなどと、細かいことまで思い出した。レベッカの月経が始まり、絨毯に血の痕がついたとまで。まるで処女みたいに、と彼は言った。

その後に行われた会話では、彼はセックスのことをまったく思い出せなかった。

鑑定の結果は、重度の精神障害の影響による犯行というものだった。鑑定チームは、ロッキーの病は誇大妄想的・自己陶酔的な性格異常に偏執症の要素が加わったものと判定した。

エリックの日記には、丸で囲んだ「セックス＋薬物乱用の代償」というメモがあり、そのあとにいくつか投薬の案が書かれていた。

むろんエリックは有罪かどうかの見解を出す立場にはなかったが、時間がたつにつれ、ロッキーが有罪であり、彼の精神障害は社会に深刻な危険をもたらすと確信するようになった。

診療が終わりかけた頃、教会学校の一学年の締めくくりとなる、新緑の草木が飾られた終業式の話をしているときに、突然ロッキーは、自分はレベッカ・ハンソンを殺していないと言い出した。

「ようやく全部思い出したよ。俺にはその晩のアリバイがあるんだ」と、彼は言った。ロッキーはオリヴィアという名前と住所を書き留めると、その紙をエリックに渡した。

ふたりはそのまま会話を続けたが、ロッキーの言葉がだんだん支離滅裂になり、そのうちすっかり口を閉ざしてエリックを見つめていたかと思うと、激しいてんかん発作を起こした。意識を取り戻したロッキーは何も覚えていなかった。エリックのことさえわからないようで、ただひたすら薬が足りないとつぶやき続け、封を切っていない三十グラムの医療用ジアセチルモルヒネの瓶が手に入るなら、子どもをひとり殺してもいいと言った。

エリックはアリバイのことは真剣に考えたことは一度もなかった。よくてただの嘘、悪くすれば金を払うか脅すかして誰かにでっち上げさせた可能性もある。

エリックは名前と住所の紙を放り投げ、ロッキーは有罪であり、精神科医の監督・管理が必要と鑑定した。

その九年後、ブロンマで女性が殺された。解決済みとエリックが考えていたレベッカ・ハンソンの殺害と酷似したやり方で。

顔、首、胸に対してなされた残虐な攻撃。

だが一方で、こうした殺人はめずらしいものとは言えなかった。その引き金となるのは、別れた夫の嫉妬《しっと》心、睡眠導入剤や筋肉増強剤が原因の攻撃性や、いわゆる名誉殺人、自分の手を離れようとした娼婦《しょうふ》に対するポン引きの見せしめなど、さまざまなことが考えられる。

唯一の具体的なつながりは、スサンナ・ケルンが片手を耳に当てた姿で犯行現場に置き去りにされていた点だ。それは首に手を置いた姿勢で床に横たわっていたレベッカ・ハンソンときわめてよく似ている。

単に首を絞められている最中に、スサンナ・ケルンの手がキモノの紐にからんだだけなのかもしれない。

それでも、曖昧《あいまい》とはいえ共通点があるのは否定できず、そのことがエリックを、ずっと昔にやるべきだったことをやるように促したのだった。

彼はファイルを引き出しにしまうと、もう一度カーシュユウデン地域病院に電話をかけた。

「カシーヤスだ」と、乾き切った革のような声が応じた。

「カロリンスカ研究所のエリック・マリア・バルクです」

「やあ、またかね」

「ずいぶんご無沙汰《ぶさた》しているんで、近々一度お訪ねしようかと思っています」

「訪ねてくる?」

電話から、スカッシュコートでボールが壁に跳ね返る音、靴がきしむ音が聞こえた。

「いま研究所の仕事でオーシャー・センターの研究プロジェクトに参加してるんですが、そのために広範囲にわたる過去の患者の追跡調査が必要なんです。それで……ロッキー・キルクルンドと話をしたいと思いまして」エリックは架空の研究プロジェクトのことや、健康経済学、自己評価、インターネットを利用した認知行動療法(iCBT)、それからシュトゥンクル医師などについてべらべらとしゃべりまくってから会話を打ち切ると、ゆっくり携帯電話をデスクに置いた。そのまま電話がスリープ状態に入って、画面が暗くなるのを見守る。

彼は上体を前に傾け、両肘をデスクに載せて頬杖《ほおづえ》をついた。自分は何をやっているんだろうと、胸に問いかける。シュトゥンクル医師っていったい誰なんだ?

馬鹿げた考えであるのは自覚していたが、それ以外選択肢がなかった。もしロッキーのアリバイが本物なら、彼は釈放されなければならない。たとえそれでメディアが大騒ぎして、裁判所の失策が明らかになっても。

エリックは業務日誌を読み返した。アリバイについての記載はないが、終わりのほうに破りとられたページがあった。さらにめくったところで、エリックは手を止めた。

ロッキーの最後の診療の部分に、覚えのないかすれたメモが残っていた。ページの中央に、「汚れた牧師」と書いてある。そのあとのページは白紙だった。

彼は立ち上がって、食べるものを探しにキッチンへ向かった。書斎を通り抜けながら、ロッキーのアリバイが真実かどうか確認しなければならない、と何度も自分に言い聞かせた。

もしアリバイが真実なら、今度の殺人は過去の事件と深い関連があることを認めなければならない。

一九

サーガ・バウエルはカロリンスカ研究所の広い敷地をゆっくり車を走らせた。レッチウス通り五番地の法医学局に近づくと方向を変え、がらんとした駐車場に入り、人《ひと》気《け》のない建物の前に車を停めた。

サーガは疲れていた。化粧はまったくしていなかったし、髪も洗っておらず、だぶだぶの服を着ていたが、それでも多くの人がこれほどの美人にはお目にかかったことがないと言うはずだ。

近頃のサーガはどこか飢えに苦しんでいるような、やつれた顔つきをしていた。鮮やかなブルーの目のせいで、なめらかな白い肌がなかば透き通っているように見える。

助手席の前の床には、下着や歯ブラシ、防弾ベスト、四五口径ACP・ホローポイント弾の弾倉五個を詰めた緑色のダッフルバッグが置いてある。

サーガは一年以上前から病気休暇をとって公安警察の仕事を離れており、ボクシング・ジムにも一度も顔を出していなかった。仕事らしきものをしようとしたのはただ一度、バラク・オバマのストックホルム訪問のときだった。サーガは遠くから大統領の車列を見ていた。常に脅威の存在を探してしまうのは職業病なのだろう。いま、建物の上方にある無警戒の窓からロケットランチャーを撃ち込むのは容易だと思うと、背筋がぞくりとした。だが、危険な一瞬は去り、結局何も起きなかった。

法医学局は閉まっており、赤レンガの建物に明かりはひとつも点いていないようだったが、入口の前に前部バンパーが破損した白いジャガーが一台駐車していた。

サーガは上体を傾けてグラブコンパートメントを開け、ガラス瓶を取り出してから車を離れた。外気は暖かく、刈り取ったばかりの草のような香りがした。左の腋で四五口径のグロック21が揺れるのを感じる。一歩進むごとに、ガラス瓶の中身が寄せ波のようなかすかな音を立てた。

ニルス・「針《ノーレン》」・オレンの車が邪魔になり、花壇の脇をすり抜けるのに身をよじらなければならなかった。野生のバラの繁みがパンツをこすって、引っかくような音がする。枝が大きく揺れて、バラの花弁が何枚か地面に落ちた。

玄関のドアは丸めたチラシをつっかい棒にして少し開けてあった。

ここで長い時間を過ごしたから、道に迷うことはなかった。廊下をスイングドアのほうへ向かうと、ろくに掃除をしていない床の砂利がざらざらする。ガラス瓶を見て、サーガは思わずにっこりする。濁った液体のなかで、小さな粒が円を描いている。

急に記憶がよみがえってきて、サーガは無意識に〝彼〟が顔に残した傷のひとつに触れていた。眉のすぐ下にある深い傷痕。

サーガはときおり、彼は私のなかに何かを見いだし、それで命を奪わなかったのだろうかと思うことがあった。またときには、彼は死を安易すぎる手段とみなしただけなのかと考えることもある。彼は、自分の信じ込ませた嘘とともに私が生きることを望んだのかもしれない。私のために創り出した地獄で生きることを。

そのどちらだったのかを知るすべはもうない。唯一確かなのは、彼は私を殺さないことを選び、私は彼を殺すことを選んだという点だけだった。

人気《ひとけ》のない廊下を進みながら、サーガはあの夜の闇と深い雪を思い出していた。

「私は彼を撃った」

唇を湿らせて、心の目で自分が彼の首に、腕に、胸に銃弾を撃ち込む場面を見つめた。

「胸に三発」

弾倉を入れ替えて、急流に飲み込まれた彼をさらに撃った。閃光《せんこう》が放たれ、彼の身体のまわりに噴き出す血が雲のようにたなびくのが見える。サーガは川岸を走りながら、黒い物体に向けて銃弾を放った。流れが彼の身体を運び去っても、なおも撃ち続けた。

自分が彼を殺したことは間違いない、とサーガは思った。

だが、死体は見つからなかった。警察は潜水員を氷の下に潜らせ、両側の川岸を警察犬に捜索させた。

オフィスの外に、〈ニルス・オレン、法医学教授〉と書かれた品のよいネームプレートが掲げられていた。

ドアは開いていて、やせ型の人物がしみひとつない清潔なデスクの前に座り、ラテックスの手袋をはめた手で新聞を読んでいるのが見えた。白衣の下には白いポロシャツを着ており、目を上げるとアビエーター・サングラスがきらりと光った。「疲れてるね、サーガ」と、ノーレンは親しげに言った。

「ちょっとね」

「それでもきれいだ」

「よして」

ノーレンは新聞を置いて手袋を脱いだ。そこで、サーガがいぶかしげな目で見ているのに気づいた。

「インクが手に付かないようにしてるんだよ」と、さも当然のことのように言う。

サーガはそれには答えず、ガラス瓶をノーレンの前に置いた。その物体がアルコールのなかでゆっくり漂っているのが、立ち込める細い夾雑物《きょうざつぶつ》のあいだから見えた。ふくれあがり、半分腐敗した人差し指だった。

「じゃあ、きみはこの指が……」

「ユレック・ヴァルテルのものよ」と、サーガが短く答える。

「どうやって手に入れたんだ?」と、ノーレンは尋ねた。

彼はガラス瓶を取り上げ、光にかざした。人差し指が液体のなかを下りてきて、彼を指さすようにガラスにぶつかった。

「一年以上かけて探したわ」

まず初めは警察犬を借り受けて、川の両岸をバリヤショーンからバルト海沿岸のヘーシングヴィクまで何度も行き来した。次に海岸線をたどり、ビーチをしらみつぶしに当たり、ノルフィヤーデンからヴェステルフラーデンまでの潮流を調べ、すべての島に足を延ばして、その地域で漁をしている者全員に話を聞いた。

「それから？」と、ノーレンが言った。

サーガが目を上げると、ノーレンのくつろいだ感じの目と合った。裏返しになったラテックスの手袋が、デスクにふたつの小山をつくっている。ひとつの山はすき間風のせいか、あるいはゴムが縮まろうとしているのか、かすかに震えている。

「今朝、ヘグマシェーのビーチを歩いてみたの」と、サーガは説明を始めた。「前にも行ったことはあるけど、もう一度試してみようと思って。北の土地はかなり入り組んでいて、岬の崖のうえには森が広がっていた」

サーガは、両手に銀白色の流木を抱えて向こうから近づいてくる老人を思い浮かべた。

「また口数が少なくなったね」

「ごめんなさい。そこで、引退した教会の管理人と出会ったの。その人は私が前に来たときに見かけたらしく、何を探しているのかと尋ねてきた」

サーガは管理人と島の住宅地を訪ねた。島の住人は四十人足らずだった。管理人の家は白い礼拝堂と別棟の鐘楼の後ろに隠れるように建っていた。

「彼は、四月の終わり頃に海岸で死体を見つけたと言った」

「全身かね？」と、ノーレンが低い声で尋ねる。

「いいえ。胴体と片腕だけ」

「頭はなかったのか？」

「人は胴体なしで生きていけないわ」とサーガは言ったが、自分の口調がいやにうわずっているのに気づいた。

「確かに」と、ノーレンが言う。

「管理人の話では、死体は冬のあいだずっと海に浸かっていたみたいね。ひどくふくれ上がって、とても重かったそうよ」

「おぞましい姿だな」

「管理人は死体を手押し車に載せて森を運んできて、礼拝堂の裏にある道具小屋の床に置いておいた。でも、においがひどくて犬が大騒ぎするものだから、古い火葬場へ運んだそうよ」

「火葬にしたのか？」

サーガはうなずいた。「火葬場は何十年も使われていなかったけど、雑草で覆われた基礎の真ん中にすすにまみれた煙突の付いたレンガの焼却炉が残っていた。管理人はその焼却炉でゴミを燃やしていたので、まだ使えるのがわかっていた」

「なぜ警察に連絡しなかったんだね？」と、ノーレンが尋ねた。

サーガは、揚げ物と古着のにおいが立ち込めた教会管理人の家の様子を思い返した。管理人の首には泥の筋が付き、冷蔵庫に入った自家醸造酒の瓶には彼の汚れた指の跡が付着していた。

「家に蒸留器があったからかしら……私にはわからない。でも彼は警察が来て質問されたときのために、何枚か写真を撮っていた。それに、冷蔵庫の底に指を一本入れておいた」

「きみはその写真をもっているのか？」

「ええ」と言って、サーガは携帯電話を取り出した。「彼に間違いないわ。射創を見てちょうだい」

ノーレンは一枚目の写真をじっくりと観察した。道具小屋の床のうえに、ふくれて、縞模様《しま》になった片腕だけの胴体が置かれている。胸の皮膚は切り裂かれて剝落《はくらく》していた。全部で四つ、端がぎざぎざになった射創が見て取れる。薄グレーの床に水の散った跡があり、胴体の影が排出口に向かって細長く伸びている。

「これはいい、とてもいい」と言いながら、ノーレンは携帯電話をサーガに返した。目に緊張の色を浮かべて、ノーレンは立ち上がり、デスクからガラス瓶を取り上げた。サーガのほうを向いて何か言おうとしたが、結局、黙って部屋を出て行った。

二〇

サーガは暗い廊下を歩くノーレンのあとをついていき、一番近い法医学実習室に入った。天井の寒々とした蛍光灯が数度またたいてから、白いタイル張りの壁を照らし出した。金属テーブルの脇に、コンピューターとソフトドリンクの瓶の載ったデスクが置いてある。

部屋は消毒薬と湿気のにおいがした。蛇口に取り付けられた明るい黄色のホースから水がぽたぽたと落ちて、床の排出口へと流れている。

ノーレンは長いビニールの覆いのかかった解剖台へまっすぐ歩いて行った。

彼はサーガのために椅子を引きずってきてから、ガラス瓶を解剖台のうえに載せた。

サーガは、ノーレンが防護用のオーバーオールを着て、マスクをかけ、ラテックスの手袋をはめるのを見守った。やがてノーレンはぴたりと動きを止め、思い出にふける老人のようにガラス瓶の前に立ち尽くした。サーガが口を開きかけると、ノーレンが深いため息をついた。

「塩水のなかで発見された死体の右の人差し指。四カ月間、摂氏《せっし》八度のアルコールで保存」と、ノーレンが独り言のようにつぶやく。

彼はさまざまな角度からガラス瓶の写真を撮ってから、〈ボブ・ラズベリー・ジャム〉と書かれた瓶のふたをひねった。

金属のピンセットを使って指を取り出すと、しばらくしずくが落ちるにまかせてから、解剖台のうえに置く。爪は剝がれており、まだ濁った液体に包まれている。腐敗した海水と肉の吐き気を催させるにおいが部屋じゅうに広がる。

「指は間違いなく死後かなりたってから切り離されている」と、ノーレンはサーガに言った。「ナイフでだろう。あるいはペンチかハサミで」

ノーレンは鼻息が聞こえるほど荒い息づかいをしながら指を慎重にひっくり返し、あらゆる角度から写真を撮った。

「これなら良い指紋がとれるな」と真剣な口調で言う。

サーガは一歩後ろへ下がり、口を片手で覆ってノーレンが生命のない指を拾い上げて、指紋スキャナーに当てるのを見守った。

スキャナーは印刷物をスキャンするときのようにビーッという音を立てた。皮膚の組織は水ぶくれしてぶよぶよになっていたが、小さな画面に映し出された指紋は輪郭がはっきり残っていた。指紋の線は、実際は汗孔《かんこう》と呼ばれる汗腺の出口が無数に並んで形成されたもので、すでに胎児の真皮でも発達している。サーガは楕円《だえん》形の渦の迷宮を見つめた。

部屋に押し殺した期待感が広がっていく。

ノーレンは防護用のオーバーオールを脱いで、コンピューターにログインし、スキャナーを接続すると、〈ライブスキャン〉と書かれたアイコンをクリックした。

「私は自前の自動指紋照合システムをもっているんだ」と言って、彼は別のアイコンをクリックし、パスワードを入力した。

サーガは、ノーレンが〝ヴァルテル〟という検索語で、ユレックの記録を引き出す様子を眺めた。ユレックの両手の親指と人差し指は、逮捕時にインクを使って鮮明な複製をとってある。

サーガは自然と荒くなる息を押し殺した。

腋の下を汗が流れ落ちる。

ノーレンはぶつぶつと何かつぶやきながら一番きれいに写っている画像をライブスキャンから自動指紋照合システムへドラッグし、〝分析と比較〟と書かれたボタンをクリックした。すぐに結果が現れた。

「どうなの？」サーガはごくりと唾を飲んだ。

蛍光灯の光を反射して、ノーレンのメガネのレンズがキラリと光る。画面を指さす彼の手が小きざみに震えているのにサーガは気づいた。

「初期レベルの詳細観察はかなりおおざっぱなものだ。ほとんどが単なるパターンにすぎない」と説明してから、ノーレンは急いで喉を払って先を続けた。「第二レベルは俗にゴルトン詳細と呼ばれている。乳頭突起の長さと一本一本の位置関係を見るんだが、違いは皮膚の剝落によるものだけだ。第三レベルはおもに毛穴の配置が関わるのだが……これは完璧に一致している」

「つまり、私たちはユレックを見つけたってこと？」

「DNAをリンショーピングの国家法科学局に送るつもりだが、それは形式的なものにすぎない」と、少しひきつった笑みを浮かべてノーレンが言った。「きみはやつを見つけたんだ。やつであることに間違いない。これで一件落着だ」

「よかった」と言いながら、サーガは涙があふれてくるのを感じた。安堵《あんど》の思いはやがて不安に変わり、みぞおちのあたりにぽっかり穴が開いたような気がした。

「きみはずっと、ユレックを殺したと言ってたじゃないか。なんで死体を見つけることがそんなに大切なんだね？」と、ノーレンが尋ねる。

「死体を見つけるまでは、ヨーナを探しにいけなかった」片手で頬の涙をぬぐいながら、サーガが言った。

「ヨーナは死んだ」と、ノーレン。

「ええ」サーガはにやりとした。

ヨーナの上着と財布を、ストロム公園をうろついていたホームレスの男が所持していた。サーガはその取り調べの録画を何度も見た。ホームレスの男は、自分はコンスタンティヌス一世であると名乗った。彼はいつも釣り船の一隻に忍び込んで、暖房の噴き出し口のそばで眠っていた。

男はもじゃもじゃの髭を生やし、不潔な手をし、唇はひび割れ、油断のない目つきをしていた。取調室で椅子に腰かけ、がらがら声で語ったところによれば、大男のフィンランド人がそばに寄るなと彼に言ってから、上着を脱いで海へ泳ぎ出したという。ホームレスの男は大男がストロム橋の方角へ泳ぎ、速い潮流へ達して姿が見えなくなるまで見送ったと語った。

「きみは彼が死んだとは思っていないんだな？」と、ノーレンが尋ねた。

「何年か前、彼が電話してきたの。ヘルシンキに住む女性の情報を内密に手に入れてほしいと言って」と、サーガは言った。「それを聞いたときは、ビルギッタゴーテンのあの事件に関係のある女性だと思ったわ」

「その女性について何かわかったのかね？」

「重い病にかかって、手術のために入院していた。名前は、ラウラ・サンディーン」と、ノーレンの問いかけるような目と視線を合わせて、サーガは言った。「でもほんとうは……ほんとうはスンマ・リンナじゃないのかしら、彼の奥さんの？」

「考えられるな」と、ノーレンがうなずく。

「私はヨーナが亡くなったことをなんとかラウラに伝えようとした。ラウラは緩和ケアのためにがん患者用のホスピスに入っていたのだけれど、ヨーナが亡くなる二日前、最期を自宅で迎えるために退院していた。でも、ラウラも彼女の娘もエリーサベット通りの住所にはいなかった」ノーレンの細い鼻翼から血の気が引いた。

「ほんとうかね？」

「ふたりはどこにもいなかった」と言って、サーガは一歩ノーレンに近づいた。

「それはうれしいニュースだ」

「自殺したと見せかければ、ヨーナはどこへでも行けるし、奥さんと娘さんを連れ出して一緒に身を隠すこともできた」

ノーレンの目が充血し、開いた口がぴくぴくと引きつった。「隔離棟に閉じ込めても、ユレックの手が届かない場所はないと信じていたのはヨーナだけだった。今度も彼が正しかった。もしわれわれが手を打たなければ、ユレックはスンマとルーミを殺していただろう。ディーサを殺したみたいに」

「ニルス、ヨーナを見つけて、ユレック・ヴァルテルが死んだことを教えなければ。彼には死体が見つかったことを知る権利がある」

サーガがノーレンの腕に触れると、彼は身を乗り出した。心を決めたらしい。

「彼らがどこにいるのか、私は知らない」少し間をおいて、ノーレンが言った。「だが、きみの言うとおりスンマが死にかけているのなら……どこを探せばいいか私にはわかる」

「どこなの？」

「北方民族博物館に行ってみたまえ」ノーレンは考えを変えたのを後悔するように、くぐもった声で言った。「あそこにサーミ人の花嫁の小さな頭飾りが置いてある。木の根を編んだものだ。それを注意深く観察してごらん」

「ありがとう」

「幸運を祈るよ」と、ノーレンは真剣な口調で言ってから、ためらいがちに続けた。「病理学者にハグしたがる人間などいないが、でも……」

サーガはノーレンを強く抱きしめると、実習室を出て、廊下を足早に歩き出した。

二一

北方民族博物館の石段の前に車を停めると、サーガはセブン－イレブンのマグカップからアイスコーヒーを飲みながら、早くもそろって夏の装いをした周囲の人々を眺めた。サーガが自分のまわりに目を向けたのは、これが初めてだった。日差しと長時間のピクニックに疲れた大人や子ども。その一方で、これから行く遊園地やレストランへの期待で胸をうずかせている人々。

夏がもう終わりかけているのに、サーガは気づかなかった。ヨーナが失踪して以来、世間から距離を置き、ユレックの死体を探し続けてきた。

それもいま、終わりのときが来た。

サーガは車を降りて、石段を昇った。最上段に踏み潰《つぶ》された注射器が転がっている。堂々とした玄関を入ると、入場券を買い、博物館のパンフレットを一枚手にとって玄関ホールを進んだ。巨大な木製の玉座には色鮮やかなグスタフ一世ヴァーサ公が鎮座し、博物館が建設を依頼した戦後のモデルハウスを見つめている。

階段に向かって歩いていくと、〝国民の家〟の文字や、スウェーデンの現代的な連帯と平等を謳《うた》う社会民主労働党のビジョンを垣間見ることができた。当時は、すべての家庭が温水とキッチンとバスルームの備わった家を持つ権利があると考えられていた。

サーガは石の階段を駆け上がって、まっすぐサーミ人の工芸品を展示した一画へ向かった。わずかな数の入場客が、ガラス・キャビネットに収まった宝石やナイフ、トナカイの角で作った取っ手、工芸品、衣服などを鑑賞している。

結婚式用の頭飾りの展示ケースの前で足を止める。これがノーレンの言っていたものにちがいない。樺《かば》の根を編んだ美しい手工品で、両手を組んだときの指のような突起が付いている。

ケースには小さな錠が付いていたが、開けるのは簡単そうだった。とはいえキャビネットには警報装置が設置されている。警備員が駆けつけるまでに、頭飾りを取り出す時間はあるだろうか。

年配の女性がサーガの横に来て、少し離れたところで歩行器を押している男性にイタリア語で何か話しかけた。

男性は警備員に、エレベーターまで案内してくれるように頼んだ。ブロンドの髪をストレートにした娘がサーミ人の儀礼用衣装に見入っている。

サーガが左の腕の下に貼りつけた鞘《さや》から小型のナイフを引き抜くと、マジックテープがバリバリと音を立てた。慎重にガラス扉の錠の脇にナイフの先端をすべり込ませ、ぐいと持ち上げる。ガラス扉が砕けて、破片が床に散らばるのと同時に、警報が鳴り出した。

ブロンドの娘がぎょっとして顔を向けたが、サーガはあわてずにナイフをしまい、扉を開いて花嫁の頭飾りを取り出した。

ケースから出すとさらに小さくなったように見え、羽のように軽かった。警報がけたたましく鳴り続けるのをよそに、サーガは頭飾りを見つめた。

ノーレンの話では、スンマの母親が自分の結婚式のために編んだもので、スンマも式でそれを着け、のちにルーレオの工芸博物館に寄付したという。

サーガは警備員が急いで引き返してくるのを横目で見ながら、両手に載せた頭飾りを用心深くひっくり返して、内側を見た。〝ナッタヴァーラ、一九六八〟という焼き印が押されていた。サーガは頭飾りをケースに戻し、壊れた扉を閉めた。

ナッタヴァーラにはスンマの縁故があり、ヨーナもいまはそこにいるにちがいない。

彼にすべてが終わったことを話してやれると思うと、サーガは胸がいっぱいになった。

警備員は頬を紅潮させていた。五メートル離れたところで止まると、無線機をサーガのほうへ突きつけて何か言おうとしたが、言葉は出てこなかった。

二二

ストックホルム中央駅を発車した列車は、騒がしく車両を揺らしながら薄汚れたプラットホームをゆっくりあとにした。左手には白い大型ヨットが何隻もカールヴァーリ湖を帆走しているのが見え、右手にはひどい色使いの落書きに覆われたコンクリート壁が連なっている。

寝台車は満席だったので、サーガは普通車に乗らざるをえなかった。車掌に切符を見せ、窓の外の景色を眺めながらサンドイッチを食べた。列車がウプサラを過ぎると、サーガはミリタリーブーツを脱ぎ、拳銃に上着を巻きつけて枕がわりにした。

ナッタヴァーラまでは千キロ以上あり、十二時間を超す列車の旅になる。

列車は重い響きを立てて夜を走り続けた。明かりが小さな星のように窓の外を通り過ぎたが、北へ行くにしたがい、その数も減っていった。サーガの座席の横にあるパネルから火傷《やけど》しそうなほど熱い空気が吹き出していた。

時間がたつにつれて、外の闇は濃密になった。

サーガは目を閉じて、ニルスから聞いた話を思い出した。ヨーナと相棒のサムエル・メンデルが何年も前にユレック・ヴァルテルを逮捕したとき、ユレックはレーヴェンストレムスカ病院の閉鎖病棟に隔離される前に、自分の復讐《ふくしゅう》計画を明らかにした。サムエルはその脅しを空手形と考えたが、ユレックは何らかの手段で独房から手を回し、サムエルの妻とふたりの息子を拉致した。

ヨーナはその脅迫が深刻なものであると気づいていた。彼はノーレンの手を借りて、妻と幼い娘を交通事故で〝死んだ〟ことにした。スンマとルーミは新しい身分を与えられ、それ以降ヨーナとさえ連絡をとらないようにした。ユレックが生きているかぎり、彼の脅迫が現実のものになる危険があったからだ。あとで考えれば、ヨーナは妻と娘を無残な死から救うために、ふたりの人生を犠牲にしたことになる。

だがいま、サーガはヨーナを自由の身にできる。ユレック・ヴァルテルは死んだ。彼の死体が発見され、本人であると特定されたのだ。

そう考えると、サーガの全身を性的興奮とも言えるような震えが走った。彼女は座席の背にもたれて目を閉じ、眠りに落ちた。これほど深い眠りはほんとうにひさしぶりだった。

目が覚めると、列車は停まっており、朝の冷たい風が客車に流れ込んでいた。身を起こすと、そこがボーデンであるのがわかった。十時間近く眠ったらしい。ナッタヴァーラへの旅を締めくくるには、ここで乗り換えなければならない。

サーガはブーツを履き、拳銃をホルスターに戻すと、列車を降りた。駅の売店でコーヒーのラージカップを買ってプラットホームに戻る。略式軍服を着て緑のベレー帽をかぶった若者たちが、反対方向へ行く列車に乗り込んでいる。誰かが嚙《か》みタバコのかすを駅の時計に投げつけた。赤い車台の黒塗りの機関車がブレーキのきしみ音を立てて近づいてきた。列車は人気《ひとけ》のないプラットホームに停まり、苦しげな呼吸のような音を発した。イェッレヴァーレ行きのその列車に乗ったのはサーガひとりで、客車にも乗客の姿はなかった。

ナッタヴァーラには一時間足らずで着く予定だった。サーガはコーヒーを飲み、トイレに行って顔を洗ってから、車窓を行き過ぎる景色を眺めた。森が延々と続き、ときおり赤い田舎家が見えるだけだった。

目的地に着いたら、村の店か教区会館を訪ねて、最近移り住んできた人たちのことを訊くつもりだった。当てはまる者がそれほどいるはずがない。

プラットホームに降り立ったときには、まもなく午前十一時になろうとしていた。駅舎は屋根に看板こそ出していたものの、小屋に毛が生えた程度のもので、正面に置かれたベンチの塗装は剝げ、肘掛けは錆《さ》びついていた。

サーガは、葉ずれの音をさせる濃緑の森を抜ける道を進んだ。人の姿はまったくなかったが、ときおりどこかで犬の吠える声がした。

道はでこぼこで、霜のせいでひび割れていた。

そのままピッコ・ヴェネチヨッキの谷にまたがる橋を渡ったとき、後ろからエンジン音が聞こえた。旧型のフォルクスワーゲンのピックアップトラックが近づいてくるのを見て、サーガは手を振って車を停めた。

グレーのセーターを着た七十代の日焼けした男が窓を下ろし、うなずいて挨拶《あいさつ》した。そのとなりには、詰め物の入った緑のベストとピンクのフレームのメガネという姿の、同じ年頃の女性が座っていた。

「こんにちは」と、サーガが声をかける。「ナッタヴァーラにお住まい?」

「通りすがりだよ」と、男は答えた。

「サルヴィスヴァーラから来たの……もうひとつの大都会よ」と、女性が言った。

「食料品店がある場所をご存じかしら?」

「去年、閉店したよ」と、ハンドルをコツコツと叩きながら、老人が言った。「だけど、また新しい店ができている」

「それはよかったわ」と、サーガがにっこり微笑む。

「お店じゃないわ」と、老女が言った。

「おれは店と呼んでるんだ」と、男がつぶやく。

「でも、それは間違いよ。あそこは取扱所よ」

「じゃあ、あそこで買い物するのはやめたほうがいいかもしれんな」と、男がため息をついた。

「取扱所はどこにあるんです？」

「昔のお店と同じ建物よ」といって、老女はウインクした。「後ろの荷台に飛び乗っちゃいなさいな」

「この人は高飛びの選手じゃないぞ」と、男が言い返す。

サーガはタイヤに足をかけ、荷台の端をつかんで飛び乗ると、運転席を背にして腰を下ろした。

道を行くあいだ、ずっと老夫婦が言い争いをしているのが聞こえた。そのせいで、トラックが溝に落ちそうになった。バンパーがずしんとぶつかり、車体の下で砂利が舞い上がって、一瞬、砂の雲に包み込まれた。

車は村に入り、ガラスの看板が表に出ている大きな赤い建物の前で停まった。店は郵便局と宝くじ売り場を兼ねているだけでなく、処方薬の受け取り場所でもあり、国営の酒類専売公社の商品も扱っていた。

サーガは荷台から這《は》い下りると、老夫婦に礼を言って建物の石段を昇った。なかへ入ると、ドアリングのベルがちりんと鳴った。

ディル風味のポテトチップスを見つけてひと袋とり、カウンターの若者のところへ持って行く。

「一年ほど前にここへ引っ越してきた友人を探してるんだけど」細かいことは言わずに、そう尋ねた。

「この村に？」と訊き返すと、若者はしばらくサーガを見つめてから視線を落とした。

「奥さんと娘さんを連れた背の高い男性よ」

「ああ」と言って、若者は顔を赤らめた。

「まだここにいるかしら？」

「ロンポロヴァーラ通りをまっすぐ行けばいい」と言って、若者は指さした。「シーラマヤルヴィのカーブに着くまで」

サーガは店を出て、教えられた方角へ向かった。道にはトラクターのタイヤのわだちができ、路肩はほとんどなくなっていた。草むらにビールの空き缶が転がっている。木々のあいだを吹き抜ける風が遠い海を思わせる音を立てていた。

サーガはポテトチップスを食べながら歩いていたが、やがて袋をバッグにしまうと、両手をパンツでぬぐった。

六キロは歩いた頃、山に囲まれた湖に沿って道がカーブしている地点に鉄錆色の家が建っているのが見えた。車は見えないが、煙突から煙が出ていた。家の周囲を丈の高いナガハグサが取り囲んでいる。

足を止めると、溝から虫の声が聞こえた。

男がひとり、家から出てきた。サーガは男が木々のあいだを進んでいくのを見守った。

ヨーナだ。

彼に間違いない。だが、だいぶやせており、杖を頼りに歩いている。ブロンドの巻き毛の髭を生やし、ウールの黒い帽子から髪がはみ出していた。

サーガはヨーナのいるほうへ向かった。靴底で砂利がざらざらと音を立てる。

ヨーナは薪《まき》小屋の脇で足を止め、小屋の壁に杖を立てかけると、斧《おの》を拾い上げて大きな丸太を割った。さらにもう一本拾い上げて割ってから、少し休んでまた作業を再開した。

サーガは声をかけなかった。相手が自分のいることに気づいているのがわかったからだ。こちらが姿を見るずっと前に気づいたにちがいない。

ヨーナはモスグリーンのフリースのうえに、粗末な革のボマージャケットをはおっていた。折れ目はひび割れ、襟のシープスキンの裏地は黄ばんでいる。

サーガは近づいて、ヨーナの五メートル手前で足を止めた。

ヨーナは背筋を伸ばして振り返ると、特徴的なグレーの目をサーガに向けた。「きみは来るべきじゃなかった」と、静かな声で言った。

「ユレックは死んだわ」と、サーガが息をはずませて言う。

「そうか」と答えると、ヨーナはもう一本、丸太を拾い上げて薪割り台に載せた。

「私が死体を見つけたの」

振り下ろしそこねた斧が丸太に刺さり、ヨーナの手がすべった。彼はしばらくうつむいてじっと立ち尽くした。サーガが大きな木製のバスケットを覗き込むと、内側に銃身を詰めたショットガンがテープで貼りつけてあるのが見えた。

二三

ヨーナは先に立って、暗い玄関ホールへ入った。何も言わずにドアを押さえて、壁に銅のフライパンが掛かっている小さなキッチンにサーガを招き入れる。

照準器の付いたライフルが窓台の下に吊り下げられ、床には弾薬箱が少なくとも三十個は置いてあった。

引かれたカーテンのすき間から陽光が差し込んでいた。テーブルにはコーヒーポットとカップがふたつ置いてあった。

「スンマは去年の春に亡くなった」と、ヨーナが言った。

「それはお気の毒に」と、サーガが小声で言う。

ヨーナは木製のバスケットを床に置くと、ゆっくり背筋を伸ばした。キッチンはかすかに煙のにおいがして、鉄製のコンロから松材の薪がはぜる音がした。

「じゃあ、きみは死体を見つけたんだな?」と、ヨーナが言った。

「でなければ、ここに来ないわ」と、真剣な口調でサーガが答えた。「確認が欲しければ、ノーレンに電話して」

「きみを信じるよ」

「どっちにしても電話してみて」

ヨーナは首を横に振っただけで何も言わなかった。流しの水切り台につかまって、入ってきたのとは別のドアのほうへ行くと、ドアを軽く押し開き、その先の薄暗い場所に向かってフィンランド語で何か言った。

少女がキッチンに入ってくると、「娘のルーミだ」と紹介する。

「こんにちは」と、サーガは言った。

ルーミは茶色の髪をまっすぐに垂らし、人なつっこい、もの問いたげな笑みを浮かべていたが、目はヨーナと同じ灰色だった。背が高くやせており、シンプルなブルーの綿のシャツに色あせたジーンズをはいていた。

「腹はすいてないか？」と、ヨーナが尋ねる。

「すいてるわ」と、サーガは答えた。

「座りなさい」

サーガが椅子に腰かけると、ヨーナはパンとバターとチーズを出してきて、トマトとオリーブと胡椒《こしょう》を刻んだ。ルーミが湯をわかして、ハンドミルでコーヒー豆を挽《ひ》いた。サーガがふたりの後ろにある薄暗い部屋を覗くと、ソファとテーブルのうえに積まれた本が見えた。点滴スタンドに、暗視スコープと取り付け台がぶら下がっている。これをライフルに装着すれば、夜も狩りが可能になる。

「やつはどこにいたんだ？」と、ヨーナが尋ねる。

「ヘグマシェー島の沖を漂っていたわ」

「誰のこと？」壁のスパイスの棚の下に取り付けられた、二十個ほどの動作感知装置のコントロールパネルを見ながら、ルーミが訊いた。

「ユレック・ヴァルテルだ」一ダースもの卵をフライパンに割り入れながら、ヨーナが言った。

「私が見つけたの」と、サーガが言う。

「じゃあ、彼は死んだのね」と、軽やかな声でルーミが言った。

「ルーミ、しばらく代わってくれるか？」ヨーナはそう言って、キッチンを出て行った。彼の重たい足音が廊下から聞こえ、やがて玄関ドアの閉まる音がした。

ルーミは乾燥させたバジルを取り出し、両の手のひらですりつぶした。

「父は、母と私を見捨てなければならないと言ったわ」ルーミは冷静な口調を保とうと努めていた。「もし父と連絡をとろうとしたら、ユレック・ヴァルテルに殺されるだろうって」

「お父さんは正しいことをした。あなたたちの命を救ったのよ。ほかには手段がなかった」

ルーミはうなずいてコンロのほうを向いた。コンロの黒い金属に、涙が数粒落ちた。

ルーミは涙をぬぐうと、コンロの火力を弱めてから、フライ返しで慎重にオムレツをひっくり返した。

閉まったカーテンのすき間から、ヨーナが道に立って、携帯電話を耳に当てているのが見えた。ノーレンと話しているのだろう。眉をひそめ、顎がこわばっている。

ルーミはコンロの火を消すと、料理を並べながら、サーガをまじまじと見つめた。

「あなたは父と付き合ってないわよね」しばらくして、少女は言った。「ディーサのことは父から聞いているから」

「一緒に働いていたことがあるの」と言って、サーガは微笑んだ。

「警官には見えないわね」

「公安警察よ」と、ひと言で答える。

「どっちにしろ、らしくないわ」笑い声を上げると、ルーミはサーガの向かいに腰を下ろした。「でも、公安警察の人なら、あなたはサーガ・バウエルね」

「そうよ」

「食べて。冷めてしまうわ」と、ルーミは言った。

サーガは礼を言って、オムレツとパン、チーズを口に入れて、ふたりのカップにコーヒーを注いだ。

「ヨーナはどんな具合なの？」と、サーガが尋ねる。

「昨日はあまりいい状態じゃなかった」と、ルーミが言った。「いつも寒がっているし、ほとんど眠ってないの。私を常に見守っていて、眠ろうとしないのよ。どうしてあんなことができるのかわからないわ」

「すごく頑固だからね」

「あら、そうなの？」

ふたりは声を合わせて笑った。

「知ってるでしょうけど、ずいぶん長いあいだ父は家にいなかった」目を潤ませて、少女はそう言った。「父のことはほとんど覚えていなかった。その埋め合わせになるとは言わないけど、ここ一年以上、よく顔を合わせて話をしたわ。毎日、何時間も……私は母のことや自分のことを父に話した。ふたりで何をやったか、どんな暮らしをしていたか。父も自分のことを話してくれた。こんなに父親と話をする人はそうたくさんいないでしょうね」

「少なくとも私はしていないわ」

動作感知装置が戻ってくるヨーナに反応すると、ルーミは立ち上がった。警報のスイッチを切ったとたん、玄関ドアが開いて、廊下を近づく足音がした。

キッチンに入ってきたヨーナは杖をテーブルに立てかけると、椅子に深く腰かけた。

「ノーレンは間違いないと言っていた」と、料理を口にしながら、ヨーナは言った。

「もう貸し借りはなしね」と、ヨーナの目を覗き込みながら、サーガが言った。「あなたがどう思おうと関係ない。私たちはもう貸し借りなしよ。私は彼を殺して、死体を見つけたんだから」

「きみは私に借りなどないよ」ヨーナはほんの少し口に入れた料理を嚙みながら、わずかに上体を前に倒し、両腕で身体を包み込んだ。

ルーミは父親の肩に分厚い毛布をかけると、席に戻った。

「ルーミはパリに留学する予定なんだ」と、娘に微笑みかけながら、ヨーナは言った。

「まだわからないわ」と、ルーミが急いで言い返す。

笑みが少女の青白い顔をちらりとよぎった。サーガは、カップを持ち上げてコーヒーを口にするヨーナの手が小きざみに震えているのに気づいた。

「今夜は鹿のフィレ肉を料理するつもりだ」と、彼は言った。

「列車の時間まで二時間しかないわ」と、サーガは言った。

「アンズタケとクリーム添えだよ」と、ヨーナが付け加える。

サーガはにやりとした。「そろそろ失礼するわ」

二四

ピアノのレッスンにはまだ少し早い時間に着いたエリックは、リーリヨン・プラン四番地の建物の正面で足を止めた。一階のカーテンは開いており、ジャッキー・フェデレルのアパートメントのなかが見えた。ジャッキーはキッチンにいた。片手を壁に作り付けた食器棚に走らせ、グラスをひとつ取り出すと、それを蛇口の下に持っていく。黒のスカートに、ボタンを外したブラウスという服装だった。もっとよく見えるように、エリックは道を渡って窓に近づいた。濡れた髪からシルクのブラウスににじずくがぽたぽた垂れているのが見えた。ジャッキーは水を飲むと、口をぬぐってから振り向いた。

エリックが背伸びをした瞬間、ボタンを留めていないシャツの前が開いて、ジャッキーの腹とへそがちらりと見えた。手押し車を押した女性が歩道で足を止め、エリックをにらんだ。自分がどう見えるかに気づいたエリックは、あわてて玄関口を入った。

ジャッキーのアパートメントの薄暗い戸口に立って、呼び鈴を押す。

催眠の診療を行って以来、エリックはロッキーのアリバイは本物ではないかと考えるようになり、夜に飲む睡眠導入剤の量が倍になった。明日の朝一番で、カーシュウデン病院を訪ねる予定を立てなければならない。

ドアを開けたジャッキーのブラウスのボタンは留められていた。エリックに向かってにっこりと微笑みかけると、吹き抜けの階段の明かりが彼女のサングラスに反射した。

「少し早すぎましたね」と、エリックは言った。

「エリックね」と言って、ジャッキーは笑みを浮かべた。「ようこそ」

一緒になかへ入ると、ジャッキーの娘が〝入室禁止〟の看板の下に頭蓋骨を描いた絵を掛けているのに、エリックは目を留めた。

エリックはジャッキーのあとについて廊下を進みながら、彼女が片手を壁に這わせているのを見守った。少しも恐れずに歩いているのが印象的だった。ブラウスの裾を黒いスカートから出し、腰のくびれのうえに垂らしている。

手がドア枠に触れると、ジャッキーは明かりのスイッチを入れてから居間へ入り、敷いてあるラグのうえで足を止めて振り返った。

「どれぐらい弾けるか聴いてみましょう」と、ピアノのほうを指さす。

エリックは椅子に腰かけて楽譜を開くと、前髪を払った。右手の親指を正しいキーに当てて、手のひらを開く。

「作品二十五」と、冗談めかしたもったいぶった口調でエリックは言った。

彼はジャッキーに与えられた宿題の楽譜を弾き始めた。前にジャッキーから注意を受けていたのだが、どうしても両手から目を離すことができなかった。

「こんなものを聴かなければならないのは、さぞやご不快でしょうね」と、エリックは言った。「美しい音楽を聴き慣れてらっしゃるから」

「とてもうまく弾いたと思うわ」と、ジャッキーは答えた。

「ブライユ点字の楽譜は手に入るのですか？　あなたには必要でしょう？」

「ルイ・ブライユは音楽家でもあったから、楽譜も当然あります。でも、最終的には全部暗譜しなければなりません。だって、演奏するときは両手が必要ですから」

エリックは指を鍵盤に置いて、深いため息をついた。そのとき、ドアの呼び鈴が鳴った。

「失礼、私が出るわ」ジャッキーは立ち上がった。

彼女が玄関へ行ってドアを開けるのを、エリックは見送った。外には彼女の娘がいた。隣に体操着姿の長身の女性が立っている。

「試合はどうだったの？」

「一対一よ」と、娘が答えた。「こっちはアナが一点入れたの」

「でも、あなたのパスだったわ」と、隣の女性が優しく言う。

「マディを送ってくださってありがとう」と、ジャッキーが言った。

「お気づかいなく。来る途中ふたりで、何もかも最高でなくてもかまわない、マディはもう少し自信を持つべきだと話し合ってきたの」

エリックには、それに対してジャッキーがどう答えたのか聞こえなかったが、ドアを閉めると、彼女は娘の前にひざまずき、髪と顔を優しくなでた。

「じゃあ、あなたはもう少し自信を持たなければならないわけね」と、穏やかな口調で言った。

エリックのところへ戻ると、ジャッキーはレッスンを中断したことを詫《わ》びた。それから腰を下ろし、次にやることを指示した。

エリックは両手に違う動きをさせるのに苦労し、背中を汗が流れ落ちるのを感じた。

しばらくすると、少女が部屋に入ってきた。カジュアルな服装に着替えており、床に座ってピアノの音に耳を傾けた。

エリックは楽節を一気に弾こうとしたが、四小節目で弾き間違えた。もう一度最初から始めたが、同じところで引っかかり、自分の間違いに笑い声を上げた。

「何がそんなにおかしいの？」と、ジャッキーが尋ねる。

「ガタの来たロボットが弾いてるみたいで」と、エリックは答えた。

「私のハリネズミも間違えるわよ」と、マデレーンがぬいぐるみを持ち上げて、なぐさめるように言った。

「僕の左手は最悪だね」と、エリックは言った。「まるで、指が正しいものを叩きたくないみたいだ」

マデレーンはまばたきしたが、真面目な顔つきは崩さないように努めていた。

「鍵《キー》、ってことだよ」と、エリックが急いで付け加える。「きみのハリネズミなら〝もの〟って言うだろうけど、僕は〝キー〟って言うべきだったね」

少女はうつむいて満面に笑みを浮かべた。

ジャッキーが立ち上がった。「演奏はお休みにして」と、エリックに言う。「今日のレッスンの最後に、少し楽理の話をしましょう」

「私は皿洗い機に食器を入れてくる」と、少女は言った。

「マディ、わかってるでしょうけど、もうすぐ寝る時間よ。用意をしなさい」

少女が去ると、ジャッキーとエリックはテーブルに着いた。エリックは水差しを取って、ふたつのグラスに水を注いだ。ジャッキーがト音記号とかへ音記号とかさまざまな倍音とかの話をしているあいだ、エリックは頻繁に彼女を盗み見ずにいられなかった。ブラウスは腰のあたりが皺になっており、考え込むような表情をしている。シルクを通して、シンプルなブラジャーと胸のふくらみがはっきり見てとれた。

エリックはドキドキしながら、気づかれずにずっと眺めていたいという衝動を懸命に抑え込んだ。

用心深く座る位置を変えると、彼女の太もものあいだと、飾り気のない白い下着がちらりと見えた。

ジャッキーがほんの少し足を開くのを見て、エリックの鼓動が速まる。見られているのを知っているのではないかという気がした。

ジャッキーは水を口に含んだ。

目を開いているのが、サングラスを通してかすかにわかる。

エリックは彼女の太ももにもう一度目をやり、わずかに身を乗り出した。だが次の瞬間、彼女は足を組んでグラスをテーブルに戻した。

ジャッキーは微笑みながら、あなたは教授か聖職者ではないかと想像してましたと言った。エリックは、正解はそのふたつの中間だと言って、心理臨床科での仕事と催眠療法の研究のことを説明してから、口を閉じた。

ジャッキーは楽理の資料を集めると、テーブルに軽く打ちつけてそろえ、エリックの前に置いた。

「お訊きしてもいいでしょうか?」と、エリックは言った。

「ええ」と、ジャッキーはあっさりと答えた。

「話をするとき、僕のほうに顔を向けますよね。それは自然な動作なのでしょうか、それとも学習したうえでのことでしょうか?」

「目が見える方を喜ばせるための譲歩です」と、ジャッキーは正直に答えた。

「そうじゃないかと思ってました」

「部屋に入ったときに明かりのスイッチを入れて、ここですよと知らせるのと同じです」

ジャッキーはそこで言葉を切り、きゃしゃな指をサングラスの縁に滑らせた。

「ごめんなさい、そんなことを訊くなんてぶしつけでした」

「視覚に障害を持つ人のほとんどはそういう話をするのを好みません。それは私にも理解できます」と、ジャッキーは言った。「誰でも自立した人間として見られたいですからね。でも、私は話したほうがいいと思っています」

「そのとおりです」

エリックはジャッキーの落ち着いたピンク色の口紅を、頬骨の曲線を、ボーイッシュな髪型を、首筋で脈打つ薄緑の血管を見つめた。

「催眠術をかけて、人の秘密や胸の内を探ることができるなんて、おかしな話じゃありません？」

「僕はこっそり盗み見てるわけじゃありません」

「あら、そうじゃないの？」

二五

まばゆい空が、助手席に置いたタバコのセロファンに反射していた。エリックは、無断立ち入りを禁止し、訪問する者は前もって許可をとる必要がある旨を記した表示の前をゆっくりと通過した。

カーシュウデン地域病院はスウェーデンで最大の保護精神医療施設で、百三十人の犯罪者が収容されている。全員、精神疾患のために刑務所への収監より治療が望ましいという判決を受けた者ばかりだった。

エリックは不安で内臓が踊り出しそうだった。まもなくロッキー・キルクルンドに会って、彼が主張するアリバイについて尋ねる機会が訪れる。

もしアリバイが真実なら、ロッキーは無実ということになる。スサンナ・ケルン殺害はレベッカ・ハンソン殺害と関連があり、スサンナが片手で耳を覆う姿で発見されたのも偶然ではなくなる。となれば、エリックは警察に包み隠さず話さなければならない。

職を失うと決まったわけではない、と自分に言い聞かせる。それは警察がこの事件を検察局に送致するかどうかにかかっている。

主棟の玄関の前には、カメラを斜線で消した撮影禁止の看板が掛かっていた。そんなことを言っても、この敷地には監視カメラがいやというほどあるにちがいないのに、とエリックは思った。

彼はタバコをつかむと、白い建物のほうに歩き出した。受付に続く通路にカタツムリの歩いた跡が鈍く光っている。ドアの内側に差し込む強い日差しのなか、細かい埃が宙を舞って、使い古した家具や摩耗した床のほうへ流れていくのがはっきり見えた。

エリックは身分証明書を提示して名札をもらった。待合室の入り口にある雑誌のラックの前を通り過ぎる前に、髪の一部をブロンドに脱色した男が迎えにきた。

「エリック・バルクさん？」

「そうです」と、エリックは答えた。

男は唇を引きむすんで、笑みとも言えるような表情を浮かべると、オットーと名乗った。顔には疲労の跡があり、悲しみの影が隠せなかった。

「カシーヤスがお出迎えする予定だったんですが……」

「わかります。お気づかいなく」エリックは、自分がシュトゥンクル医師だの研究プロジェクトだのと嘘八百を並べたことを思い出して、頬が赤らむのを感じた。

ふたりは歩き出した。オットーは、自分は警備員で、ここに来てから何年もたつと話した。

「少し長い回り道をします。みんな、トンネルを通るのを嫌うもので」オットーは外に目を向けながらそう言った。

「あなたはロッキー・キルクルンドをご存じですか？」

「私がここに来たときにはもういましたね」と言って、オットーは高いフェンスと陰気な建物を指し示した。

「彼をどう思われますか？」

「怖がっている者が多いですね」

ふたりはD－4棟の入り口を通り抜けるとそのままロッカールームへ行き、エリックは持ち物を預けた。

「タバコを持っていってもいいですか？」と、エリックは尋ねた。

オットーがうなずく。「簡単に手に入りますから」

警備員はエリックのキーやペン、携帯電話、財布をビニールの袋に入れて封をして受取証を渡した。

そのあとオットーが先に立って重い扉を解錠すると、すぐに暗証番号を入れる形式の扉があった。それも通り抜け、グレーのリノリウム敷きの廊下を進む。壁には、ベッドのある小部屋のドアが並んでいる。

あたりの空気は消毒薬のにおいとむっとするタバコの煙でよどんでいた。ひとつの部屋から、ポルノ映画の音が聞こえてきた。ドアは開いており、太った男がプラスチックの椅子に腰を下ろし、床に唾を吐いているのが見えた。

もうひとつ気密扉をくぐると、そこは日の当たらない運動場だった。六メートルほどの高さのフェンスがふたつの建物をつないでおり、周囲をコンクリート敷きの通路で縁取られ、ところどころに黄ばんだ草むらのある檻になっていた。

二十代とおぼしきやせた男が顔をこわばらせて公園用ベンチに座っていた。警備員がふたり、レンガ壁のそばで話をしており、反対側の端ではがっちりした体格の男がフェンスに顔を向けて立っていた。

「ご一緒したほうがいいですか？」と、オットーが尋ねた。

「その必要はありません」

元牧師は高いフェンスのほうを向いてタバコをすっていた。その視線は、木立のある草地や葉の茂った木々のあいだをさまよっている。足もとにはインスタントコーヒーの入ったマグが置かれてあった。

エリックはタバコの吸い殻や嚙みタバコのかすが散乱した通路を進んだ。いま会おうとしているのは、自分が犯人と決めつけて見捨てた牧師だ。もしロッキー・キルクルンドのアリバイが真実だったら、自分が警察にそれを隠していたことを認め、どうなるにせよ、その結果を甘んじて受け入れなければならない。通路から立ちのぼる埃が足にからみついてくる。自分の足音がロッキーにも聞こえたのはわかっていた。

「ロッキーだね？」と、エリックは言った。

「そんなことを知りたがっているのは誰だ？」

「僕はエリック・マリア・バルク」

ロッキーはフェンスを離れて振り返った。百九十センチを超える長身で、肩幅はエリックが記憶していたより広い。白毛交じりの顎鬚をたくわえ、髪は後ろになでつけている。目はグリーンで、冷ややかな自負心を感じさせる顔つきだ。毛玉だらけで、肘のところが破れたグリーンの迷彩柄のセーターを着ていた。太い腕を脇にだらりと垂らし、指先でタバコをつまんでいる。

「担当の精神科医から、あなたはキャメルが好みだと聞いてます」と言って、エリックはタバコを渡そうとした。

ロッキーは顎を突き出し、エリックを見下ろした。返事はせず、贈り物を受け取ろうともしなかった。

「僕を覚えているかどうかわからないが」と、エリックは言った。「九年前にあなたの裁判にかかわった者です。精神鑑定を担当したグループの一員だった」

「で、あんたはどんな結論に達したんだ？」と、ロッキーがむっつりと言った。

「あなたには神経疾患と精神疾患の治療が必要だと」と、エリックは冷静に答えた。

ロッキーは火のついたタバコを指ではじき飛ばした。タバコがエリックの胸に当たって地面に落ちる。小さな火花が散った。

「心安らかに行くがいい」と言って、ロッキーは口を引きむすんだ。

エリックはタバコのパックを差し出しながら、草むらを横切って近づいてくる警報器をぶら下げたふたりの警備員に目を向けた。「何をしているんだ？」足を止めると、警備員のひとりが問いただす。

「ただのはずみですよ」と、エリックが答える。

男たちはしばらくぐずぐずしていたが、エリックもロッキーも押し黙ったままだったので、結局、ふたりはコーヒーのところへ戻っていった。

「きみはあのふたりに嘘をついた」と、ロッキーが言った。

「ときどきついてますよ」と、エリックは答えた。

ロッキーは無表情のままだったが、目にかすかに好奇の色が浮かんだ。

「あなたは神経疾患と精神疾患の治療を受けましたか？」と、エリックが尋ねる。

「あなたには受ける権利がある。僕は医師です。診療記録とリハビリ計画を僕に見てもらいたいですか？」

ロッキーはゆっくり首を横に振った。

「あなたはここにずいぶん長くいますが、一度も仮釈放の申請をしていませんね」

「なぜそんなことをしなければならないんだ？」

「出たくないのですか？」

「俺は自分に与えられた罰を受け入れている」

「あの当時、あなたは記憶に障害があった。まだその症状は残っていますか？」

「ああ」

「それでも僕はあのときの会話を覚えています。話を聞いていて、ときおりあなたは無実ではないかと思ったこともあった」

「当然だろう。俺は逃げきるために自分のまわりを嘘で固めていたからな。嘘が蜂の群れみたいに全身を這いまわっていた。それに俺は、人に罪を着せることで責任を逃れようとした」

「罪を着せるって、誰に？」

「そんなことはどうでもいい。俺は有罪だったのに、嘘八百を並べ立てた」

エリックは身をかがめてタバコをロッキーの足もとに置くと、一歩後ろへ下がった。

「あなたが罪を着せようとした人物のことを話したくありませんか？」

「細かいことはよく覚えていないが、確か俺はそいつを牧師だと思い込んでいた。汚れた牧師だと」

元牧師は急に口を閉ざすと、またフェンスのほうを向いた。エリックは前に進んで、ロッキーの隣に立ち、木々を見渡した。「その人物の名前は？」

「もう覚えていない。顔さえも。灰のように散ってしまった」

「牧師と言いましたね。あなたの同僚だったのですか？」

ロッキーの指はフェンスを強く握りしめ、その胸は息をするたびに大きく上下した。

「覚えているのは、とても恐れていたことだけだ。だから、そいつに罪を着せようとしたのだろう」

「恐れていた？　その人が何をしたのですか？　なぜ、あなたは……」

「ロッキー、ロッキー！」背後から呼びかける声がした。気づかぬうちに、患者がひとり、ふたりのそばまで来ていた。「見てよ、きみのために手に入れたんだ」

ふたりが振り返ると、やせた男がナプキンに包んだジャム・ビスケットを差し出した。

「自分で食えよ」と、ロッキーが言った。

「欲しくないんだ」と、患者は勢い込んで言った。「僕は罪人だから。神と天使に嫌われているし、それに……」

「黙れ！」と、ロッキーが声を張り上げた。

「僕が何をした？　なんできみは……」

ロッキーは男の顎をつかんで目を覗き込むと、顔に唾を吐きかけた。ロッキーが手を離すと、男がよろけて、ビスケットが地面に落ちた。

ふたりの警備員がまた草地を横切ってきた。

「もし誰かが名乗り出て、あなたにアリバイがあることを証明したら？」と、エリックが急いで尋ねる。

ロッキーのグリーンの目がまばたきもせず、エリックの目をにらみつけた。「もしそうなら、そいつは嘘をついている」

「間違いないですか？　あなたは何も覚えていないと言ってたが……」

「俺はアリバイのことなど覚えていない。なぜなら、そんなものは存在しないからだ」と、ロッキーがさえぎった。

「でも、同僚のことは思い出したじゃないか。もしレベッカを殺したのがその人物だとしたら？」

「俺がレベッカ・ハンソンを殺した」と、ロッキーは言った。

「殺したことは覚えているのですか？」

「ああ」

「あなたは、オリヴィアという人物を知っていますか？」

ロッキーは首を横に振ってから、近づいてくる警備員に目を向けて顎を突き出した。

「ここへ入る前に会ったことは？」

「ない」

警備員はロッキーをフェンスに押しつけ、無理矢理地面に横たわらせると、手錠をかけた。

「彼を痛めつけないで」と、そばにいた患者が叫んだ。

大柄なほうの警備員は、相棒がロッキーの喉に警棒を押しつけているあいだに、背中を片膝で押さえつけた。

「痛い思いをさせないで」と、患者が哀願する。

エリックはD－4病棟から迎えにきた警備員のあとを歩きながら、そっと笑みを浮かべた。アリバイなどなかった。ロッキーがレベッカ・ハンソンを殺したのであり、ふたつの殺人事件に関連はないのだ。

駐車場へ出ると、エリックは足を止めて何度か深呼吸してから、梢越しにまばゆい空を見上げた。解放感が全身を広がっていく。長く背負っていた重荷が肩から消えていた。

二六

法医学教授ニルス・〝針《ノーレン》〟・オレンはカロリンスカ研究所の敷地に白いジャガーを乗り入れ、区画をいくつかまたいで駐車した。

国家警察から二件の殺人事件の調査依頼が来ていた。

ふたつの死体はすでに解剖がすんでいた。ノーレンはその報告書を読んだ。必要なことはすべて厳密に行われており、とがめるべき点は見当たらなかった。それなのに、捜査当局はノーレンに再確認を求めてきた。彼らはまだ闇のなかで手探りしている状態にいて、微細な類似性や署名、メッセージなどを見分けることを望んでいた。

マルゴット・シルヴェルマンは、犯人はシリアル・キラーで、何かを伝えようとしているると信じていた。

ノーレンは車を降りて朝の空気を吸い込んだ。風はほとんどなくて日差しがまぶしく、どの窓にもブルーのブラインドが下ろしてあった。

入り口の脇に何かが転がっていた。最初は誰かが玄関階段の手すりの後ろに何か捨てたのかと思ったが、それが人間であるのにノーレンは気づいた。髭ぼうぼうの男が背中をレンガ壁の土台のコンクリートにもたせかけ、アスファルトのうえで眠っていた。毛布をはおり、引き寄せた両膝に額を載せている。

暖かい朝だったので、ノーレンは男が安眠できることを願った。アビエーター・サングラスの位置を直して玄関へ向かう途中で、眠っている男の手が汚れていないことと、右手の甲に走る白い傷痕に目を留めた。

「ヨーナか?」と、ノーレンはそっと尋ねた。

ヨーナは顔を上げると、呼ばれるのを待っていたかのようにノーレンに目を向けた。ノーレンは旧友の姿を見つめた。前よりずっとやせており、ブロンドの髭が顔を覆っている。色白の顔は血色が悪く、目の下に隈ができている。長く伸びた髪はぼさぼさだった。

「指が見たい」と、ヨーナは言った。

「来るのを予想しておくべきだったな」と言って、ノーレンはにやりとした。「元気なのか?」

ヨーナは手すりをつかんで立ち上がると、バッグと杖を拾い上げた。自分がどう見えるかはわかっていたが、それもいたしかたない。悲しみはまだ、彼を解放してくれていなかった。

「飛行機で来たのか？　それとも車で？」と、ノーレンが尋ねる。

ヨーナはドアのうえの電灯を見上げた。電球の底に、死んだ虫が積み重なっているのが見える。

サーガが帰ったあと、ヨーナは娘のルーミを伴ってプルヌに行き、スンマの墓参りをした。それがすむと、ふたりは海辺へ行って将来のことを話し合った。

ひと言も言われたことはなかったが、ヨーナは娘が何を望んでいるのか知っていた。ルーミがパリ芸術大学に席を置くには、二日以内に入学手続きに出向かなければならない。ヨーナはパリの八区に住んでいる友人の妹宅に寄寓《きぐう》できるよう手はずを整えた。ほかの手配をする時間はなかったが、しばらくはなんとかやっていけるように多額の金を娘にもたせた。

さらに、接近戦と自動火器についての役立つ助言をたっぷり与えておいた。

ヨーナはルーミを空港まで送ったが、泣き出さないようにするのに大変な努力が必要だった。娘はヨーナに抱きつき、愛しているとささやいた。

「それとも列車で来たのか？」と、ノーレンは辛抱強く尋ねた。

ヨーナは空港からナッタヴァーラの家に戻り、警報システムを解除し、武器を地下室にしまって鍵をかけると、バックパックに荷物を詰めた。水道を止め、家の戸締まりをすませてから鉄道の駅まで歩き、イェッレヴァーレ行きの列車に乗って空港へ向かった。そこからアーランダ空港まで飛び、バスに乗り換えてストックホルムへ着いた。カロリンスカ研究所までの最後の五キロは自分の足で歩いた。

「歩いてきた」その答えを聞いてノーレンがびっくりした顔をしたが、ヨーナは気づいたそぶりを見せなかった。

ノーレンが青色のドアを開けるあいだ、ヨーナは片手を黒い手すりにかけて待っていた。ふたりはペンキが色あせ、床が摩耗した廊下を進んだ。

ヨーナは杖をついていたので速く歩けず、ときおり咳き込んで立ち止まらざるをえなかった。

ふたりはトイレの前を通り過ぎ、ほとんど根だけでできているような大きな鉢植え植物が置かれた窓へ近づいた。窓の外の日差しのなかを、風に乗ったタンポポの綿毛が舞っている。そこに何か思いがけず動くものが見えた。とっさにヨーナはかがみ込んで拳銃を抜こうとした。だが思いとどまり、窓のそばへ行った。老女がひとり歩道に立ち、群生するタンポポのあいだを行きつ戻りつしている犬を待っていた。

「元気なのか？」と、ノーレンが尋ねた。

「よくわからない」

ヨーナの身体は小きざみに震えていた。彼はトイレに入ると、洗面台の前に身をかがめて蛇口から直接水を飲んだ。やがて身を起こし、ペーパータオルで顔を拭いてから廊下に戻った。

「ヨーナ、指は病理検査室の鍵のかかったキャビネットに入れておいたが、私は三十分後にマルゴット・シルヴェルマンと会う約束がある。慎重な扱いが必要な死体をふたつ、見てほしいそうだ。もし会いたくないなら、私の部屋で待っていてくれても……」

「心配は無用だ」と、ヨーナが話をさえぎった。

二七

ノーレンは実習室のドアを開け、ヨーナを先に通した。ふたりは一緒に、まばゆい光を反射する白いタイルの張られた部屋に入った。ヨーナはバックパックを壁のそばに置いた。

ファンが音を立てて回っていたが、鼻をつく腐敗臭が部屋全体に漂っていた。二台の解剖台に、それぞれひとつずつ死体が置いてあった。新しいほうの死体には覆いがかかり、血がステンレスの排水溝にぽたぽたと垂れている。

ふたりはコンピューターが置かれたデスクのそばに行った。ヨーナは、ノーレンが重い扉を解錠するのを辛抱強く待った。

「座ってくれ」と言って、ノーレンはガラス瓶をテーブルに置いた。

彼は箱からフォルダーを取り出して開くと、鑑識の調査報告と身元確認資料、指紋分析結果、それにサーガの携帯電話からダウンロードして拡大した死体の写真をヨーナの前に並べた。

ヨーナは腰を下ろしてガラス瓶を見つめた。次に瓶を持ち上げて光にかざし、入念に吟味してからうなずいた。

「ここに全部用意しておいたんだ。きみが現れる予感がしたからね」と、ノーレンが言った。「だけど電話でも話したが、すべてチェック済みであることはきみにもわかると思う。切断した角度から見て、死体を発見した老人が指を切り落としたのは間違いない。老人がサーガに話したとおり、それが死後かなりたってからであることも」

ヨーナは鑑識の報告書に丹念に目を通した。鑑識は、二十座位の縦列型反復配列（STR）を調べてDNA型を作成していた。型は百パーセント合致しており、これによって指紋分析が正しいことも裏付けられた。

たとえ一卵性双生児でも指紋はそれぞれ違っているのだ。

ヨーナは手足のない死体の写真を前に広げて、銃創の射入口を調べた。

それから身を起こして椅子の背にもたれると、燃えるように熱いまぶたを閉じた。

すべて裏付けがとれていた。

銃撃の角度はサーガの話どおりだった。身体のサイズも骨格も手の大きさもDNAも指紋も一致している。

「やつだ」と、ノーレンが静かに言った。

「そうだな」と、ヨーナがささやく。

「きみはこれから何をするつもりだ？」と、ノーレンが尋ねる。

「何も」

「きみは死亡宣告されている。きみの〝自殺〟には目撃者がいる。ホームレスの男で……」

「わかってる」と、ヨーナが口をはさむ。「なんとかするよ」

「きみのアパートメントは、遺産を処分したときに売却された」と、ノーレンが教えた。「売却代金はおよそ七百万クローネだった。その金は慈善事業に寄付された」

「悪くないな」と、ヨーナがぶっきらぼうに答える。

「ルーミはこの成り行きをどう思っただろうな？」

ヨーナは窓に目を向け、翳《かげ》りつつある日差しと窓に付いた泥の影を見つめた。「ルーミか？　いまはパリにいるよ」と答える。

「私が言いたいのは、あれほど長く姿をくらましていたきみが帰ってきたことにどう対処したのか？　母親の死をどう受け止めたのか、それに……」

ヨーナは話を聞くのをやめて、記憶を解きほぐしていた。一年以上前、彼はひそかにフィンランドへ向かった。ヘルシンキの陰気ながん放射線療法専門病院に着いて、スンマの姿を見た午後のことを思い出す。当時のスンマは歩行器を使って歩くことができた。玄関に差し込む日差しが床や窓、木造部分、車椅子の列に照り返る様子が事細かに思い浮かんだ。ヨーナとスンマは係員のいないクロークやキャンディの自動販売機の前をゆっくり歩いて、すがすがしい冬の大気のなかへ出た。

そのときノーレンの携帯電話が鳴った。彼はサングラスを鼻先まで押し下げ、メールを読んだ。

「マルゴットが着いた。迎えに行ってくるよ」と言うと、ノーレンはドアへ向かった。

スンマは自分のアパートメントで緩和ケアを受けることを望んだが、ヨーナは彼女と娘をナッタヴァーラのスンマの祖母の家に連れて行き、そこで幸せな半年を過ごした。何年にもわたって化学療法、放射線治療、ホルモン療法、輸血を受けたあと、やれることは痛みの緩和しか残っていなかった。スンマは三日効果が持続するモルヒネ・パッチを貼り、鎮痛剤オキシコドン八十ミリを毎日服用した。

スンマは家を、それを取り巻く田園を、大気を、寝室に差し込む陽光を愛した。ようやく家族が一緒になれたのだ。彼女はやせて食欲もなく、全身の体毛が抜けていたが、肌は赤ん坊のようにやわらかくなった。

最期の時が迫るにつれ、体重はゼロに限りなく近くなり、全身に痛みが広がった。それでも彼女は、キスができるようにヨーナが身体を持ち上げて、膝に載せてくれるのが好きだった。

二八

ヨーナは身じろぎもせずに座り込み、切断された指の入ったガラス瓶を見つめた。液体のなかの粒は底に沈んでいる。

〝やつはほんとうに死んだのだ〟

ヨーナはそっと微笑むと、頭のなかでそのセンテンスをもう一度繰り返した。

〝エレック・ヴァルテルは死んだ〟

ヨーナが自分で仕組んだ自殺芝居の記憶をたどりながら座っていると、マルゴットとノーレンが法医学実習室に入ってきた。

「ヨーナ・リンナね。みんな、あなたは死んだと言ってたわ」と、マルゴットはにやりとして言った。「ほんとうは何があったのか訊いてもいいかしら？」

ヨーナはマルゴットと目を合わせ、この十四年間のあいだにやらざるを得なかったことをひとつひとつ思い返した。

マルゴットがじっとヨーナの目を覗き込んでいるあいだに、ノーレンは消毒済みの道具から保護カバーを取り除いた。

「私は戻ってきた」と、強いフィンランド訛《なま》りでヨーナが答えた。

「手遅れでしたね」と、マルゴットが言う。「あなたの仕事もオフィスも私のものよ」

「きみは優秀な刑事だ」

「それほどでもないそうですよ、ノーレンに言わせれば」と、マルゴットは屈託なく言った。

「いま彼女に、ヨーナにも今度の事件のことを教えるべきだと言ったところだ」とつぶやくように言いながら、ノーレンははめる前にラテックスの手袋を引き伸ばした。

ノーレンがマリア・カールソンの死体の外表検査をしているあいだに、マルゴットは事件の概要をヨーナに説明した。タイツのことやビデオ画像の質まで事細かに話したが、返事も、返ってくるものと思っていた関連質問もいっさいなかった。そのうち、相手は話を聞いていないのではないかと、マルゴットは不安になった。

「被害者の予定表を見ると、彼女は作画教室に行くところでした」と、マルゴットはヨーナのほうをちらりと見て言った。「調べてみると、その予定に間違いはないようでしたが、予定表の同じページの下のほうに、意味不明の小さな〝h〟が書き込まれていた」

伝説の警部補は年をとっていた。ブロンドの髭を生え放題に生やし、もじゃもじゃの髪は耳を覆って長く伸び、首の後ろでカールして皺だらけのジャケットの襟まで達している。

「ビデオを見れば、ナルシシストであるのがはっきりわかる」と、マルゴットはスチールのスツールに足を広げて座り、先を続けた。

ヨーナは、窓から女の姿を見つめている犯人を思い浮かべた。望むだけ近寄ることはできるが、まだふたりのあいだには窓ガラスがある。手を伸ばせば届きそうでも、閉め出されている。

「犯人は何かを伝えようとしている」と、マルゴットが言った。「何か主張したいことがあるのか……あるいは、警察と張り合い、力くらべをしたがっている。追いかけてくる警察の何マイルも先を行っている自分は強くて賢いと感じているから。その無敵感のせいで、また殺人を犯すでしょうね」

ヨーナは最初の被害者の死体に視線を走らせ、白い片手に目を留めた。腰の脇に置かれ、小さな鉢かムール貝の殻のようなお椀《わん》のかたちをつくっている。

ヨーナは杖にすがってようやく立ち上がりながら、犯人はマリア・カールソンの何に惹《ひ》かれて、傍観者としての一線を越えたのだろうかと考えた。

「それが理由なんです」と、マルゴットがさらに続ける。「そうした強烈な優越感を持っていることを考えれば、まだ見つかっていない署名のようなものが存在するにちがいないと私が思うのは」

ヨーナが自分の前を離れ、解剖台のほうへ向かうのを見て、マルゴットの話は尻つぼみになった。ヨーナは死体のそばで足を止めた。重い革のボマージャケットは前が開いており、シープスキンの裏地が見えた。死体のうえに身をかがめると、ホルスターとコルト・コンバットコマンダーが覗いて見えた。

立ち上がったマルゴットは、腹のなかで胎児が目覚めるのを感じた。胎児は彼女が動きまわると眠り、座ったり横になったりすると目覚める。マルゴットは片手を腹に当てて、ヨーナのそばに近づいた。

ヨーナは被害者のぼろ切れのようになった顔のそばに顔を寄せて眺めていた。まるで死んでいるとは思っておらず、彼女の湿った息を口で感じたがっているように。

「何を考えてるんです？」と、マルゴットが尋ねた。

「ときおり私は、われわれの正義の観念はまだひどく未熟だと思うことがある」と、ヨーナは死体から目を離さずに答えた。

「わかるわ」と、マルゴットが言う。

「では、何が法をつくり出すのだ？」

「その質問に答えることはできるけど、たぶんあなたの頭には別の答えがあるんでしょうね」

ヨーナは身を起こした。法は正義を、幼いルーミが日の光を追いまわしたように追い続けているのではないかと思った。

ノーレンは自分なりのやり方で最初の解剖の結果を確認していった。通常、外表検査は目に見える傷――つまり、腫れや変色、剝がれた皮膚、出血、ひっかき傷、切り傷などの特徴を記述するために行われる。だが彼は、二度の観察でも見逃された何かを探していた。ちょっと見ただけでは気づかないものを。

「ほとんどの傷は致命傷ではない。犯人にはそれで息の根を止める意図はなかった」と、ノーレンはマルゴットとヨーナに説明した。「もしそのつもりなら、顔を狙うことはなかっただろう」

「憎しみは殺人衝動より強力なのよ」と、マルゴットが言った。

「犯人は彼女の顔を破壊したかったんだ」と、ノーレンはうなずいた。

「あるいは、変えたかったのかも」と、マルゴット。

「なぜこんなふうに口を開けさせたのだろう?」と、ヨーナが問いかける。

「顎の骨が折れている」と、ノーレンが言った。「指に自分の唾が付着している」

「口か喉に何かあったのか?」と、ヨーナは言った。

「何も」

ヨーナは、被害者がタイツをはいているのを窓の外から撮影している犯人のことを思った。その段階では、犯人は傍観者である必要があり、その役割を受け入れていた。窓の薄いガラスという境界線が存在した。

〝だが、何かが一線を踏み越えるように誘ったのだ〟と、頭のなかで繰り返しながら、ヨーナはノーレンから細い懐中電灯を借りた。スイッチを入れて、死んだ女性の口のなかを照らす。唾は干上がり、喉には血の気がなかった。喉に何かがある形跡はない。舌は引っ込み、頬の裏側は黒ずんでいる。

舌の真ん中の一番厚い部分に小さなピアスの穴があった。舌が自然に折れるあたりではあったが、ヨーナは彼女が舌にピアスをしていたのは間違いないと思った。

彼は最初の解剖結果を調べて、口と内臓に関する記述を読んだ。

「何を探しているんだね？」と、ノーレンが尋ねた。

二十二項目と二十三項目に記載されているのは、唇と歯と歯茎の傷であり、六十二項目には舌と舌骨に損傷はないと書かれている。だが、穴のことにはひと言も触れられていない。

ヨーナはさらに先まで読んだが、胃や腸にピアスの飾りが見つかったという記載はなかった。

「ビデオを観せてほしい」と、ヨーナは言った。

「もう一万回は観ているのよ」と答えてマルゴットが目を向けると、ヨーナは杖に寄りかかって顔を上げた。灰色の目が急に、雷雲のように暗くなった。

二九

マルゴットはヨーナを自分の客として登録した。防護扉を通り抜ける前に、ヨーナは訪問者用の名札を付けなければならなかった。

「あなたに会いたがる人が目白押しでしょうね」と、エレベーターに向かいながら、マルゴットが言った。

「そんな時間はない」と言いながら、ヨーナは名札を外してゴミ箱に放り込んだ。

「何人かと握手をしなければならないでしょうね。それぐらいはできるでしょう?」

ヨーナはナッタヴァーラの家の裏に埋めた地雷のことを思い出した。硝酸アンモニウムとニトロメタンを材料にしたので、安定した二等級爆発物ができあがった。ところが、ペントリット三グラムを使った地雷ふたつを起爆剤として仕掛けてから、三つ目の起爆剤を作るために納屋から母屋に戻ろうとしたとき、ペントリットを詰めた袋が爆発した。重いドアが吹き飛ばされ、ヨーナは右脚を脱臼した。

痛みが黒い鳥の大群のように襲ってきた。おびただしい数の重いコクマルガラスが身体のうえに落ちてきて、周囲の床を覆ったかのようだった。ルーミが駆け込んできて、両手で父親の腕を支えると、まるで吹き飛ばされたように鳥たちは舞い上がり、痛みが薄れた。

「少なくともまだ腕はあるからな」と、ヨーナは言った。

「あったほうが便利よね」

マルゴットがエレベーターの扉を開けたままにして、ヨーナが追いつくのを待った。

「ビデオを観て何を見つけようとしているのか私にはわからない」と、彼女は言った。

ヨーナはマルゴットに続いてエレベーターに乗り込んだ。

「あなた、ちょっと怪しげに見えるわよ」にやりとしながら、マルゴットが言った。

「私はそういうのが好きなのかもしれないけど」

ふたりの乗ったエレベーターが着くと、ホールは同僚たちで埋まっていた。ひとり残らずオフィスから出てきている。

ヨーナは誰とも目を合わせず、笑みを返すことも、問いかけに答えることもしなかった。自分がどんな姿か承知していた。髭は伸び放題だし、髪はむさくるしいかぎりで、しかも杖をついて足を引きずっている。

誰も彼をどう迎えてよいのかわからないようだった。彼には会いたいが、近寄るのをためらっているように見える。

　紙束を抱えている者もいれば、コーヒーのマグカップを手にしている者もいる。みんな、何年ものあいだ、毎日顔を合わせていた人々だった。ヨーナはベニー・ルビーンの前を通り過ぎた。無表情な顔でバナナをもぐもぐとやっている。

「ビデオを観たらすぐに帰るよ」と、昔使っていたオフィスのドアの前まで来ると、ヨーナはマルゴットに言った。

「私たちは二二号室を使っています」廊下の先を指さしながら、マルゴットが言う。

　ヨーナはしばらく足を止めて、息をととのえた。傷を負った脚が痛み出したので、床に杖の先を押しつけて膝を休ませる。

「どこのゴミ箱から連れてきたんだ？」と、ペッテル・ネースルンドがにやにや笑いを浮かべて言った。

「馬鹿言わないで」と、マルゴットが言い返す。

　国家警察の長官カルロス・エリアソンがヨーナのほうに近づいてきた。首に読書用メガネをぶら下げている。

「ヨーナ」と、エリアソンが優しげな声をかける。

「カルロス」と、ヨーナが応じた。

　ふたりが握手を交わすと、ホールからパラパラと拍手が起きた。

「きみがこの建物にいると聞いても、ほんとうとは思わなかったよ」と、浮かんでくる笑みを抑えきれずに、カルロスが言う。「こんなことがあるなんて、考えもしなかったからね」

「ちょっと見たいものがあってね」と、苦労して歩き続けながら、ヨーナが言った。

「あとでちょっと寄ってくれ。今後のことを話し合おう」

「話すことなんかあるのかな?」と言って、ヨーナはその場を離れた。

自分のしてきた仕事が遠い過去のことに思えた。幼い頃の記憶よりも遠いもののように。そこに戻る理由はもう何ひとつない、とヨーナは思った。

もし最初の被害者の手が小さなお椀のようなかたちで腰の脇に置かれていなかったら、ここに戻ってくることはなかっただろう。

その発見がヨーナの頭のなかに小さな火花を散らしたのだ。

あの細い指がルーミのものであっても不思議はない。胸の奥深くにある好奇心が頭をもたげ、急にどうしても死体に近づかずにはいられなかった。

「ここにはあなたが必要よ」と、握手を交わしながら、マグダレーナ・ロナンデルが言った。

いまはもう自分の仕事ではないが、最初の犠牲者と出会ったとき、どうしても確認してみたい関連性を感じとった。マルゴットが自分のすべき仕事の方向性を見つけるまで、しばらくのあいだ手助けすることができるかもしれない。

ヨーナは痛みが脚を突き抜けるのを感じた。よろけて肩が壁にぶつかり、革のジャケットがざらざらの壁面にこすれる音がした。

「あなたが来ることをインターネットでみんなに知らせておいたの」二二号室の前に着くと、マルゴットが言った。

以前ヨーナの助手をしていたアーニャ・ラーションが自分のオフィスのドアの前に立っていた。顔を紅潮させている。ヨーナが彼女の前で足を止めると、顎が小きざみに震え始め、目に涙があふれた。

「会いたかったよ、アーニャ」と、ヨーナが言った。

「ほんとうかしら?」

ヨーナはうなずいて、アーニャと目を合わせた。彼の薄グレーの目は、熱でもあるかのようににぶい輝きを放っていた。

「みんながあなたは亡くなったと言ってたわ。あなたは……。でも、私は信じなかった。だって私はずっと……あんな頑固な人が死ぬわけがないと思ってましたから」涙が頰を伝い落ちるのもかまわず、アーニャは笑みを浮かべた。

「もう私の出る幕じゃなかっただけだよ」と、ヨーナは答えた。

廊下の人影がまばらになった。みんな、自分のオフィスへ戻っていく。もう十分に堕《お》ちた偶像を見たのだから。

「あなたの姿は、まるで……」と言いかけて、アーニャは言葉を呑《の》み込み、ブラウスの袖で鼻をぬぐった。

「わかってるよ」と、ヨーナは短く答えた。

アーニャはヨーナの頬を軽く叩いた。「行ったほうがいいわ、ヨーナ。みんな、あなたを待ってるわ」

三〇

ヨーナは捜査本部が置かれた部屋に入ると、ドアを閉めた。奥行きのある壁には巨大なストックホルムの地図が貼られ、犯行現場に印が付けられていた。地図の脇には、足跡、死体、血の飛散パターンなどの現場写真がテープで留められている。赤茶色の光沢のある毛皮と黒い縞瑪瑙《しまめのう》の目を持つ磁器の鹿の頭を写した大きな写真もあった。ヨーナは、マリア・カールソンのシステム手帳のコピーに目を通した。殺された夜のページには〝講座、午後七時――方眼紙、鉛筆、インク〟と書かれ、その下に〝h〟がひと文字なぐり書きされている。

別の壁には、被害者のプロファイルの図解を作ろうとしている形跡があった。最初に家族とそれ以外の対人関係から始めていた。被害者の行動——勤務先、友人、スーパーマーケット、ジム、講座、バス、カフェにピンを刺してマークしてある。

アダム・ヨーセフがヨーナのそばにやって来て握手をすると、キッチンナイフの写真を壁にピンで留めた。

「たったいま、このナイフが殺害の凶器であることが確認されました。ビヨーン・ケルンはこいつを洗って、引き出しに戻していた。だが、胸骨に刺し傷がかなりたくさん残っていたんで、探している刃のタイプを特定するのは比較的容易でした。それに、このナイフにはまだ小さな血痕が付着しているのが見つかっています」

アダムはそこでひと息つくと、何度か頭を強くかきむしってから、鹿の頭の拡大写真の前に移動した。

「磁器の置物はマイセンチャイナ」と、アダムはきらきら輝く鹿の黒い目を指さして言った。「だが、鹿の残りの部分は犯行現場にはなかった。ビヨーン・ケルンはまだ筋の通った供述ができないので、被害者の手にこれを握らせたのが彼かどうかわかっていません」

ヨーナは動きを止めて、マリア・カールソンの死体写真に目を向けた。死んだ女はタイツ姿で、窓の下のヒーターに寄りかかって座り込んでいる。

犯行現場の鑑識報告を読み直したが、ピアスのたぐいはいっさい被害者の家から見つかっていなかった。

ヨーナの背後で、アダムがマルゴットに問いかけるような視線を投げた。

「彼はマリア・カールソンのビデオを観たがっているの」と、マルゴットが言う。

「なるほど。でも、何のために？」

マルゴットはにやりとした。「私たちが何かを見逃したからよ」

「そうなんでしょうね」アダムは笑い声を上げると、首筋をかいた。

「私のコンピューターを使ってください」と、マルゴットは愛想よく言った。

ヨーナは礼を言ってマルゴットの椅子に腰を下ろし、動画再生プレーヤーを全画面表示にしてビデオを再生した。マルゴットが説明したとおり、ビデオは三十歳の女性が黒いタイツをはくところを、寝室の窓の外からひそかに撮ったものだった。

ヨーナは、撮られていることにまったく気づかずにいるマリア・カールソンの顔を見つめた。少し垂れ気味の目と落ち着いた口もと。それがやがてけだるげなものに変化する。顔を半分隠している髪は洗ったばかりのようだ。黒いブラジャーをして、タイツのはき具合を直している。

半透明の笠《かさ》と雪花石膏《せっかせっこう》の台がついた電気スタンドが窓に映っており、マリアの影が整理ダンスと花柄の壁紙の前を横切る。彼女は片手を太もものあいだにすべり込ませて、薄いナイロンの素材を股まで引っ張り上げようとしている。口で息をしているのが見えたところでビデオが終わった。

「探しているものが見つかりましたか？」と、ヨーナの肩越しにアダムが尋ねた。

ヨーナは席を立つことなく、もう一度ビデオを再生してタイツと格闘する被害者を観察し、三十五秒たってビデオが切れると、今度は場面ごとにひとコマずつクリックして送っていった。

「それは僕らもやってみました」と、ゲップが出そうなのをこらえながら、アダムが言った。

ヨーナは画面に顔を近づけ、マリア・カールソンが口を開けて呼吸しながらゆっくり歩いている姿を見つめた。まばたきする彼女の頬に、長いまつげが影を落としている。右手が太ももと股のあいだに軽く差し込まれている。

「こんなことはしていられないよ」と、アダムがマルゴットに言った。「やらなければならないことがある」

「彼にチャンスを与えてあげて」と、マルゴットが言った。

マリア・カールソンがいきなりカメラのほうに顔を向けた。彼女の顔に灰色の影がかかる。窓に反射した電気スタンドの明かりが目に輝きを与え、少し開いた口のなかでかすかに何かが光った。その瞬間、ビデオが終わった。

ヨーナの後ろで、アダムとマルゴットがマリアの作画教室の関係者を調べた結果について話し始めた。〝H〟で始まる名前がないか調べてみたが、いまの時点では見つかっていなかった。

ヨーナはカーソルを動かして、ビデオの最後の五秒間を見直した。光がマリアの髪や耳、頰のうえで踊り、目を輝かせ、口をきらりと光らせた。

ヨーナはぼける寸前まで画像を拡大し、拡大部分を口に合わせて最後の数コマをもう一度見た。マリアの開いた唇が画面いっぱいに広がり、差し込んだ光でピンクの舌の先端がはっきり見える。ヨーナはコマを送った。舌の曲線が現れ、さらに明るく映し出されたかと思うと、次のコマでは白い太陽が口いっぱいを覆ったかのように見えた。太陽はすぐに縮んで、最後から二番目のコマでは、光が灰色の豆の表面に付いた白い点ほどに縮小した。

「やつはピアスの飾りを持ち去っている」と、ヨーナは言った。

ふたりの刑事は話をやめ、ヨーナとコンピューターの画面のほうに向き直った。ふたりが拡大された画像の意味を、ピンクの舌とぼやけたピアスの飾りの意味を理解するのに数秒かかった。

「なるほど、われわれは彼女の舌にピアスがしてあったのを見逃したわけだ」と、アダムがかすれた声で言った。

マルゴットは両足を広げ、両手で腹を抱えた姿勢でヨーナが立ち上がるのを見守った。「あなたは彼女の舌に穴があるのを見つけて、ピアスがあったかどうかを確認するためにビデオを観ようと思ったわけね」と言いながら、電話を手にとる。

「彼女の口が重要だと思っただけだよ」と、ヨーナは言った。「顎の骨が折れていて、手に自分の唾がついていたから」

「たいしたものね」と、マルゴットが言う。「すぐ鑑識から拡大写真を取り寄せるわ」

マルゴットが電話で話しているあいだ、ヨーナは立ったまま壁の写真や地図を眺めた。

「私たちはドイツ連邦刑事庁と協力しているの」電話を切ると、マルゴットが説明した。「この手のことについては、ドイツ人が飛び抜けて優秀だから。あらゆる種類の画像処理に通じているわ。ステファン・オットーをご存じかしら？　巻き毛のハンサムな人よ。自分でプログラムを開発して、科学捜査で……」

「なるほど、じゃあ、僕らにもピアスの飾りの種類がわかるわけだな」と言って、アダムは頭に浮かんだことを口にした。「暴力の程度はきわめて残虐で、憎悪――おそらくは嫉妬に駆られ……」

マルゴットの携帯電話が鳴った。メールを開いてクリックすると、写真が画面いっぱいに広がった。

ピアスの飾りを引き立たせるために、画像処理ソフトは色を全部変えていた。マリア・カールソンの舌と頬はブルーに変わり、それでピアスの飾りがくっきり見えるようになった。

「土星ね」と、マルゴットが小声で言った。

マリア・カールソンの舌にピアスされている飾りは、土星《サターン》のように環で囲まれた銀の球体だった。

「〝h〟で始まるものじゃないな」と、ヨーナが言った。

ふたりの刑事が振り向くと、ヨーナは〝講座、午後七時――方眼紙、鉛筆、インク〟と書かれ、その下に〝h〟が書き足されたマリアの予定表を見ていた。

「それは土星のシンボルの♄だ」と、ヨーナは言った。「草刈り鎌とか大鎌を象徴している。だから、少し曲がっていたり、ときには天辺《てっぺん》で交差したりすることもある」

「土星……惑星。それにサトゥルヌス、ローマ神話の農耕神ね」

三一

ヨーナもマルゴットも裸足《はだし》だった。窓ガラス越しになかを見ている。部屋は生暖かく、湿っていた。

「アレルギーの検査を受けたんだけど、私は瞑想ってやつにアレルギーがあったわ」

と、マルゴットが言った。

三十人ほどの汗まみれの女性が、おのおののマットのうえでインド音楽に合わせて機械的な調和のとれた動きを続けていた。

マルゴットは五人の捜査員を使って、マリア・カールソンのネット履歴をもう一度洗い直した。メール、フェイスブック、インスタグラムのアカウントを。彼女の舌の飾りが写っていた写真はわずか数枚で、そのことに触れていたのは、いまではまったく交流のなくなった友人のひとりがフェイスブック上でこう書いている箇所だけだった。〝私たちが始める《キック・イット》前に、やってしまった《リック・イット》わけね。私も舌にピアスをしたい〟

この投稿をしたのはリンダ・バーリマンという女性で、ストックホルムの中心部でビクラム・ヨガのインストラクターをしていた。彼女とマリアは半年ほど頻繁に連絡し合っていたが、リンダのほうが急にマリアに冷たくなった。

リンダ・バーリマンが、ジーンズにグレーのセーターといういでたちでスタッフルームから出てきた。日に焼けており、どうやら手早くシャワーを浴びて、いくらか化粧もしてきたようだ。

「リンダね? マルゴット・シルヴェルマンです」と、相手の手を握りながら、マルゴットが言った。

「いったい何の話なのか教えてくれませんでしたよね。正直、何が何やらさっぱり見当もつかないんですけど」

　三人で歩道をノーラ・バントリエの方角に歩きながら、マルゴットはリンダを落ち着かせるためにビクラム・ヨガのことを質問した。

「ハタ・ヨガの一種ですが、高湿で、室温が四十度の部屋でやるものなんです」と、リンダが説明した。

　三人は以前ノーラ・ラテン語学校の運動場だった場所に入った。半球形の噴水が銀白色の輝きを放ち、風が細かいしずくを四方にまき散らしていた。

「創始者は、ビクラム・チョードリーという人です」と、リンダが続ける。「その人が二十六種類のポーズを創り出したんですが、私が試したなかでは一番優れたポーズでした」

「座りましょう」と、腹を支えながらマルゴットが言った。

　三人はオロフ・パルメ通りに面したフェンスのそばの、誰も座っていない公園ベンチに腰を下ろした。

「あなたは以前、フェイスブックでマリア・カールソンと付き合いがありましたね」と、ヨーナが歩道に小さな埃の雲を立ちのぼらせて、杖で深い縦の線を引きながら言った。

「どういうことです?」と、用心深くリンダが訊き返す。

「どうして疎遠になったのですか？」

「一緒にやることがなくなってしまったからです」

「でも、何カ月かとても緊密に連絡をとり合っていたようですが」と、マルゴットが言った。

「彼女が何度かヨガのクラスに来て、話をするようになったんだけど……」

リンダの声が途切れた。落ち着かなげに、マルゴットからヨーナへ視線を走らせる。

「どんな話を？」と、マルゴットが尋ねた。

「私は何か疑いをかけられているのでしょうか？」

「そんなことはありません」と、ヨーナが言った。

「マリアが舌にピアスをしていたことはご存じね？」と、マルゴットが先を続ける。

「ええ」と、少し戸惑ったような笑みを浮かべて、リンダが言った。

「飾りは何種類か持っていたのでしょうか？」

「いいえ」

「どんなかたちの飾りか覚えていますか？」

「ええ」

リンダはしばらく古い学校の建物と木々の下で躍る影を見つめてから答えた。「天辺にミニチュアの土星が付いていたわ」

「ミニチュアの土星ね」と、とても優しげな口調でマルゴットがおうむ返しに言った。

「どんな意味があるんです?」

「わかりません」と、リンダがぶっきらぼうに答える。

「占星術と関係があるものかしら?」

リンダはもう一度木々のほうを見て、足で地面を蹴った。

「彼女がどこで手に入れたかご存じ? どこでも売っているようなものには見えないけど」

「何の話か、私には理解できません」と、リンダが言った。「もうすぐ次のクラスが始まるので……」

「マリア・カールソンは亡くなりました」と、感情を抑えた真剣な口調で、マルゴットが口をはさんだ。「先週、殺されたんです」

「殺された? あの人が殺されたの?」

「ええ。発見されたのは……」

「なぜそんなことを私に話すの?」相手の話をさえぎると、リンダは立ち上がった。

「どうか座ってください」と、マルゴットが制した。

「マリアが死んだ?」リンダは沈み込むようにベンチに腰かけると、噴水のほうに視線を漂わせ、いきなり泣き出した。「でも私……私は……」

リンダは強くかぶりを振ると、両手で顔を覆った。

「ピアスはあなたがあげたのですか？」と、ヨーナが尋ねる。

「なんでいつまでも舌のピアスのことなんかしゃべってるの？」と、リンダが噛みついた。「そんな暇があるなら、犯人を捜しなさいよ。こんなの、ほんとうに気分が悪いわ！」

「ピアスはあなたがあげたのですか？」と、ヨーナが繰り返す。歩道の線に交差させて短い線をもう一本引いた。

「いいえ、違うわ」と言って、リンダは頬の涙をぬぐった。「男からもらったのよ」

「その男の名前をご存じですか？」と、マルゴット。

「かかわりたくないわ」と、リンダがささやくように言った。

「あなたの気持ちは尊重します」マルゴットはうなずいた。

リンダは充血した目でマルゴットを見ると、口を引きむすんだ。

「フィリップ・クローンステッドという男よ」と、彼女はぼそっと言った。

「どこに住んでいるか知っていますか？」

「いいえ」

「マリアはその男と付き合っていたのですか？」

リンダはそれには答えず、地面を見下ろした。また涙がこぼれだした。ヨーナは地面の線に杖で最後の曲線を書き加えると、ベンチの背にもたれた。

「なぜ彼女は舌にミニチュアの土星をピアスしたのかしら？」と、マルゴットが慎重に尋ねる。「どういう意味なの？」

「わかりません。素敵に見えたからでしょう」と、力のない声でリンダが言った。

「マリアの予定表には、十箇所にシンボルが書き込まれていました。土星の古いシンボルです」と言って、マルゴットは地面を指さした。

三二

ヨーナの足の前の砂利に描かれたシンボルを見ると、リンダの頬が赤らんだ。風が早くも大鎌の粗描を消し去ろうとしていた。リンダは何も言わなかったが、額が汗で光っていた。

「失礼、電話をかけることになってるんだ」と言うと、ヨーナは杖を頼りに立ち上がった。

マルゴットは、ヨーナが石段のほうへ行き、携帯電話を引き出すのを見守った。彼がふたりきりにしてくれたので、もう少し親密な雰囲気をつくれるようになった。

「リンダ」と、マルゴットは言った。「遅かれ早かれ、私たちは事情を全部探り出すことになるわ。でも、あなたの口から聞きたいの」

リンダの腋の下には濃いグレーの汗染みができていた。彼女は顔の前に垂れてきた髪をゆっくりと払った。

「私個人の経験でしかないんだけど」リンダは唇を湿らせた。

「それが聞きたいの」

「彼らはサトゥルナーリアと呼んでいたわ」と、地面を見下ろしながら、リンダが言う。

「ロールプレイみたいなものかしら？」と、マルゴットが穏やかに訊いた。

「いいえ、乱交パーティよ」と、リンダが努めて冷静な口調で言った。

「グループ・セックスのこと？」

「ええ。グループ・セックスって言うと……どうかしら、昔の哀れな夫婦交換クラブみたいに聞こえるけど」リンダは気まずそうに微笑んだ。

「どうやらあなたはその集まりのことをよく知ってるみたいね」

「マリアと一緒に何度か行ったことがあるの」と言って、リンダが見た目にはわからないほど小さく首を振った。「私は独身だから、決して突飛なことではないわ。参加したからといって、そこにいる人と誰彼かまわず寝るわけではないし」

「でも、肝心なのはそのことじゃないわね？」

「やってみようとしたことは後悔してないけど、誇れることでもないから」

「サトゥルナーリアについて聞かせて」と、マルゴットが尋ねる。

「どう話せばいいかしら」リンダは足を組んだ。「マリアの考え方に影響されたの。セックスに関してはとっても開放的だった。言い方はどうあれ、私も同じ考えだったわ」

「彼女に恋していたの？」

「自分のためにやったことよ」と、質問には答えずに、リンダは先を続けた。「何か新しいことをやってみたかった。何にも縛られず、何も気にせずに、ひたすらセックスだけをしたかった」

「わかるわ」マルゴットは優しげな笑みを浮かべた。

「最初のときは」リンダはむっとした顔をした。「身体じゅう、ぶるぶる震えたわ。おまえにはこんなことはできないと思った。何人かの男と同時に……山ほどドラッグが置いてあって、女同士でもセックスをした。それが何時間も続くの。狂ってるとしか言いようがない」

リンダは肩越しにヨーナのほうに視線を投げると、人差し指で上唇の汗をぬぐった。

「でも、あなたは行くのをやめた」と、マルゴットが言う。

「マリアとは違うから。あの人と一緒にいたかったし、彼女の生き方を真似《まね》しようとした。しばらくすると、自分は違うと感じた。勇敢さも何もかも。でも三度目に行ったあと、いろいろなことを考えるようになった。後悔していたわけではないの。それより、〝おまえはなぜこんなことをしているんだ？〟と。恥じる必要はなかった。自分にそうすることを許したんだから。でも、なぜこんなことを、って」

「いい疑問だわ」

「行くのを決めたのは自分だけど、自分らしい行動じゃない。自分が利用されているような気分だった」

「それで行くのをやめたのね？」

リンダは鼻の頭をこすると、声を低めた。

「一度サトゥルナーリアを撮影した人がいたの。許されない行為だった。携帯電話も禁止だったのに。マリアが電話してきて、その話を教えてくれた。彼女は怒り狂ってたけど、私は心配になっただけ。病気になりそうだった。ビデオクリップは投稿ビデオのサイトにアップされた。画像はぶれていて暗かったけど、自分が写っているのはわかった。とてもじゃないけど、いい気分とは言えなかったわ」

噴水のしぶきが数滴降りかかってきた。リンダはかすんで見える噴水に背を向けて、首を横に振った。

「あの人が死んだなんて信じられない」と、小声で言う。

「そのサトゥルナーリアだけど、どんな仕組みになっているの？」

「エステルマムに住んでるフィリップとユーシェンという男たちがふたりで仕切っていた。普通は、コカインかエクスタシーをたっぷり吸ってパーティを始めるみたいね。そのあと、スパイスとしてモンキーダストやスパニッシュフライなんか、あらゆるドラッグを試す……少なくとももう二、三年は続いているらしいわ。毎月、二度か三度サトゥルナーリアが開かれている。会員制で、入れるのは招待者だけ」

「いつも土曜日なの？」

「英語のサタデイの語源はご存じでしょう？」と、リンダが答える。

マルゴットがうなずくと、リンダはまた地面を蹴った。「これだけはぜひ言っておくけど、私はドラッグを一度もやったことがないの」

「いいことだわ」と、マルゴットが無表情に言った。

「そのかわり、シャンパンはたっぷり飲んだけど」リンダが微笑む。

「どこでやっていたの？」

「私が参加したときはビルエルヤール・ホテルのスイートだった。覚えているのは、不気味でサイケデリックな部屋だったことだけ」

「マリアが舌にしていたピアスのことを教えてちょうだい」

「フィリップとユーシェンが常連の女性全員に飾りを贈ってた」

「マリアもやめたがっていたのかしら？　あなた、ご存じ？」

「やめる気はなかったと思う。だって、私……」と言ってから口を閉じると、リンダは髪を片方の肩に寄せた。

「何を言いかけたの？」

「フィリップがマリアに恋していたってこと。ふたりきりで会いたがってたし、彼女がほかの男と寝るのを嫌がっていた。彼女は笑ってすませてたけど。マリアって、そういう人なのよ」

マルゴットはスサンナ・ケルンの写真を見せた。

「この女性に見覚えはない？　よく見てちょうだい」

リンダは、暖かさを感じさせるライトブラウンの目と豊かな髪の、笑みを浮かべたスサンナ・ケルンの顔をじっくりと眺めてから首を横に振った。

「いいえ」と答える。

「サトゥルナーリアに参加してなかった？」

「見たことはないわ」と言って、リンダは立ち上がった。

マルゴットはそのままベンチに座り続けた。いまだに被害者同士の関連性がわかっていない。相手はそっと獲物に忍び寄るシリアル・キラーなのに、犯人がどこで被害者を見つけたのか、どうやって被害者を選んだのか何の手がかりも得られていなかった。

二三

マデレーン・フェデレルは、フムレゴーデンの公園を斜めに横切る小道を歩いていた。放課後に、彼女は母親と一緒に聖ヤコブ教会に行った。ジャッキーは生活の糧を得るために、オルガン奏者として本業以外の仕事を片っ端から引き受けていた。

いまマデレーンは母親と並んで歩きながらおしゃべりをする一方で、母親に助けは必要ないとわかっていても、小道に目を配り続けた。

母親は、片方の足で道の脇の草を軽く踏むようにして歩いていた。そうすれば、足に植物が触れる感触を味わえるし、杖が小道を叩く音を聞くこともできる。

王立図書館の外でコンプレッサーが始動する轟音が聞こえた。ドリルが回転する力強い音がふたりのところまで届いてくる。音に驚いて母親が体勢を崩したので、娘はとっさに母親の腕を支えた。

小さい頃によく遊んだ、螺旋《らせん》状のすべり台のある遊び場の横を通り過ぎた。プラスチックと温まった砂の良いにおいがした。

街路に着くと、母親は娘の助力に礼を言い、ふたりは横断歩道へ向かった。

石畳に杖が当たる音が普通の道より鋭くなるのはマデレーンにも聞きとれたが、道の端ぎりぎりにある杭《くい》のところで周囲の音がどう変わるのかは、彼女にもわからない。

「車の走る音が一瞬途切れるだけよ」と言って、ジャッキーは足を止めた。

いつものように、ジャッキーは杖の先を歩道の端から少し突き出し、車が停止して、歩行者用信号が青になって時計のような音が鳴り出したら、すぐにも縁石をまたげるように体勢を整えた。

一緒に道路を横断して、大きな黄色い建物の前まで行くと、ジャッキーは開いている車庫の扉のほうを向いて、鋭く舌を鳴らした。視覚障害をもつ人々の多くがこうやって反響を聞きとり、起こりうる危険を察知する。

自宅に着くと、ジャッキーがドアを閉め、施錠してからドアチェーンをかけた。マデレーンはコートを掛けると、母親が明かりをつけずに居間へ行き、テーブルに楽譜を置くのを見守った。

少女は自分の部屋に行って、ハリネズミのぬいぐるみにただいまと挨拶した。くつろげる服に着替え終えるのを待っていたように、母親の声がした。

「マディ？」と、寝室から呼んでいる。

マデレーンが明るく照明された部屋に行くと、母親は下着だけの姿で正面の窓のカーテンを引こうとしていた。窓のすぐ外の草のうえに、ピンクの自転車が横たわっている。カーテンが衣装戸棚の扉に引っかかったので、ジャッキーは布地に指を走らせて、なんとか外してから娘のほうを振り返った。

「あなた、ここの明かりをつけた？」と、ジャッキーは尋ねた。

「いいえ」

「今朝の話よ」

「つけてないはずよ」

「出かけるときは、明かりが全部消えているかどうか確認してくれなくちゃ」

「ごめんなさい」つけたはずはないのだがと思いながらも、マデレーンはそう答えた。

母親はベッドのうえのブルーのローブに手を伸ばした。両手であたりを探り、枕の近くにあったローブを探しあてる。

「たぶんハリネズミが暗いのを怖がって、ここに入ってきて明かりをつけたんだわ」

「そうかもね」と、ジャッキーは言った。

ジャッキーは薄い素材のローブの裏表を正しく直してから身にまとい、床にひざまずくと両手でマデレーンの顔を包み込んだ。

「あなたは世界一かわいい少女よね？　そうなのよ、ママにはわかっているわ」

「今日は生徒さんは来ないの、ママ？」

「エリックだけよ」

「お洋服は着るつもりなんでしょうね？」

「ご忠告、ありがとう」と言って、ジャッキーはシルクのガウンをはおった。

「銀のスカートをはいてよ。素敵だから」

「何か見つくろうのを手伝ってくれる？」

母親は視覚障害用のカラーリーダーをもっていたが、何かにつけてマデレーンに色は間違っていないか、マッチしているかと訊いてくる。

「郵便が来てないか、行って見てきたほうがいい？」

「来てたらキッチンに持ってきて」

マデレーンは、湿った土と鼻を刺すようなイラクサのにおいがする廊下を通り抜けて、ドアの前に落ちている手紙を拾い上げた。キッチンへ行くと、母親はすでにキッチンテーブルに着いていた。マデレーンはなかへ入って、母親の隣に腰を下ろした。

「ラブレターは来てなかった？」と、母親がおなじみのジョークを言う。

「ええと……不動産会社のチラシがあるわ」

「捨てちゃいなさい。広告は全部捨てていいわ。ほかには何か来てなかった？」

「電話料金の催促が」

「あら、素敵」

「それに……学校から手紙が」

「わざわざ何を言ってきたのかしら？」

マデレーンは手紙の封を切って中身を読んだ。保護者全員に送られたものだった。廊下とトイレの壁に汚い言葉を落書きした者がいたという。校長は両親と保護者が自分の子どもにそのことを伝え、洗い落とすのにどれだけ費用がかかるか、そのために運動場の手入れをする費用がどれだけ減ってしまうかを話して聞かせるよう要請していた。

「誰がやったか知ってるの？」と、母親は娘に訊いた。

「知らないけど、落書きは見たよ。ほんとに馬鹿みたい。子どもっぽいったらありゃしない」

ジャッキーは立ち上がると、冷蔵庫からミニトマトとクレームフレッシュとアスパラガスを取り出した。

「私、エリックが好きよ」と、マデレーンが言った。

「キーを〝もの〟と呼んだりしても？」と、パスタを茹《ゆ》でるために大きなフライパンに水を張りながら、ジャッキーが言った。

「自分はガタのきたロボットみたいに弾いているとも言ってたわね」と言って、マデレーンはくすくすと笑った。

「まさにそのとおりだったわ」

マデレーンが思わず笑みをこぼして母親のほうを見ると、母親も微笑みながらホットプレートのスイッチを入れた。

「ハンサムでかわいいロボットね」と、マデレーンが続ける。「飼えないかしら？　私だけのかわいいロボットにしたいわ。人形のベッドに寝かせればいい」

「彼、ほんとうにハンサムなの？」

「わかんない」エリックの優しげな顔を思い出しながら、マデレーンは答えた。「私はそう思うけど。みんながよく話してる俳優にちょっと似てるし」

母親はやれやれと首を振ったが、お湯に塩を振っている顔は幸せそうだった。

三四

エリックは右手で十八小節弾き通せたのが、とてもうれかったようだった。たとえ左手は六小節しか弾けなくても。ジャッキーは胸の内でこっそり微笑んだが、ほめるのはやめようと心に決めた。その代わりに、自分の教えたとおりに練習してきたかどうかを尋ねた。

「できるかぎりは」と、エリックは胸を張って答えた。

「どういうこと？」

「練習はしてきました。でも、どこか変な感じがして」

「ミスは誰にでもあることです」と、ジャッキーは指摘した。

「だけどあなただって、僕がうまく弾けなければ生徒にはしたくないでしょう？」

「エリック、心配する必要は……」

「それに、僕はここに来るのがとても好きなんです」と、エリックは言葉を継いだ。

「それはうれしい言葉だけど、弾き方を学ぶつもりなら、しなければならないのは……」

ジャッキーは途中で言葉を呑み込んで顔を赤らめた。すぐにもう一度キッと顎を上げる。

「あなた、私の気を引こうとしているの？」と、疑うような笑みを浮かべて尋ねる。

「僕が？」と言って、エリックは笑い出した。

「わかったわ」と、まじめな顔でジャッキーが言った。

「笑わないと約束してくれれば、練習してきた曲を弾きます」

「私が笑ったらどうなるの？」

「あなたにはユーモアのセンスがあるのを証明することになる」

ジャッキーがこぼれるような笑みを浮かべたちょうどそのとき、マデレーンが部屋に入ってきた。ナイトガウンにスリッパという姿だった。

「おやすみなさい、エリック」と、少女は言った。

エリックも笑みを浮かべて、「おやすみ、マデレーン」と応じる。

ジャッキーが立ち上がり、娘のあとについて寝室へ向かった。エリックはふたりを見送ってから、左手を鍵盤のうえに置こうとして、マデレーンがアームチェアにぬいぐるみのハリネズミを忘れていったことに気づいた。

彼はぬいぐるみを手に取ると、ふたりのあとを追って廊下を右に曲がった。娘の部屋のドアはわずかに開いており、明かりがついていた。マデレーンの背中と、ジャッキーが上掛けをまくっているのが見えた。

「マディ」と言って、エリックはドアを開いた。「忘れているよ、きみの……」

言い終える前に、ドアが閉まってエリックの顔にぶつかり、彼の身体を跳ね返した。マデレーンがヒステリックな叫び声を上げて、もう一度ドアをばたんと閉めた。エリックはよろよろと廊下の壁際まで下がると、血が流れ出した鼻を片手で覆った。なおもマデレーンは悲鳴をあげ続けている。何かが床に落ちて壊れる音がした。

エリックはバスルームに入ってハリネズミを下ろすと、鼻を強くつまんだ。ジャッキーが娘をなだめる声が聞こえた。

しばらくすると、ジャッキーがバスルームのドアをそっとノックした。「大丈夫ですか？　なんであんなふうになるのかさっぱり……」

「彼女に謝っておいてください」と、エリックがさえぎる。「入室禁止のことを忘れてました。ただ、ハリネズミをあの子に渡したいと思っただけなんです」

「そう言えば、娘も探してたわ」

「ここのキャビネットのうえに置いてあります」ドアを開きながら、エリックは言った。「血で汚したくなかったので」

「血が出ているの？」

「ほんの少し鼻血が出ただけです」

ジャッキーがハリネズミを娘に渡しにいっているあいだに、エリックは顔を洗った。ピアノのところへ戻ると、ジャッキーが戻ってきた。

「ごめんなさいね」と言って、ジャッキーは両手を差し出した。「あの子がなんであなのか、私には理解できないの」

「ご心配なく。彼女は素晴らしいお嬢さんですよ」と、エリックは言った。

ジャッキーはうなずいた。「ええ、ほんとうに」

「僕の息子は十八歳ですが、皿洗い機のスイッチも入れられない。でも息子はいま母親と住んでいます。彼女のほうが僕よりちょっぴりたくましいですからね」

ふたりは口をつぐんだ。ジャッキーは部屋の真ん中にいた。エリックのにおいが届いてきた。清潔なシャツとアフターシェーブローションの温かい木の香り。ジャッキーは悲しげな顔で、寒さに耐えられないようにニットのカーディガンの前を合わせた。「ワインを一杯いかが？」と、彼女は尋ねた。

三五

ふたりはキッチンテーブルに向かい合って座った。ジャッキーがワインとグラス、パンを用意した。

「いつもサングラスをかけているんですか？」と、エリックが尋ねた。

「目が光にとても敏感なの。何も見えないんだけど、光で目を痛めることがあるの」

「ここはほとんど真っ暗です」と、エリックが言った。「カーテンの後ろの小さな電気スタンドがついているだけで」

「私の目をご覧になりたい？」

「ええ」エリックは心底見たかった。

ジャッキーはパンをひとかけ口に入れると、物思いに沈んでいるようにゆっくりと嚙んだ。

「ずっと目が見えなかったんですか？」と、エリックが訊いた。

「生まれながらの色素性網膜炎です。最初の数年はかなりよく見えたんですが、五歳のときに全盲になりました」

「治療は受けなかった？」

「ビタミンＡぐらいね。でも……」

ジャッキーはそこで言葉を切ると、サングラスを外した。その目は娘と同じく、悲しげな明るいブルーだった。

「とても美しい目だ」と、エリックが優しく言う。

自分のほうは彼女の目を覗き込んでいるのに、たがいに見つめ合っていないのが奇妙だった。ジャッキーは笑みを浮かべ、目をほとんど閉じかけている。

「目が見えないと暗闇は怖くないのですか？」

「暗闇のなかでは、視覚障害者が王様です」と、ジャッキーが言った。「でも、自分を傷つけたり、迷子になったりするのは怖いわ」

「当然そうでしょうね」

「それに今朝はなぜか、寝室の窓から誰かが私を覗いている気がしたの」と言って、ジャッキーは短い笑い声をあげた。

「ほんとうですか？」

「おわかりかもしれませんけど、窓は視覚障害者にはとても奇妙なものなんです。窓は壁と同じです。冷たくてなめらかな壁と。でも私にも、ほとんどの人が窓の向こうを見通すことができるのはわかっています。だからカーテンを閉めることを覚えた。たまには忘れてしまうこともあるけれど」

「いま僕はあなたを見ています。人に見られていると落ち着かないんじゃないですか?」

「確かに……まったく問題がないとは言えないけど」と言って、ジャッキーはかすかに微笑んだ。

「手助けしてくれる人はいないんですか? マデレーンの父親は?」

「マディの父親は……良い状態ではないんです」

「どんなふうに?」

「彼は……心に傷を負っています。あとで知ったことだけど、精神科医の治療を受けていたようです。でも治らなかった」

「それは残念です」と、エリックは言った。

「私たちふたりにとって」

ジャッキーは首を横に振ると、ワインをひと口すすってから、唇についたしずくをぬぐいとり、グラスをテーブルに戻した。

「ひと口に目が見えないと言っても、いろいろなかたちがあります」と先を続ける。

「彼は音楽大学で私の担当教授でした。妊娠するまで、彼がそれほど悪い状態だとは気づきませんでした。彼はお腹《なか》の子が自分の子ではないと言い出し、私をあしざまにののしりました。なんとか中絶させようとして、走っている地下鉄に私を突き飛ばす場面を想像したとまで言いました」

「警察に届けるべきでしたね」

「ええ。でも、私はおびえてしまって」

「それでどうなったんです？」

「ある日、マディをベビーカーに乗せて、ウプサラの妹の家を訪ねようとしていました」

「あの街を歩いていたのですか？」

「私はすべて終わったことがただただうれしかった」と、ジャッキーが言った。「でも、マディには……子どもが誰かと一緒に暮らすことをどれぐらい強く望んでいるか、ちゃんと理解している人はひとりもいないと思います。父親が会いにこないことを納得するために、子どもが頭のなかでどれほど空想や魔法の世界をふくらませるか、誰にもわかりません」

「そういう父親の不在はどれも……」

「マディがもうすぐ四歳で、電話の応対ができるようになった頃、一度父親の電話に出たことがありました。娘は大喜びでした。父親は誕生日に子犬を連れて訪ねてくると約束したんですが……」

ジャッキーは唇を震わせ、口ごもった。エリックはふたりのグラスにワインを注ぎ、彼女の手を取ってグラスを握らせた。手のぬくもりが伝わってきた。

「でも、あなたは家に帰ってこない父親ではなかったんですよね？」と、彼女は言った。

「ええ、違います。だけど、ベンヤミンが幼い頃、僕は処方薬で問題をかかえていて、かなり厄介な事態になった」と、エリックは包み隠さずに言った。

「それで、母親のほうは？」

「シモーヌと僕の結婚生活は二十年近く続きました」

「なぜ別れたの？」

「妻にデンマーク人の建築家の恋人ができたんです。彼女を責めるつもりはない。僕もジョンが好きですからね。彼女の幸せを心から喜んでいる」

「そんなこと、信じられないわ」ジャッキーはにやりとした。

エリックも声をあげて笑った。「ときには、大人らしく振る舞って、それらしい物言いをしなければならないこともある。大人ならこう言う、ってことをね」

エリックはシモーヌとした離婚の儀式のことを思い返した。おたがいに指輪を相手に返し、誓いの言葉を撤回し、その後のパーティでウェディングケーキならぬ離婚ケーキを切り、最後のダンスを踊った。

「あなたはほかの女性と付き合ったことはあるの？」と、ジャッキーがやんわりと尋ねる。

「離婚したあと、付き合ったことは何度かある」と、エリックは素直に認めた。「ジムである女性と出会って……」

「あなたはジムに通ってるの？」

「僕の筋肉を見せてあげたいな」

「どんな女性？」

「マリアという名だった。実りは何もなかった。僕にはちょっと大胆すぎる女性だったからかもしれない」

「でも、あなたは自分の担当教授と寝たことはないでしょう？」

「ないね」と言って、エリックは笑った。「もっとも、それに近いことはあった。同僚のひとりと寝たことがある」

「あらあら」

「といっても、たいした問題はなかった。ふたりとも酔っ払っていたし、僕は離婚して自由な気分だった。彼女のほうも夫との関係は中休みの状態だと言っていた。だから大事にはならなかった。彼女は素敵な女性だが、一緒に暮らしたいとは思わなかった」

「患者さんのほうはどうなの？」

「患者に心惹かれることはたまにある」と、エリックは正直に答えた。「やむを得ないことなんだ。診療はとても親密な状況で行われる。患者にすれば、医者の関心を惹きつけて誘惑するのは、痛みのことを忘れるための方便なんだよ」

エリックは、サンドラ・ルンドグレンが何か言いかけて途中で言葉を呑み込む様子を、深緑の目にあふれた涙を指先でぬぐうときの美しく知的な顔を思い浮かべた。彼女は抱きしめてほしいと言った。エリックが抱いてやると、彼女の身体はまるでセックスをしているように腕のなかで溶けていった。

それが誘いだったのかどうかはわからなかったが、とにかく担当をネリーに引き継いでもらうことにした。サンドラはネリーとすでに面識があったので、無理な話ではなかった。「じゃあ、いまは誰と会っているの？」と、ジャッキーが言った。

エリックはジャッキーの笑みを、やわらかい光に照らされた顔の輪郭を、短い黒髪と白い首筋を見つめた。このところ心を苛《さいな》んでいたロッキー・キルクルンドについての不安が急にはるか遠いものに思えた。

「どれぐらい真剣なものかはわからないけど、でも……そう、まだ二、三度しか会ってない」と、エリックは言った。「だけど、会うたびに幸せな気分になる」

「それは素敵ね」とつぶやくように言うと、ジャッキーは顔を赤らめた。

彼女はもうひとかけ、パンを手に取った。

「一緒にいると、家に帰りたくなくなるんだ。それに、彼女の娘も大好きだし。僕はロボットみたいにピアノを弾くことを習っている」エリックはジャッキーの手に自分の手をかぶせた。

「やわらかい手ね」ジャッキーが顔をほころばせる。

エリックは彼女の手を、手首を、腕をなで、指を顔まですべらせた。前かがみになって、彼女の口に繰り返しそっとキスしながら、重たげなまぶた、まっすぐ伸びた首、顎に視線を走らせる。

ジャッキーは微笑んで、もっとキスしてくれるのを待ち受けた。今度はどちらも口を開き、ためらいがちに相手の舌をまさぐる。ふたりの息がはずみ始めたとき、突然ドアベルが鳴った。

ふたりはぎくりとして、身をこわばらせて息を殺した。

ベルがまた鳴った。

ジャッキーはあわてて立ち上がり、エリックもそれにならった。だがジャッキーがドアを開けると、外には誰もいなかった。階段は闇に包まれている。

「ママ！」マデレーンが自分の部屋から叫ぶ声がした。「ママ！」

ジャッキーは手を伸ばして、エリックの頰に触れた。

「もうお帰りになったほうがいいみたいね」と、彼女はささやいた。

三六

服のうえにビニール袋を巻きつけた老女は、おぼつかない足どりで近づいてきて、ホームレスの人々の列に並ぶ彼女の隣に立ったヨーナに不安そうな視線を投げた。

ヨーナは地下鉄の緑線《グローナ》で少し休もうとしてロマの男と出会い、眠れる場所を教えてもらった。教えられたとおりフディンゲ駅近くに停め置かれたトレーラーの床に横たわり、毛布にくるまって目を閉じて眠りが訪れるのを待ったが、さまざまな思いが頭を駆けめぐって眠れなかった。

ルーミを見送って以来、ほとんど食べていなかったし、眠ってもいなかった。ノーレンに会いに来るのに必要な額だけ残して、持ち金を全部ルーミに与えていた。

睡眠不足のせいでますます偏頭痛がひどくなった。目の奥が、熱した針で刺されたように痛んだ。尻の具合もだんだん悪くなっていた。

親しげな目をしたイラン人が腹をすかせた人々に我慢強くコーヒーを注ぎ、サンドイッチを渡してくれた。ここに来る人のほとんどは、駅の構内や近くのガレージをねぐらにしている。

ヨーナは腹がすきすぎて食べた気がしなかった。足にかかる負担が増したように感じただけだった。コーヒーとサンドイッチを手にしたとき、一瞬、気を失いそうになった。列の脇へ寄ってサンドイッチの包みを開き、咀嚼《そしゃく》して飲み込むと、胃が痙攣して食べ物を拒絶しようとした。ヨーナは手で口を覆って、ほかの人々に背を向けた。目がくらんで、地面にひざまずかずにはいられなかった。コーヒーを吐き出し、またサンドイッチを口に入れたが、咳が出て吐き出してしまった。額に汗が噴き出てきた。

「どうしたんだ？」と、イラン人が尋ねた。

「しばらく何も食べてないんでね」と、ヨーナが答える。

「ご多忙なんだな」と、イラン人は優しい笑みを浮かべた。

「そうなんだ」ヨーナはまた咳をした。

「何かできることがあったら言ってくれよな」

「ありがとう、だが大丈夫だ」ヨーナはそうつぶやくと、足を引きずりながら歩き出した。

「一時から聖クララ教会で炊き出しがあるぞ」と、背後からイラン人が呼びかける。

「来いよ……座って休めるし、身体も温まる」

ヨーナは市庁舎に続く橋を渡り、白鳥にサンドイッチを投げてやると、重い足どりでハントヴァーカル通りの長いスロープを昇った。クングスホルメンの高校の下でしばらく休んでから、ポケットのなかの小さな石をいじりながら消防署の方角に進み、クロノバーリ公園へ向かう。梢の葉叢は日差しに輝いていたが、日陰には暗いモスグリーンの芝生が広がっている。

坂をゆっくりと昇りきると、杖に身体を預け、フェンスの内側の針金をゆるめて開き、古いユダヤ人墓地に足を踏み入れた。

「こんなもので悪いね」と言って、サムエル・メンデル家の墓に石を置く。

杖でキャンディの包み紙を隅に寄せ、あのユレック・ヴァルテルがとうとう死んだよと墓に報告する。言い終えると、木立を抜ける風の音と近くの遊び場から届く子どもの笑い声にじっと耳を傾けた。

「私は証拠を見つけたんだ」そうつぶやいて、墓標を軽く叩いてから歩き出す。

マルゴットから、今日開かれる非公式の会議に参加するよう頼まれていた。たぶん彼女はヨーナに対する思いやりから、しばらくのあいだ彼に探偵ごっこをさせようと思ったのだろう。

フレミング通りに向かいながら、ヨーナはマリア・カールソンが参加した乱交パーティのことを考えた。

サトゥルナーリア、お祭り騒ぎ、酔ったあげくの無礼講——どれも常に人間の暮らしの一部になってきた。ひと呼吸ごとに近づく死。人はそれを仕事や日課でまぎらわせようとする。だがときには、自分が自由であることを証明するために、実生活をめちゃくちゃにしなければならなくなる。

殺された日に、マリア・カールソンがサトゥルナーリアに出るつもりだったのは間違いない。乱交パーティが被害者同士をつなぐ線なのかどうかは何とも言えないが、スサンナ・ケルンのカレンダーにも同じ七月の土曜日が丸で囲まれていた。

クロッカ・コミュニケーションズは、フィリップ・クローンステッドとユーシェン・カッセルが共同で経営しており、年に九千五百万ユーロの収入をあげていた。ふたりは海外で住民登録をしていたが、どうやらほとんどの時間をスウェーデンで過ごしているらしい。

ふたりともこの半年はシビレ通りのオフィスに顔を見せておらず、ずっと前から取締役会も欠席していた。常務取締役がユーシェンに一番最近、連絡をとったのは先週だったが、フィリップのほうは今年の初めからまったく音沙汰がなかった。

フィリップが突然サトゥルナーリアから手を引いたとき、リンダ・バーリマンはまだマリア・カールソンと連絡をとり合っていた。

乱交パーティは継続されており、リンダもマリアもそれに参加した。

欠かさず参加する常連も少なからずいるらしいが、毎回、限られた数の新顔が仮会員の立場で招待されていた。

リンダの話では、ホテルのスイートのキーカードが入場券の役目を果たしているという。

捜査チームは、フィリップはおそらくホテルに姿を現さないだろうが、ユーシェンが来ることはほぼ間違いないと踏んでいた。マリア・カールソンの予定表を見ると、パーティは次の土曜日に開かれ、その次の会は三週間後にあると考えられた。ユーシエンを見つけ、フィリップの行方を追うには、その二度の機会に期待をかけるしかなかった。

三七

アダム、マルゴット、ヨーナの三人はパブ〈ドアーズ〉の改装部分のテーブルについていた。テレビはサッカー中継を流している。マルゴットは大きなハンバーガーを食べ、水を飲んでいた。アダムとヨーナはどちらもブラック・コーヒーだけだった。

「フィリップがスウェーデンを出た形跡はないみたいですね」と、アダムがプリントアウトをテーブルに広げながら言った。「やつはこの街にいる。でも、住民登録はしていない。それに、会社が所有している住居のどこにも姿を現していません」

フィリップ・クローンステッドの顔がテーブルから三人を見上げていた。その写真からすると年の頃は四十代、ブロンドの髪を後ろになでつけ、眉毛は白に近い色をしている。愛想のよい思慮深げな銀行家を思わせる顔だった。額の皺や頬と顎のかたちは、決して楽ではない人生を送ってきたことをうかがわせるが、それでもいまは彼を思いやり深い人物に見せるのに役立っている。

「この男がマリア・カールソンを殺したとはなかなか確信できなくてね」と言って、アダムは写真を指さした。「つじつまが合わないんですよ。だって、暴力を振るった記録は皆無なんだから。犯罪歴はないし……容疑者として浮かんだことも一度もない。ソーシャルメディアにもまったく名前が出てこない」

「優秀な弁護士を雇ったのかもしれないわ」と、マルゴットが言った。

「ええ。だけど、それにしても……」と、アダム。

パブの女性従業員が五十リットルのビア樽を店の奥へ引きずっていった。トゥーレ通りに面したひっかき傷だらけの窓ガラスの向こうを、幼い娘三人を連れた家族が通り過ぎる。

「わかっているのは、フィリップ・クローンステッドが焼きもちを焼き始めたってことだけ」と言って、マルゴットはフライドポテトを口に放り込んだ。「マリアがサトゥルナーリアに行くのを止めようとしたけど、彼女は行くのをやめなかった。そして彼女は死に、舌のピアスがなくなった」

「確かに。だけど……」

「思うに」と、マルゴットは先を続けた。「おそらく彼は、乱交パーティを脇から見ているうちに、マリア・カールソンに心を奪われた。ここまではっきり言える。でも、彼はシリアル・キラーかしら？」

「あるいは、多重殺人者か？」と、アダムが言った。「まだ殺人は二件だけだ。シリアル・キラーとは……」

「私たちはシリアル・キラーを追っているのよ」と、マルゴットがさえぎる。

「そんなことはどうでもいい」と、ヨーナが言った。「だが、マルゴットの言っていることが正しい。なぜなら……」

その瞬間、ヨーナの目の奥を偏頭痛が襲った。彼は片手をゆっくり頭へもっていった。痛みが引くまで身じろぎもせず、多重殺人者について自分が何を言おうとしていたのかを思い出そうとした。その用語は、別々の場所で少なくともふたりの人間をさほど間を置かずに殺した犯人に使われる。シリアル・キラーと違って、生涯続く性的要素の濃い殺人嗜好《しこう》はもっておらず、犯行は身に降りかかった危機への直接的な反応にすぎない。

「わかりました」しばらく間があって、アダムがそう言った。

「まだフィリップについて、こうと決めつけるのは時期尚早ね」と、口いっぱいにほおばりながら、マルゴットが言った。「彼であってもおかしくない。その可能性はあると思う。でも……」

「もしそうなら、乱交パーティが彼の殺人幻想の一部を創り出したことになるな」と言って、ヨーナは目を開けた。

「いまわかっていることをもとに動きましょう」と、マルゴットがきっぱり言った。

「ユーシェン・カッセルの居場所がわかっているのは今夜しかない。それに、フィリップがどこにいるか教えてくれる者がいるとすれば、カッセルだけよ」

「そうは言っても、内輪の乱交パーティに大勢で踏み込むわけにはいきませんよ」アダムがにやりとする。

「私たちのひとりが行けばすむことだわ。ユーシェンを見つけて、話を聞くのよ」またハンバーガーを大きくほおばって、マルゴットが言った。

「あなたは現場には行けないな」と、アダム。「身重だからね」

「わかっちゃうかしら?」口をもぐもぐさせながら、マルゴットが言う。

「いいさ、仕方ない、僕がやりますよ」と、アダム。

「これは手入れではないのよ。あからさまな威嚇《いかく》はなし。匿名の情報提供者との打ち合わせってことにしましょう。そうすれば上の了解をとらなくてもすむわ」

アダムはため息をつき、椅子の背にもたれた。「つまり、僕は……ナニをしている一団のいる部屋に行って……」そこで言いやめ、アダムはぼんやりと宙を見つめてから、首を振った。

「確かに、そういう状況にある人々に近づくのは少し用心が必要ね。でも、ほかに何ができる?」

「僕には理解できない。乱交パーティに行きたがる連中って、どんな人間なんだろう?」

「私にもわからないわ。グループ・セックスはここ十年、やっていないから」マルゴットはフライドポテトにケチャップをかけた。

アダムはぽかんと口を開け、かすかに笑みを浮かべながら食べ続けるマルゴットを見つめた。彼女は指をナプキンで拭くと、アダムに目を向けた。

「冗談よ」と言って、にやりとする。「私はお行儀のよい娘なのよ。でも、ヘルシングボリの支局にいたとき、夫婦交換クラブの手入れに参加したことがある。忘れられないのは、クラブにいたのは六十代の男だけだったこと。大きなお腹と、骨と皮だけの脚の連中で……」

「それ以上、聞きたくない」と言って、アダムは椅子に沈み込んだ。

「明日、奥さんに電話して、あなたが何時に帰ってきたか訊いてみるわ」

「それはご親切に」と言って、アダムもにやりとした。

「ただの仕事で、それ以上のものではないと考えるんだ」と、ヨーナが言った。「ほかの連中は関係ない。よそ見せずにユーシェンとだけ話をし、フィリップがどこにいるか訊き出せ。もし間違いのない情報が手に入ったと思ったら、ユーシェンを逮捕しろ」

「逮捕する?」

「フィリップに警告を送らせないためだ」と、アダムの目をまっすぐに見て、ヨーナが言った。

「フィリップについて何かわかったら、そのときは……」マルゴットが言いかけた。

「あなたに電話します」と、アダムがさえぎる。

「いいえ、私は眠っているから」マルゴットはハンバーガーの残りを口に押し込んだ。

「何かわかったら、あとは緊急対応チームにまかせるのよ」

マルゴットが店を出たあとも、ふたりの男はテーブルに残った。常連客の老人が数人、テーブルを離れて外へタバコをすいに行った。

「あなたはどこに泊まってるんですか?」と言って、アダムはヨーナのほうを見た。

「フディンゲの外れにキャンプ場があるんだ」

「ロマの人たち?」

ヨーナは答えずに、コーヒーをひと口すすって、窓の外に目を向けた。

「僕はあなたを見たことがあるんです」と、アダムが言った。「見たのは……あなたが負傷する前の年だった。軍の特殊作戦部隊に近接格闘術《クラヴ・マガ》を教えていた。言っちゃ悪いけど、いまの姿を見ていると、あなたが空挺《くうてい》部隊にいたなんてとても信じられませんね」

ヨーナは自分の手を見つめながら、ひどい嵐のなかを高高度から降下するのが何より好きだったことを思い返した。

「レーワルデンへ行ったことがあるかね」と、彼はアダムに尋ねた。

ヨーナはただひとりのスウェーデン人としてオランダへ派遣され、近接格闘術とゲリラ戦の特殊訓練を受けた。訓練地はレーワルデンの北だった。潮が引いたときは、ワッデン海の砂浜でロードワークに励んだものだった。

三八

ビルエルヤール・ホテルのサイケデリックな部屋は、実際は〈レトロ・ルーム〉という名を付けられ、ほかの部屋と同じように予約することができる。

ホテルは二〇〇〇年に全面改装された。部屋はひとつ残らず解体されて新たに内装を施されたはずだった。ところが作業員が去ったあと、二百四十七号室だけが見落とされていたことが判明した。

その部屋は一九七四年の創業以来、改装のたびになぜか無視されてきた。おかげで、まるで過ぎ去った時代のタイムカプセルのように手つかずのままになっていた。

二〇一三年に二百四十七号室のソファを入れ替えたあと、ホテルで殺人事件が起きた。むろんそのふたつの出来事に直接の関連はないのだが、以来、従業員はこの部屋の間取りに手をつけることをいっさい拒否するようになった。

アダムはすでに五時間も、古い変電所の前に停めた車のなかからホテルの玄関を見守っていた。ヨーナは外にいて、身体に毛布を巻きつけ、物乞いの格好で硬貨が何枚か入ったコップを差し出していた。

その間、三十五人の客がなかへ入ったが、ユーシエンの姿はなかった。

通りのはるか先で、白髪のウェイターがイタリア料理店の外でうずくまってタバコをすっている。

教会の鐘がゆっくり十一時を告げたとき、ヨーナが足を引きずりながら車に近づいてくると、「もうなかへ入ったほうがいい」と言った。

「あなたは来てくれないんですか？」

「ここで待ってるよ」

アダムは両方の親指でハンドルをコツコツと叩いた。

「わかりました」と言って、顎を何度かさする。

「入ったら、気楽に構えるんだぞ」と、ヨーナが言う。「あそこにいるだけでは犯罪にはならないんだからな。ドラッグがたっぷり目に入るだろうが、無視するんだ。きみが介入していいのは、セックスの強要の徴候があったときと、未成年がいた場合だけだ」

アダムはうなずいた。車を降りてホテルに入ると、内臓がざわざわとうごめくのを感じた。

ゆるやかにカーブした受付デスクには、電話をかけている男がいるだけだった。

アダムはデスクの前に行き、身分証明書を見せた。キーカードを受け取り、エレベーターに向かう。〈レトロ・ルーム〉は廊下の突き当たりにあり、〝起こさないでください〟の薄っぺらいプラスチック板が掛かっていた。

アダムはしばらくためらっていたが、意を決して黒いレザージャケットのジッパーを下ろした。その下には裾を黒のジーンズにたくし込んだ白いTシャツを着ており、シグザウアー警察用自動拳銃は左わきのホルスターに収めてある。

愛想よく落ち着いてなかへ入ればいい、と自分に言い聞かせる。ユーシェンを見つけたら隅に連れて行き、質問する。

アダムは咳払いすると、キーカードをリーダーに走らせた。錠がカチッと音を立てて小さな緑のライトが点灯する。ドアを開けて薄暗い廊下へ入り、ドアを閉める。

音楽とくぐもった話し声、ベッドのきしる音が聞こえた。

照明は弱かったが、完全な暗闇ではなかった。アダムはあたりを見まわした。そこは小さなロビーで、参加者の服が脱ぎ捨ててあった。

ボーイッシュな髪型のブロンドの女性がトイレから出てきて、薄闇のなかでまばたきしてアダムのほうを見た。黒い小さなシルクのパンティ以外は何も身につけていない、びっくりするほど美しい女性で、アダムの鼓動が速くなった。

口の片端のリップグロスに白い粉の跡がついているのがわかる。アダムに向けた大きな黒い瞳のまわりをアイスブルーの細い輪が囲んでいる。女性は唇を湿らせて何やらつぶやくと、寝室のほうへ戻っていった。

アダムもそのあとに続いた。輝くばかりの裸の背中から目が離せなかった。

ほの暗い部屋に入ると、汗と何かを燻《いぶ》したようなにおいがした。

アダムは足を止め、ベッドのうえを見て、すぐに目をそらした。こそこそと壁沿いに横歩きして、シャンパンのグラスを手にした裸の男の横を通り過ぎてから足を止めた。

彼が入ってきたことに反応を示した者はひとりもいなかった。

女性がひとり、床をじっと見下ろしたまま、すぐ脇をすり抜けていった。壁紙はピンクで波のかたちが描かれており、カーペットは茶色で星のパターン模様が使われている。照明はなかったが、カーテン越しに街の明かりが差し込み、天井を照らしていた。

部屋全体に欲望に駆られた人々の体臭がどんよりたち込めていた。どこを見ても濡れ光る性器、開いた口、乳房、舌、尻が目に飛び込んでくる。

音楽以外にも、かすかな音がした。セックスをしている者は、自分と相手の欲望を満たすことだけに没頭し、休んでいる者は股間に手を当てて乱交を見物している。

アダムは自分の耳が重く脈打ち、頬が紅潮するのを感じた。

なんとかユーシェンを見つけなければ。

アダムは三十代の美しい女性の前を通り過ぎた。思わず視線がそちらへ行ってしまう。女性はろうけつ染めのブラウスを着て、デスクに座って目を閉じていた。磨いた大理石のような陰部がむき出しになっており、そこにピンクのチョークで引いたような線が一本伸びていた。

それでも、そうした光景は想像していたほど耐えられないものでも、薄汚いものでもなかった。彼らの意識はひたすら内面を向いており、自分が何者なのかを知ろうとしていた。

アダムはベッドを回り込みながら、これは単にこうした人々のあいだで流行《はや》っているライフスタイルの一部でしかないのだろうかと考えた。

アダムも彼らとほぼ同年齢だが、ここには仕事で来ており、終わればヘーゲルステンの自宅で待つ妻のもとに帰り、今夜目にしたものを一生忘れないだろうと思った。この経験を妻には話せないのはわかっていた。冗談でごまかすか、唾棄すべきものとして片づけるしかない。

この人たちは甘やかされているだけだ、と自分の胸に言い聞かせたが、その一方で彼らが気の毒な気もした。だが、それは嘘だ。自分は気の毒がってなどいない。羨望《せんぼう》のうずきがアダムの胸を走り抜けた。

三九

アダムは開いたままになっている隣の部屋に通じるドアを通り抜けた。こちらの壁紙はもっと暗く、淡い緑色の結晶を思わせる、大きくて目立つパターン模様が描かれている。

音楽の音量も前の部屋より大きかった。裸の男がふたり、オレンジ色のプラスチックのアームチェアをベッドのうえに載せて座っている。黒のストレートヘアの女性が、マットレスを揺らしている人々を見て笑っていた。さらに別の者が加わって彼女の両足をつかむと、笑い声がさらに高くなった。

ボーイッシュな髪型の女性はガラステーブルの前にひざまずき、白い粉の残りを指で歯茎に塗りつけていた。

アダムは脇へ寄ろうとして、床に転がっていた潤滑剤の大きなチューブを危うく踏みつけそうになった。こぼれ出たべとつく中身には埃や髪の毛がくっついていた。

窓のそばにはシャンパンをいっぱいに注いだグラスが十個置かれており、水滴がグラスの脚を伝って垂れ、窓台に水たまりをつくっている。

さらに部屋の奥に進むと、クロゼットとスーツケースのラックのある窓のない廊下に出た。トイレのドアは半分開いていた。裸の女性がひとり、便器のふたに前かがみになって座り込み、片腕で腹を押さえている。

「大丈夫ですか？」と、アダムが優しく尋ねた。

女性は顔を上げて、アダムのほうを見た。濡れた黒いその目を見たとたん、アダムはここに長くいてはいけない、と強く思った。

「助けて」と、女性はささやいた。

「具合が悪いんですか？」

「立ち上がれないの」と、くぐもった声で言う。

そのとき、やせた男が寝室から現れ、戸口で足を止めた。その動きに合わせて勃起したペニスが揺れる。「ポーラはここかい？」と、男は訊いた。

男は半分閉じかけた目でしばらくふたりを眺めていたが、やがていま来たほうへ戻っていった。

「手を貸してくれる？」と、女性が口で息をしながら言った。

アダムは女性の手を取り、引っ張って立ち上がらせた。彼が一歩下がると、女性はなんとかタオルを引き下ろしてから、よろよろとトイレを出た。アダムはそのときになって初めて、女性がはりがたを革紐で尻にくくりつけているのに気づいた。女性はアダムにしなだれかかると、両腕を彼の首に巻きつけた。

女性の息はアルコールのにおいがし、はりがたがアダムの両脚のあいだにすべり込んできた。相手の足から力が抜けるのに気づいて、アダムは豊かな乳房が胸に押しつけられるのを感じながら、女性の身体を引っ張り上げた。

「立てますか？」

「例のものがちゃんとなってるかわからないの」と、女性はアダムの首筋にささやきかける。「腰の紐を調べてみてくれない？」

女性がくるりと背を向けて壁に手をつこうとすると、片手が壁のプラスチック製の茶色い時計にぶつかり、時計のカバーがカタカタと音を立てた。

「ユーシェンの姿を見ましたか?」と、アダムが尋ねた。

黒い革紐は尻の割れ目でよじれており、女性は力の入らない指を紐に走らせた。

「ねじれてますね」と、アダムが言った。

彼はどうしていいかわからずしばらくためらっていたが、手助けすることにした。革紐を二度ひねったが、その先もさらによじれている。

女性の肌は汗で濡れて熱かった。アダムはぶるっと身震いし、自分の指の冷たさを意識しながら、革紐を尻の割れ目へとたどった。

そのとき裸の男がふたりを押しのけるようにしてトイレに飛び込んだ。ドアは開けっぱなしで、ふたりに目もくれずに小便をする。

アダムは、女性の両脚のすき間にある革紐が濡れてぬるぬるしているのを感じた。女性がまたふらりとして、壁に頬をつけて身体を支えると、フックに掛かったプラスチック製の時計が左右に揺れた。

隣の部屋の女性はしくしくと泣いていた。アダムが廊下を歩いてくる男ふたりのほうを見ていると、戸口にボーイッシュな髪型の美女が姿を現した。いまは下着も身に着けていなかった。ゆっくりとした足どりで隣の部屋に向かう途中、彼女はアダムに目を留めた。乾杯するようにシャンパングラスを彼のほうに上げてみせる。グラスの縁に青白い唇の跡が付いているのが見えた。

目の前の女性は肩で壁にもたれていたが、やがてずるずると床に崩れ落ち、カーペットに頰をつけて横たわった。

ボーイッシュな髪型の女性がアダムのそばに寄ってきた。首が火照っているように見える。彼女はアダムにもたれかかり、額を彼の胸に押しつけると、顔を上げてにっこりと微笑んだ。

アダムは自分を抑えられなかった。彼女にキスすると、相手もそれに応じた。アダムは相手のピアスの飾りが舌に当たるのを感じた。

過ちであるのはわかっている。後悔することになるのも。だが、いまこのときにアダムが欲していたのは、彼女とセックスすることだけだった。

床に横たわっていた女性が転倒したことについて何かぶつぶつ言いながら脚を引っ張ったので、アダムは体勢を崩しかけた。

ボーイッシュな髪型の女性がアダムのパンツのジッパーを下ろしたとたん、彼の全身を冷たい恐怖の波が走った。

こんなの安易すぎる、話がうますぎる、とアダムは胸でつぶやいた。

だが、いつのまにか彼の両手は女性の乳房に触れていた。乳房は温かく、ピンと張り詰め、ざらざらしたきらめく粉に覆われていた。

こんなきれいな女は見たことがなかった。

アダムは相手を持ち上げると壁に押しつけ、彼女のなかへ押し入った。胸の内で不安と欲望が渦巻いていた。うめき声を上げ、開いた相手の口に目をやると、舌のうえで土星がきらりと光った。アダムが突くたびに、彼女の全身が波のようにうねり、乳房が小きざみに震える。彼女は目を閉じて笑みを浮かべていたが、声はまったく立てず、いま行われていることに何の関心も持っていないようだった。たぶんドラッグをやりすぎたのだろう。

女がふたり廊下に出てきて、アダムたちをしばらく眺めていたが、やがて歩き去った。

はりがたを付けた女性が立ち上がった。アダムの背後に立ち、突然両手を彼のTシャツのなかにすべり込ませて胸と背中を愛撫し始めた。アダムはその手から逃れようとした。拳銃の感触に気づいたのか、女性は急に手の動きを止めると、アダムから身を離し、何かつぶやきながらよろよろと寝室に消えた。

アダムは自分の正体がばれたのに気づいたが、もうやめることはできなかった。ボーイッシュな髪型の女性が彼の首のあたりで何か言うと、ラズベリーのにおいが漂った。彼女は片手でアダムの胸を押し、もっとペースを落とさせようとしたが、アダムはその手を脇に押しやり、さらに強く相手の身体を壁に押しつけた。

四〇

三番目の部屋に入ったとたん、アダムはユーシェン・カッセルがいるのに気づいた。五人身に着けているのは、黒いトップハットだけだった。大きなベッドのうえでは、五人の人間がそれぞれを相手にセックスをしていた。電気スタンドが傾き、彼らの動きに合わせてぶるぶると震えている。ユーシェンは、四つん這いになった女性の後ろにひざまずいていた。

その女性の乳房のあいだで、真珠のネックレスが揺れていた。はりがたを付けた女性が、アダムのあとからよろめくように入ってきた。アダムが見ていると、女性はベッドの端に腰を下ろしたが、危うくすべり落ちそうになり、姿勢を正して座り直した。別の女性がはりがたをつかんで何か言い、笑い声をあげた。はりがたの女性は返事をすると、肘で口を覆って咳をした。

「何て言ったの？」

「トゥラーララー」と言って、彼女はにやりとした。

「なるほどね」

「警官がいるわ、トゥラーララー」と繰り返し、また咳をする。

その言葉を聞きとがめたユーシェンは行為を中断してベッドに腰を下ろすと、腕を女性の尻に当ててから、アダムのほうに顔を向けた。

「これはプライベートのパーティだぞ」と、失望をあらわにした顔でユーシェンは言った。

「どこか、ふたりで話せる場所はないですか？」アダムが身分証明書を見せる。

「名刺を置いていってくれ。月曜の朝に弁護士に電話させるから」ユーシェンはベッドから立ち上がって言った。

見たところ四十歳前後の男で、おそらくこの場では最年長なのだろう。彼は裸で、少し腹が出ているが、健康そうな身体つきだった。ペニスはもう萎《な》えていた。トップハットの縁の下に見える眉毛には金のリングが光っており、瞳孔は開いていた。

「フィリップ・クローンステッドの居場所を突き止める必要があるんです」と、アダムは言った。

「幸運を祈るよ」と言って、ユーシェンは帽子を少し上げてみせた。「彼はここにはいないが、ヒントはあげてもいい。白いウサギを追うんだな」

「いいですか」と、アダムは言った。「われわれはこのまま行儀よく、静かにこのホテルを出て行くこともできる。だが、もし必要なら、ここであなたに手錠をかけて車まで引きずってもいい」

輝くばかりに白い肌をして、赤茶色の髪のお下げを胸に垂らした女性が部屋に入ってくると、ユーシェンのところへ行った。

「料理を注文したほうがいいかしら?」と、マリファナタバコをくわえたまま、彼女は尋ねた。

「まだ腹をすかしているのか?」と、浮ついた口調でユーシェンが言った。

女性はうなずいて笑みを浮かべると、細い煙を吐き出してから、ベッドの脇に置かれた電話のほうへ行った。

「いいでしょう。では、あなたを刑法二十四条第七項に則《のっと》って逮捕しなければならない」と、アダムが言う。

「きみがろくでもない学校を出て警察に就職するしかなかったことは俺の落ち度じゃない」と、ユーシェンがきびしい口調で言った。「世の中は不公平ではあるが、だからと言って……」

「あなたはマリア・カールソンをご存じですよね」と、アダムがさえぎる。

「彼女を愛しているよ」と、ユーシェンはゆっくりと答えた。

「彼女にキスを」アダムは現場写真を取り出した。

死んだ女性の切り裂かれた顔、ぽっかり開いた口、砕かれた顎がフラッシュの酷薄な光に照らし出されて無残な様相を見せている。

ユーシェンは鼻をすすった。思わずあとずさった拍子に電気スタンドを叩き落とし、セラミック製の基部が粉々になった。

四一

ユーシェンが服を着るあいだに、アダムはパトカーを呼んだ。ふたりは並んでホテルの廊下を歩いた。

「ほんとうに申し訳ない。びっくりしてしまって。僕にできることがあれば言ってほしい。手助けできれば光栄だよ。でも、まず弁護士と話し合わなければ」

ユーシェンは顔を洗っていたが、頰に血の気はなく、汗で光っていた。

「フィリップの居場所を見つける必要があります」と、アダムが言った。

「あいつはあんなことはしないよ」と、即座にユーシェンが答える。

「彼はふだんいるはずの場所のどこにもいません。どこにいるんです?」

「あいつはこのところ調子が悪いんだ」と、帽子で額をかきながら、ユーシェンが言った。「フィリップの悪口は言いたくないんだが、いまの状態じゃあ、あいつとはかかわりたくないな。なんとか助ける手立てを探してはいたんだが、でも……」

「何で助けようとしたんですか?」と、アダムが訊く。

エレベーターの扉が開き、ふたりは脇に寄ってオレンジ色のトレンチコートを着た女性を通してから乗り込んだ。

「あいつは少しやりすぎた」片手を自分のこめかみのほうに振りながら、ユーシェンは言った。

「ドラッグの依存症なんですか?」

「ああ。だが、バスソルトをやりすぎると厄介だ……救いようがない。被害妄想ってやつにとりつかれて、勘違いしてハイになったかと思うと、次は死にたくなるほどひどい気分が襲ってくる」

「そのせいで攻撃的になることも?」エレベーターが一階に着いた。

「要するに、始終びくびくしていながら、同時に異常なほど頭が冴《さ》えわたるってことさ。ものすごい速さで考えられるし、眠る必要も感じない。最後に会ったときのフィリップは完全な躁《そう》状態で、グーグルで何千枚もの衛星写真を検索して、自分の子どもを食べさせようとしている土星を探していると言っていた。じっとしていられなくて、小型のナイフを振りまわしながら怒鳴り散らしていた。そのナイフで私の手を切って、おまえは感謝すべきだとわめいた。それから自分の腕を真一文字に切ったと思うと、血をしたたらせて地下鉄の駅に駆け下りていった」

ふたりがロビーを通り抜けてトゥーレ通りに面する玄関に着いたちょうどそのとき、パトカーが到着した。

「いまは彼の居場所を突き止める必要があるだけなんです」と、ユーシェンを制して、アダムがまた同じことを言った。

「わかった。裏切り者になった気分だが、あいつは保管倉庫では自分を見つけられないだろうと言っていた」

「保管倉庫？」

「あいつは大量の荷物をヴァナディス通りにある倉庫に保管していた。例のトランクルームってやつだよ。あの倉庫の半分以上を借りきってたんじゃないかな」

二人の制服警官が近づいてきた。ひとりがユーシェンをパトカーの後部座席に乗せているあいだに、残りのひとりがアダムの話を聞いた。

「あの男を保護管理折衝室に連れて行け」と、アダムは言った。「誰にも電話をかけられないようにしておくんだ。時間を稼いでくれ。弁護士が来たら、それ以上やつを勾留しておけないからな」

四二

ヨーナは赤信号を無視して、猛スピードでオーデン通りを左折した。

ふたつのショッピングカートに荷物をあふれんばかりに積み上げたホームレスの女性がセブン－イレブンの前で眠っていた。

アダムがヨーナに語ったところでは、フィリップはしばらく前から数種類のバスソルトを過剰服用して、ユーシェン言うところの妄想性精神病の領域に入っているという。

このドラッグは最近何人かの命を奪っており、服用した男がホームレスの男の顔を食いちぎろうとした事件が起きると、夕刊タブロイド紙はそれを〝人食いドラッグ〟と呼ぶようになった。

「ぐずぐずしてはいられない」と、ヨーナは張りつめた顔で言った。「ユーシェンをそれほど長くは拘束しておけない。すぐに釈放されるだろう。おそらく彼はフィリップに警告するはずだ」

ヨーナはタクシーを追い抜くとその前に回り込み、急ハンドルを切ってヴァナディス通りへ入った。

車はバンパーをどすんと響かせて歩道に乗り上げ、赤いガレージ扉のついた淡いチョコレート色の建物の前で停まった。

ストックホルム中心部では街の外観を変えないために、保管会社は既存の地下室を使ってやりくりすることを義務づけられていた。そのおかげで地面の下の広大なスペースに、古い地下墓地《カタコンベ》のように鍵のかかった小部屋が並ぶことになった。

ヨーナとアダムは車を降りると、前に小さな駐車場のある扉の閉まったオフィスへ向かった。窓の内側の薄暗い空間に、引っ越し荷物や受付デスク、壁に取り付けてある大型の防犯用モニターが見えた。

「私はこの保管倉庫の構内図を見てみたい。きみは防犯カメラのほうを頼む」

「もう閉まっています。検事と話をつける必要がありますよ」と、アダムが言った。

ヨーナはうなずいて、杖の先で歩道の端をこつこつと叩きながら、氷が割れて海に落ちるのはどんな気分だろうかと考えた。身体を温めようと動き出したとたん、身体は凍り始めるのだ。ヨーナは重い石を拾い上げると、窓に向かってそれを放った。ガラスの砕ける大きな音がして、受付デスクのうえの赤いライトが点灯した。

「すぐに警備会社で警報が鳴り出すでしょうね」と、アダムが気弱な声で言う。

ヨーナは杖を使ってぶら下がっている窓枠の破片を剝がすと、なかへ入った。アダムがあたりを見まわしてからあとに続く。

壁に構内図が下がっていた。広い通路と狭い通路がグリッド方式で描かれている。保管スペースにはそれぞれ番号が振られ、ブロックごとにまとめられていた。スタッフ用の管理番号がその横にきちんと貼ってある。

ヨーナはコンピューターの前に腰を下ろした。保管スペースのブロックを区切る通路には防犯カメラが設置してあった。コンピューターの画面は二十五個の小さな四角形に分けられている。どのカメラも窓のない暗い空間を映し出していた。いまは夜で、明かりのスイッチは全部切ってある。

「顧客リストがあるかどうか見てください」と、アダムが言った。

ヨーナは防犯カメラの画像を最小化して、プログラムをいくつかクリックしたが、ひとつも開けなかった。防犯カメラ以外は全部、パスワードが必要な仕組みになっていた。

ヨーナは急いでカメラの画面に戻ると、ひとつ目の区画を拡大して無音の薄闇に目を凝らした。続いて、ふたつ目の区画に移る。カメラは闇を映し出すばかりだった。後ろでアダムがそわそわと身じろぎしながら、壁の構内図をチェックしている。

すべてがひっそりと静まり返っている。

三番目のカメラは非常口のほうに向けられていた。扉のうえに取り付けられた緑のライトが、まだら模様の床と波形鉄板の壁に藻《も》を連想させる光を投げかけている。

ひとつの保管スペースの前にごみが溜まっており、非常口から出る水中の藻のような光が、置き去りにされた台車を照らしていた。

ヨーナは壁の構内図をもう一度見直して非常口の位置を確認し、カメラの設置位置を割り出した。すべてが静けさに包まれている。感覚を麻痺させる疲労が波のように身体を走り、ヨーナは数秒のあいだ目をつぶらざるを得なかった。

　コンピューターの画面に映る闇は単調で、何台かのカメラが暗証番号式の電子錠の光を捉えているだけで、ほかには何の変化もない。

「暗い」と、アダムが言った。

「そうだな」と言って、ヨーナは十四番目の画像を拡大した。

　それを閉めかけた瞬間、画像の隅で何かがまたたくのが見えた。

「待てよ」と、ヨーナは言った。

　アダムが身を乗り出し、暗い画面を覗き込んだ。何も見えず、すべてがひっそり静止しているが、やがて画面の隅でまた何かが光った。

「あれは何でしょう？」アダムがさらに画面に顔を近づけてささやいた。

　もう一度、小さな光がまたたく。弱い光だが、かろうじて床のわずかな面を照らし出し、コンクリートの濃淡を浮き上がらせた。

　ヨーナは次の画像を拡大し、さらに次に移ると、しばらく手を止めた。だが、あるのは闇だけだった。目を二十五のカメラの画像が並んだ全体画面に戻す。十四番目の画像でまた光がまたたいたが、それ以外にはまったく動きがない。

「光源はここか、あるいはここだな」ヨーナは構内図を指さした。「だが、一台のカメラしか映していない。妙だ」

「われわれはいまどこを見てるんです？」構内図を見ながら、アダムが言った。

「十四番目のカメラはC通路の一番奥を映している」と、ヨーナが言った。

彼はひとつひとつ画像を拡大していった。どれも真っ暗で動きはない。と、そのときヨーナが唐突に手を止めた。

「何か見えたんですか？」と、アダムが尋ねる。

ふたりは静止した黒い画像を見つめた。

「わからないのは」と、ヨーナが答える。「緑のライトはどこにあるかってことだ。これは非常口に向いているカメラのはずなんだ」

「その画像を試してみてください」と、アダムが指さす。「隣のブロックの境目にある電子錠の光を捉えていなければならない」

ヨーナはその画像を拡大した。これも真っ黒だった。扉も錠もまったく見えない。カメラに何か問題があるのかもしれない。設置されたカメラの多くに欠陥があるとしか思えなかった。

「かなり広い区域が映っていない。相当な数のカメラがカバーしているはずなのに」と言って、ヨーナはアダムを振り返った。

「どこの区域ですか？」

「CとDとE通路沿いの奥の区域だ。保管スペース五十個分はあるだろう」ヨーナはもう一度、十四番目の画像に目を戻した。

弱い光が凹凸のある床を照らし、しばらく消えずにいた。消える前に、ヨーナの目が金属扉の下部を捉えた。すると、光がまたきらめいた。

「これは緊急信号だ」と言って、ヨーナは立ち上がった。「通路の奥でカメラが機能していないので、誰かがライトを点滅させているんだ。短く三回点灯し、次に長く三回、それからまた短く三回。SOSだ。国際遭難信号だよ」

四三

ふたりの背後で車庫の自動ドアが音を立てて閉まった。スロープを下りるあいだに尻が痛み出し、ヨーナは汗をかいていた。重い拳銃が揺れて肋骨に当たる。杖をつく音が保管区域に下りる狭いトンネルに反響する。

「援護チームを呼ぶべきです」アダムは自分のシグザウアーを引き抜いた。

弾倉を抜いて全弾装塡されているのを確認すると、もとに戻して薬室に最初の銃弾を送り込む。

「その時間はない。私は自分の裁量でなかに入ることができる」と、ヨーナは言った。

「さっきまで、あなたは外で待っているように言おうと思ってました。あなたはもう警察官ではないし、僕はあなたのことまで責任を持てないから」と、アダムが言った。

ふたりは保管区域に通じる金属扉のある地下の車庫へ入った。天井を大きな通気管が走っている。

「たいていの場合、自分の面倒は自分で見られるよ」と、ヨーナは言った。

ヨーナは大型拳銃を引き抜いた。銃はコルト・コンバットで、新しい照星と調整済みのトリガー・スプリングが取り付けてある。左手にしっくりと収まるように、ローズウッドを貼った銃把《じゆうは》の片側をやすりで削ってあった。

アダムは暗証式の錠のそばに行き、スタッフ用の管理番号リストを引っ張り出した。小さなスクリーンが、彼の手と白いコンクリートの天井に青い光を投げている。

「後ろを離れないでください」と小声で言ってから、アダムは扉を開いた。

ふたりはなかへ入って、金属扉をそっと閉めると、暗い通路を進んだ。保管スペースの扉が並ぶ単調な灰色の金属製の仕切り壁が闇のなかに延びていた。

比較的幅広の通路へ達する。構内図によれば、地下室の端と端をつなぐ長さがある。

ふたりはコンクリートの床を横切っていく。聞こえるのは、アダムの呼吸音とヨーナの杖が立てるかすかな音だけだった。

先に立つアダムが、主通路の交差点に差しかかって歩速をゆるめた。金属の仕切りを右肩でこすっていく。やがて足を止めると、拳銃を構えて周囲をすばやく見まわした。

十メートルほど離れたところにある天井灯が虫の羽音のような音を立てている。アダムは拳銃を下ろし、鼻で息をしようとした。

脈拍が上がるにつれて、アダムの手のなかの拳銃の銃身がかすかに揺れ出す。

突然の光で、ヨーナの目の奥で偏頭痛の炎が燃え上がった。アダムのあとを追う前に、仕切り壁にもたれてしばらく休むしかなかった。

主通路の照明は動作感知装置で作動しているようだった。

ヨーナは防犯カメラのひとつを見上げた。黒いレンズの表面で小さな光が踊っていた。

天井を走っているパイプがカチカチと音を立てる以外、地下室は静まり返っている。

側面通路に達したとき、天井の照明の一部が点灯し、またカニが素早くはさみを開閉するようなカチカチという音がした。

ふたりは側面通路を左に曲がった。封印された保管スペースの列と、みすぼらしい二脚のソファの前を通り過ぎる。光はさらに奥から出ていた。

「まもなく人のいた区域に着きそうですね」と、アダムがささやく。

先にある電子錠の間接光が、保管スペースを通路にふくれ出ているように見せていた。

　アダムは足を止めて耳をすませた。

　どこかでトントン、カタカタと鳴る音がする。何か固いもので金属を叩いている音だ。

　まもなく完全な静寂が戻ってくる。

　数秒待ってから、ふたりはまた闇のなかを進み始めた。

　そのとき突然、遠くで何かをこする音がし、続いて金属音が響いた。ヨーナは天井のカメラを指さした。レンズがダクトテープでふさがれていた。

　次の通路に着く前に、アダムは足を止めて右の手のひらをズボンでこすって汗を拭き、手を何度か振ってから拳銃をきつく握り直した。上着の袖にホテルの女の金色のラメがくっついているのに気づいて、ちらりとヨーナを横目で見る。それから気を取り直して、角を曲がった。

　そのとたん、通路の天井がカチカチと音を立て、照明が次々と矢継ぎ早に点灯した。

　壁や床、天井をまばゆい光が照らし出す。だが、その先は闇しか見えない。通路は五十メートルほど続いているのに、見えるのは十メートル先までだ。

「止まれ」と、アダムの後ろからヨーナが言った。

　ふたりはぴたりと動きを止めた。アダムの鼻先から汗の玉が落ちる。ヨーナは目が回るような奇妙な感じに襲われ、杖にもたれた。

遠くで、また何かを叩くような耳ざわりな音が始まった。高周波の金属的な音だった。

装置が動くものを感知できなくなったために、主通路の照明が消えた。ふたりは身じろぎひとつせず、闇を見つめた。先のほうで、側面通路のひとつの床近くにかすかな光が現れた。

光はいったん消え、また同じ順番で点滅した。長い点灯が三回、短いのが三回。トントンという奇妙な音がまた響いた。そのあと、何かが金属の仕切り壁を叩く音がした。今度はかなり近い。

「どうしたらいいでしょう?」と、アダムがささやく。

ヨーナが返事をするひまもなく、主通路の最も奥にある天井灯が点灯した。

若い女性がひとり、身体を左右に揺らしながら通路の真ん中に立っていた。汚れたスウェットパンツと、破れた詰め物入りのジャケットしか身に着けていない。裸足で、髪は乱れている。

ウェストには太い鋼線が巻きつけられ、線はすぐ脇の支通路のほうにうねうねと伸びている。女性が一歩踏み出すたびに、鋼線が立てるガチャガチャという金属的な音が後ろの壁に反響した。

彼女の右手は奇妙な動きをしていた。ぴくぴくと動いたかと思うと、身体から遠ざかる。手首に黒いバンドが巻きついていて、誰かがそれを引っ張っているみたいだった。

女性がふたりのほうに近づいてきた。彼女の腕が下がると、その背後に大きな影が見えた。血まみれの耳の大型犬が彼女のそばに現れた。彼女の手からだらりと下がった黒い引き綱は、後ろにいる犬の首につながっていた。

大型犬はグレートデンだった。女性の胸まで達する体高で、体重はおそらく彼女の二倍はあるにちがいない。

犬はいらだったように、頭をぴくぴくと動かした。

女性が何か言って、引き綱を床に落とした。犬は勢いよく前へ飛び出すと、次第に速度を上げながら通路を走った。大型犬は力強く、音のない動きでヨーナとアダムのほうへ迫ってきた。いきなり続けざまに点灯した照明が、波打つ犬の背中と腰の筋肉を照らし出す。

ふたりが後退して拳銃を構えた瞬間、一番奥の照明が消えた。

若い女性の姿も見えなくなった。

女性が犬の後ろにいるのであれば撃つことはできない。

犬の鉤爪《かぎづめ》が床を蹴る音と荒い呼吸音がしだいに大きくなる。

ふたりは支通路に駆け込み、主通路の明かりを反射する南京錠の前を通り過ぎる。だが、十五メートルほど行くと、積み上げられた家具や段ボール箱が道をふさいでいた。

そのとき、別の方向からも犬の吠え声が聞こえた。

ヨーナの片目の奥で鋭い痛みが燃え上がる。頭にナイフを突き刺されたようで、痛みが引いても何秒間か目が見えなかった。

そのせいで、ヨーナは危うく拳銃を取り落としそうになった。

犬がコンクリートの床を蹴って角を曲がってきた。ふたりの姿を目にすると、さらに走る速度を上げた。

ヨーナは拳銃を構え、かすむ目を強くまばたきしたが、銃身が激しく揺れて狙いが定まらない。

暗すぎたが、撃つしかなかった。銃声が金属の仕切り壁と床に反響する。銃弾は狙いを外れ、壁から壁へと跳飛した。

犬は弾むような力強い足どりで迫ってくる。

ヨーナはまたまばたきして、目の前に次々と現れるイメージを見分けようとした。とがった耳、かすかな光を放つ筋肉、肩、たくましい太もも……。波形鉄板の扉に肩をもたれて狙いを定めるのと同時に、彼の杖が床に落ちてガチャンと音を立てる。

「ヨーナ!」と、アダムが叫んだ。

照星が揺れて、犬の頭を外れる。ヨーナは引き金を絞った。照星が相手の黒々とした胴体のほうへ下がり、発射音が響く。銃弾が犬の喉のすぐ下に突き刺さる。反動でヨーナがよろよろとあとずさる。体勢を立て直そうと腕を伸ばすと、拳銃の銃身が扉にぶつかった。

犬がくずおれた。重い身体はどさりと床に倒れたが、勢いでそのまま前へ進む。コンクリートの床をすべってきた犬の身体がヨーナの足にぶつかる。ヨーナの片方の膝ががくりと折れる。思わず息が漏れ、目の前の光景がぐらぐらと揺れた。

なんとか立ち上がって杖を拾い上げたときも、犬の脚はまだぴくぴくと動いていた。

少し先で、アダムが古い家具や巻いた絨毯、箱などのバリケードをよじのぼっていた。途中で自転車に足がからまり、バリケードの反対側へ転げ落ちて、金属の扉に頭をぶつけた。

ヨーナの前には、逆さにしたベッドが片側の仕切り壁に押しつけて置かれてあった。彼はそれをバリケードのほうに押しやり、身をよじって仕切り壁とのすき間に身体を押し込んだ。積み重ねられた椅子やプラスチック・ハンガーを詰めたビニール袋、美容院用ドライヤーのあいだからアダムが立ち上がるのが見えた瞬間、二頭目の犬がアダムに飛びかかった。

四四

アダムが苦痛の叫びをあげるのを聞いて、ヨーナはベッドと仕切りのすき間を強引に進んだ。何かが押されてガラスの砕ける音がした。主通路の明かりは消えたが、巨大な犬がアダムの前腕をしっかりくわえているのが見えた。犬は鉤爪をコンクリートの床に食い込ませ、うなり声をあげて容赦なく引っ張っていた。

アダムはうめき声を出しながら、犬を殴ろうとしている。

暗くて銃は使えないので、ヨーナはなんとかそばに近づこうとした。椅子のあいだに押し込まれていた笠の壊れた電気スタンドが服に引っかかる。

犬はアダムの腕を放さなかった。身体が一緒に金属の仕切り壁に激突する。犬の食いしばった顎からアダムの血が流れ落ちる。

なめらかなコンクリートの床に爪が立たず、犬は脚をすべらせた。

犬はもう一度食いついてアダムのバランスを崩そうとしたが、アダムはなんとか踏みとどまった。

ヨーナはコードで頬にすり傷を負いながらも、電気スタンドを壊してベッドの反対側へ行くと、本の箱に上った。

犬が突然、頭をぐいっと押し下げた。アダムが前によろけると犬は腕を放し、代わりに首に嚙みつこうとした。わずかに狙いが外れ、襟の端を捉えただけだった。犬は襟を引き裂き、もう一度嚙みつこうとした。アダムは後ろへ身体を投げ出し、足を蹴り出した。犬は足に嚙みつき、アダムを引き寄せた。

ヨーナは箱につまずきながら、なんとか床のうえによろめき出た。拳銃を構えて駆け寄ろうとしたが、その瞬間、犬はアダムを解放して姿を消した。

「でかい犬だった」と、杖に寄りかかりながら、ヨーナが言った。

アダムは床に転がった拳銃を拾って立ち上がった。

ヨーナはしばらく目を閉じた。力が尽きかけているのを感じた。

ふたりは隣の主通路へ移動した。前方で明かりが点灯し、ふたたびカチカチという音がし始めた。

「あそこだ」と、アダムが言った。

人影が側面通路に消えるのがちらりと見え、仕切り壁にぶつかる鋼線の震える音がした。

「見えましたか？　さっきと同じ女でしょうか？」

「違うと思う」ヨーナはそう答えたが、アダムの顔から血の気が引き、汗をかいているのに気づいた。「大丈夫か？」

アダムはそれには答えず、床に血をしたたらせている手の甲を振っただけだった。前腕に傷を負ったが、レザージャケットを着ていたおかげで深刻なダメージを受けずにすんでいた。

ふたりは、左にある側面通路が見えるように通路の右側を進んだ。鋼線が金属板に当たる音がする。

側面通路には、身体を左右に揺らしながら、若い女性が立っていた。さっきの女性とは違う。白いジーンズとチェックのシャツがもっと汚れていた。

「あなたたちが来ると、彼が言っていた」と、張り詰めた声で女性がささやく。

「われわれは警官だ」と、アダムが言った。

女性はたじろぎ、首に巻いた紐の先にある小さな犬笛を手探りした。

「やめろ」二頭目の犬が耳を折って、低い姿勢で近づくのを見て、アダムが言った。

女性が叫び出した。顔の化粧は流れ落ち、髪はぐしゃぐしゃになって垂れ下がっている。

ウェストのまわりは血まみれだった。

女性は犬笛を指のあいだでくるりと回すと、口にくわえた。

アダムは拳銃を構え、狙いを定めて犬の額を撃った。犬が床に突っ伏す。銃声は尾を引いて消えていった。

女性はひび割れた唇でふたりに笑いかけた。その瞬間、よろよろとあとずさる。誰かが女性のウェストに巻いた鋼線を引っ張ったのだ。

「ＳＯＳの信号を見たんだ」と、アダムが言う。

「私、頭がいいでしょう」と、女性が力のない声で言った。

彼女は通路をあとずさりし続けた。まだ誰かが引っ張っているらしく、鋼線が床や仕切り壁に当たってやかましい音を立てた。

「きみのいたところにはほかに何人いるんだ？」と、彼女のあとをついていきながら、アダムが訊いた。

ふたりは犬の死骸と、床に広がる血だまりをまたぎ越した。

「どこへ行こうとしているんだ？」

彼女は答えず、三人は角を曲がった。かすかな明かりが差している通路の先に、弱い光が見えた。扉の開いた保管スペースの前を通り過ぎる。薄明かりで、床に敷かれたマットレスやいくつかの箱、古いスキー板、大量の缶詰が置かれているのが見えた。

誰かに強く引っ張られて、女性はなおもよろめくように歩き続けた。彼女は隣の保管スペースの扉を開けると、なかへ入った。

周囲がぱっと明るくなり、彼女の影が扉となめらかな仕切りのうえを横切った。

腐ったゴミの悪臭が強まる。

ヨーナとアダムは床に銃口を向けたまま、彼女のあとに続いた。天井から吊るされた懐中電灯の光が、広い保管スペースの一部を照らし出している。大量の引っ越し用の木箱や額縁に囲まれて、ミンクのコートをボタンを留めずにはおったやせぎすの男が立っていた。

フィリップ・クローンステッドだ。

ヨーナとアダムは銃を構えた。

フィリップは全身汚れきっており、口の両端に乾いた唾液がこびりついていた。むき出しの胸は、縦横に走る切り傷からしみ出た血で覆われていた。

破れた詰め物入りのジャケットを着た女性が彼の前の箱に腰かけ、瓶から手づかみでマッシュルームを食べていた。

フィリップはふたりが入ってきたのに気づかなかった。引き寄せた鋼線を念入りに巨大な回転軸に巻き取っている。それが終わると、首をかき、顔も上げずにチェックのシャツの女性をそばに引き寄せた。

「フィリップ」と、彼女が小声で言う。

「おまえは見張り番に必要な女だ、ソフィア。縛っておきたくはないが、前にも言ったとおり、明かりをつけるのは扉が開いているときだけにしろ」

「フィリップ・クローンステッドだな？」と、アダムが大声で言った。

四五

フィリップは顔を上げて、瞳孔の開いた生気の感じられない目でアダムを見た。

「おれは帽子屋だ」と、フィリップは静かに言った。

ヨーナの背中を汗が流れ落ちた。これ以上、銃を構えていられそうにない。

空気の流れで天井から吊るされた懐中電灯が揺れ、人影が仕切り壁に沿って動きまわった。懐中電灯の光は大きな姿見に反射していた。

ヨーナは脇へ寄ってまばたきをした。姿見には、フィリップの前に置かれた箱から突き出したナイフが映っていた。

「きみと話し合わなければならない」用心深く前に進みながら、アダムが言った。

「おまえたちは毎日何本のビデオを観ている？」と、床に目を落とし、フィリップが尋ねる。「そんなことをして何がわかる？　どんな決断ができるんだ？」

「そのことについては、きみが女性たちを解放してから話そう」

「スノーデンの告発や視神経のことなどどうだっていい」と、フィリップは天井を指さし、のろのろと言った。

「女性たちを解放するんだ、そうしたら……」

「極秘大量監視プログラム《プリズム》や個人情報収集・閲覧システム《エックスキースコア》や通信傍受システム《エシュロン》なんかの話じゃない」と、フィリップが大声でさえぎる。「これはもっとずっと規模のでかいものなんだ」

ヨーナは拳銃をホルスターに戻し、ソフィアという名前らしい女性のほうにゆっくり歩いた。最後の力が身体から流れ出そうとしていた。まるで氷まじりの水があらゆるものを緩慢にさせるように。

フィリップの手が徐々に箱から突き出したナイフのほうに近づいている。

ソフィアがふらつき、鋼線がかすかにカタカタと音を立てる。

「土星は自分の子どもを食べた」フィリップはそう言葉を継いでから、くすくすと笑った。「つまり、アメリカの国家安全保障局《NSC》はもっとでかいってことさ。おれたちはやつらの子どもなんだ」

フィリップがナイフを握るのが見えたとたん、ヨーナの視界がまた揺れ出した。倒れないように、仕切り壁に片手をつく。

目の前にまだ小さな点がいくつも漂っていたが、ヨーナはソフィアのウェストに巻きつけられたきめの粗い鋼線をほどいた。途中で、ソフィアの肩に頭をもたせてしばらく休まなければならなかった。彼女の浅い息づかいが耳のそばで聞こえた。

それでも不安な思いを押し隠したまま、ヨーナは二十回以上巻きつけてあった鋼線をほどいて、ソフィアを自由にした。

「きみたちみたいな人がほかにもいるのか？」彼女を保管スペースの外へ導きながら、ヨーナは声を低めて尋ねた。

「私と妹だけよ」と、ソフィアは答えた。

「僕らはきみたちを外へ連れ出す。妹さんの名前は？」

「カローラ」

鋼線がほどけて、コンクリートの床をこすった。

フィリップがナイフをぐいと引いた。箱の側面が抵抗するようにふくらみ、ナイフを握ったフィリップの手がすべる。

「おれたちはここにいる。だが、グァンタナモでくたばったのは誰だ？　おまえは知ってるか？」ふたりには目も向けずに、フィリップは言った。

「カローラ」と、ふだんと変わらぬ声でヨーナが言った。「こっちへ来てくれないか？」

ソフィアの妹はマッシュルームの瓶にふたをすると、うつむいたまま首を横に振った。

「カローラ、ここにいらっしゃい」と、ソフィアが言った。

カローラは腰を上げようともせずに瓶をいじっている。フィリップが彼女を見て、首をかいた。

「さあ」と、拳銃が胸にこすれるのを感じながら、ヨーナが言った。「ユーシェンはやつらとグルだ。知ってるだろう、英国の政府通信本部《GCHQ》か……あるいはNSCだ。どっちも同じ穴のむじなさ。おれは何年もすっかりだまされてきた。みんなが裸になって、楽しんでいた……だが、素っ裸でどうやって身を守れると言うんだ。後ろからビデオに撮られていたら」

　懐中電灯が回転し、黒い影が五人の顔と肩をよぎっていく。

「ソフィアがきみにここへ来てほしいと言っている」と、ヨーナは言った。

　カローラは顔を上げて、姉に微笑んでみせた。ソフィアは頰の涙をぬぐい、両手を前に突き出した。

「もうおうちに帰れるの？」と小声で言うと、カローラはようやく立ち上がった。歩き出そうとすると、フィリップが彼女の髪をつかんで引き戻した。箱からナイフを抜き取り、カローラの喉に当てる。

「待てよ。ちょっと待て。落ち着くんだ」と、アダムが呼びかける。「見てくれ、僕は銃を下ろしている」

「くたばりやがれ！」そう叫ぶと、フィリップはナイフを自分の額に刺してから、もう一度カローラの喉に当てた。

「なんとかして！」と、ソフィアがささやく。

フィリップの額の傷から流れ落ちる血が、眉のあいだを抜けて頬に達する。

「きみが彼女を守ろうとしているのはわかる」と、ヨーナが冷静に言った。

「そうさ。だが、おまえらは……」

「よく聞くんだ」と、息を荒らげてアダムがさえぎる。「とにかくナイフを下ろしてくれ」

ソフィアは片手で口を覆ってすすり泣いている。

フィリップがアダムに向かってにやりとする。「おまえがどこの人間か知っているぞ」と言って、さらに強くナイフをカローラの首に押しつけた。

「いますぐナイフを下ろせ」と叫んで、アダムは狙いをつけやすい位置に移動した。

フィリップはアダムを見つめながら、いらだったように唇をなめた。部屋は薄暗かったが、血がナイフの刃を伝い落ちるのが見えた。

「フィリップ、きみは彼女を傷つけているぞ」と、めまいをなんとかこらえながら、ヨーナが言った。「そんなことをする必要はない。われわれはきみに危害を加えるつもりはない」

「黙れ！」

「われわれがここに来たのは……」

「マリア・カールソンのことを訊きに来たんだ」ヨーナは最後まで言い終えた。

「マリアだって？　おれのマリアか？」と、フィリップが低い声で言う。「なぜだ……？」

「黙れ！」

ヨーナはうなずいた。フィリップの肩を撃って無力化し、床に押し倒すのは可能だろうかと考えていた。だが、ぐずぐずしすぎた。目の奥の燃えるような痛みのせいで、ほとんど何も見えなくなっていた。

「いいか、私は拳銃を抜いて、きみに渡すぞ」ヨーナは慎重に拳銃を抜き出した。

フィリップは血走った目でヨーナを見つめる。

「マリアが言うには、ＮＳＡが庭に入ってきて、覗きを始めたそうだ」と、フィリップは言った。「おれも行って、この目で見た。子どもの頃に見たロフォーテン諸島の漁師みたいな黄色いオイルスキンのレインコートを着たやせた男だった。そいつは窓から彼女を写していた。そのあと……」

ヨーナは鼻についた血を拭き取った。そのとたん、頭のなかを激痛が走り、足の力が抜けた。

彼が倒れると、ソフィアが悲鳴をあげた。ヨーナは仰向けに床に倒れ、まぶたを震わせながら横たわった。

ソフィアはヨーナのそばに行き、ひざまずいた。ヨーナは片目の奥に泡立つような脈動を感じて息を凝らした。視界が暗くなる寸前に、ソフィアが手から拳銃をもぎとるのを感じた。

ソフィアは立ち上がって背筋を伸ばすと、何度か浅く息をついてから、フィリップに銃口を向けた。

「妹を放しなさい！」と鋭い声で言う。「放すのよ！」

「銃を下ろすんだ」と震える声で言って、アダムがふたりのあいだに割って入る。

「僕は警官だ。信じてくれ」

「どきなさい！」と、ソフィアが叫んだ。「フィリップは妹を放さないわ！」

「馬鹿なことはやめるんだ」片手を突き出して、アダムが言う。

「さわらないで……撃つわよ！」ソフィアは拳銃を両手で握っていたが、それでも銃身は揺れていた。

「銃を僕に渡して……」

銃が火を噴き、耳を聾《ろう》する音が響き渡る。銃弾はアダムの身体をかすめ、フィリップの腕の付け根に命中した。

ナイフが床に落ち、フィリップが唖然《あぜん》とした顔でソフィアを見つめた。指のあいだから血がしたたり落ちる。

「どきなさい！」と、ソフィアがもう一度叫んだ。

アダムはよろめくように脇にどいた。服の下で生温かい血が流れ出すのを感じた。ソフィアがふたたび発砲し、銃弾はフィリップの胸の真ん中に当たった。血が彼の背後にある箱にはねかかり、姿見に飛び散る。空薬莢《からやっきょう》が落ちて、床でチャリンと音を立てる。

立ち上がって身をかがめていたカローラがゆっくり片手を首に当てた。ソフィアは拳銃を下ろし、床にくずおれて段ボール箱に背中をもたれたフィリップを無表情に見つめた。

フィリップは物憂げな表情で血の噴き出る胸の傷口に手を当てていたが、一瞬、黒目が左右に激しく動いた。彼は何かを言おうとしていた。

四六

ピアノのレッスンに行く途中、エリックはグローブ・アリーナの隣にあるスーパーマーケット、ＩＣＡに立ち寄った。ポップコーンがマデレーンの好物であるのを知っていたので、二、三袋買っていくつもりだった。店のなかを歩いていると、乳製品の売り場で昔の患者のネストルを見かけた。背の高い細身の男で、プレスのきいたカーキ色のパンツと、ワイシャツのうえにグレーのセーターという身なりだった。きれいに髭を剃《そ》ったほっそりした顔と、小ぶりの頭の白髪を横分けにしているところは以前と少しも変わっていなかった。

ネストルはエリックに気づいてびっくりしたように笑みを浮かべたが、エリックは遠くから手を振っただけで買い物を続けた。

ポップコーンを何袋かカゴに入れてレジへ向かう途中、ポップコーン・メーカーが特売になっているのに目を留めた。自分にやりすぎの傾向があるのは自覚していたが、さほど重くはないし、特に高価でもない。

ポップコーンの袋とポップコーン・メーカーを手に駐車場へ出ると、またしてもネストルの姿が見えた。長身の男は地下鉄駅に向かうのだろう、横断歩道で車の流れが途切れるのを待っていた。ショッピングバッグを六個も手に提げている。相当重いらしく、一度に数メートルしか進めないようだ。

エリックは車のトランクを開けて荷物を入れた。ネストルが自分に気づいたかどうかわからなかった。内気な男は何かつぶやきながらショッピングバッグを持ち上げ、数メートルよろよろと進んだかと思うと、また袋を地面に下ろした。

ネストルがほっそりした手に息を吹きかけているところへ、エリックは近づいた。

「ずいぶん重そうだね」と、エリックは言った。

「エリックか？　だ、だいじょうぶだよ」ネストルはにっこりとした。

「どこに住んでいるんだね？　車で送るよ」

「あなたに厄介をかけたくないんだ」と、ネストルは小声で答えた。

「厄介でも何でもないさ」と言って、エリックは袋を四つ手に取った。

助手席に乗ってからも、まだネルソンは自分ひとりでなんとかできると繰り返していた。エリックは、それはわかっていると答え、車をゆっくり駐車スペースから出した。

「コーヒーをごちそうさま。でも、あんな気づかいをする必要はないよ」と、エリックは言った。

「あなたは、ぼ、ぼくの命を救ってくれたから」と、ネストルが答える。

ネストルの神経衰弱は、飼い犬を安楽死させなければならなかったことが原因であるのをエリックは思い返した。

ネストルを患者として割り当てられたとき、エリックは彼が通っていた病院の記録を読んだ。ネストルはよく死者と話をしていた。相手は、頭からふけを落とし続けている老女と、左右の腕をそれぞれ逆の側にねじっているみすぼらしい老人だった。

エリックが診療を続けるうちに、ネストルは犬の死に異常なほどこだわっているのがわかった。彼は、犬の右前脚に注射針が刺さった様子を、液体がどんなふうに注入されたかを繰り返し語った。犬の身体が震え出し、筋肉が弛緩《しかん》して尿がベンチに流れ出したという。ネストルは獣医の夫婦にだまされているような気がしたそうだ。

ネストルの治療は順調に進んだが、抗精神病剤リスパダールの毎日の服用量を減らすと、また奇妙な声が聞こえるようになった。

エリックはネストルに催眠をかけられるかどうか自信がなかった。少数だが、催眠を受け入れない人々もいたからだ。だが、照明を落とした治療室でリラックスさせて診療を続けていくうちに、事情を把握するとっかかりは得られた。

ネストルは母親と弟、黒のラブラドール・レトリーバーという家庭で育った。彼が七歳のとき、五歳の弟が重篤になった。以前からのひどい喘息《ぜんそく》が悪化して肺炎を発症したのだ。母親はネストルに、犬を安楽死させなければ弟は死んでしまうだろうと語って聞かせた。ネストルはセーデルビーシェン湖に行って、アイスホッケーの用具入れに石を詰めて犬を入れ、溺死させた。

それでも、どのみち弟は助からなかったのだが。

ネストルの頭のなかで、ふたつの出来事が渾然一体となった。彼はずっと自分が弟をトランクに入れて溺れさせたと信じ込んで苦しんできた。犬のことは記憶から消えていた。

ふたりは母親の有害な心理操作に対するネストルの怒りを鎮めることに取り組み、

一カ月後、彼は罪悪感から解き放たれ、ときおり母親が墓の奥から自分の行動をコントロールしているという考えを捨てることができた。ネストルはふたたび正常な暮らしを送れるようになった。薬の服用も必要なくなり、彼はエリックに度が過ぎるほど感謝した。

車はビョルハーゲンの聖マルクス教会を通り過ぎ、アクスヴァルス通り五十三番地の前で停まった。

ネストルはシートベルトを外し、エリックは一階のアパートメントの前まで食料を運ぶのを手伝った。

「すっかりお世話になりました」と、昔の患者がおずおずと言った。「アイスクリームがあるんですがね。時間があれば……」

「もう行かなくちゃならない」と、エリック。

「でも、何かお礼がしたいんです」と、ネストルが家のドアを開けながら言った。

「ネストル、約束に遅れるわけにはいかないんだ」

「お、おともなく、死者のうえを歩く。死者のうえを歩いて、彼らのつぶやきが反響するのを耳にする」

「なぞなぞをしている時間はないんだ」と言って、エリックは建物の玄関を出た。

「葉っぱたちよ！」ネストルの声があとを追いかけてきた。

四七

エリックがエチュードを弾いているあいだ、ジャッキーとマデレーンは並んでソファに腰を下ろし、ポップコーンを食べていた。

マデレーンはエリックがミスをするたびに、とてもうまいわと言った。疲れているらしく、あくびがだんだん大きくなった。

ジャッキーは八分休符とリズム構造を説明しようとした。立ち上がって、エリックの手に右手を重ねる。

二十二小節から左手で弾くように言ってから、急に口をつぐむと、そばに戻って娘の息づかいに耳を傾けた。

「この子をベッドへ運んでくださる?」と、彼女は頼んだ。「私の肘では無理なの」

エリックはピアノの椅子から立ち上がると、子どもを抱き上げた。ジャッキーが先に立ち、娘の部屋のドアを開けて明かりをつけ、エリックのために上掛けをめくった。

エリックはマデレーンをそっとベッドに寝かせると、顔にかかっている髪をどけた。

ジャッキーは娘を毛布でくるみ、頬にキスして耳に何かささやきかけてから、ベッドサイドテーブルに置かれたピンクの小さなナイトライトをつけた。

そのときになって、エリックは子どもの寝室の壁が悪態と卑猥《ひわい》な言葉で覆われているのに気づいた。

言葉は子どもらしい綴《つづ》りを間違えた殴り書きのものもあれば、もっと自信たっぷりに書きつけたもののもあった。おそらく何年も前からこんなことをしていたのだろう。母親はそれを見ることのできない唯一の人間だった。

「どうしたの？」と、エリックが黙りこくっているのに気づいて、ジャッキーが尋ねる。

「何でもない」エリックとジャッキーは廊下に出て、静かにドアを閉めた。

廊下を歩きながら、エリックはいま見たことをジャッキーに話すべきか、それとも放っておくほうがいいのか考えあぐねた。

「僕はもう帰ったほうがいいかな？」と、彼は訊いた。

「どうかしら」と、ジャッキーが答える。

彼女は両手を差し出して、エリックの顔の感触を確かめ、頬と顎をなでた。

「水を持ってくるわ」と少しかすれた声で言うと、ジャッキーはキッチンに入り、キャビネットを開けた。

エリックはそばに立ち、グラスに水を満たして彼女に渡した。ジャッキーがそれを飲むと、エリックは顎をぬぐうひまも与えず、彼女の冷たい口にキスした。

ふたりは抱き合い、ジャッキーは爪先立ちになった。額をくっつけ合って、深いキスを交わす。

エリックが彼女の背中から腰へと手をすべらせる。スカートの生地が薄い紙のようにかさかさと音を立てる。

ジャッキーは少し身を離すと、顔をそむけて片手をエリックの胸に当てた。

「無理することはないんだよ」と、エリックが言う。

ジャッキーは首を横に振り、片手をエリックの首に戻すと、彼を引き寄せて首にキスしながら彼のパンツのボタンをまさぐったが、急に動きを止めた。

「カーテンは閉まっている？」とささやく。

「ああ」

彼女はドアのところへ行き、廊下で音がしないか確かめてからドアを閉めた。

「ここでこんなことをやるべきじゃないかもしれないわ。いまでなくても」

「わかった」と、エリックが言った。

ジャッキーは水切り台に背中をもたせ、片手をカウンターに置いて、口をなかば開いた。

「私が見える？」と言って、彼女はサングラスを外した。

「ああ」と、エリックが答える。

彼女の服は乱れ、ブラウスの裾がスカートからはみ出している。短い髪もくしゃくしゃだった。

「ごめんなさい。扱いにくい女で」

「急ぐことはない」とつぶやくと、エリックは彼女のそばに行き、両手で肩をつかんでもう一度キスした。

「おたがいに服を脱ぎましょう。いいかしら?」と、ジャッキーがささやく。

ふたりはキッチンで服を脱いだ。ジャッキーはゆっくりとした口調で、ニュースで聞いたイラクのキリスト教徒虐待の話を始めた。

「フランスが彼ら全員の亡命を認めるそうよ」ジャッキーはにっこりとした。

エリックはパンツのボタンを外しながら、彼女を見つめた。彼女は脱いだ服を一枚一枚椅子にかけてから、ブラジャーを取った。

すべて脱ぎ終えると、エリックは彼女のそばに行った。不思議なほど気どらずにそれができた。腹を引っ込めてみせようとさえしなかった。

ジャッキーが下着を取り、足をもぞもぞさせてそれを床に落とすと、歯がかすかな光をきらりと反射した。

「私は恥ずかしがり屋ではないのよ」と、彼女は言った。

ジャッキーの乳首は淡い茶色で、薄闇のなかで全身が光っているように見えた。大理石模様のような血管のネットワークが色白の肌の下にかすかに浮かんでいる。黒々とした陰毛のおかげで内股がいかにもはかなげだった。

エリックは彼女が差し出した手を握ってキスをした。彼女は椅子に腰かけて背をもたせかけた。エリックは身を乗り出してもう一度キスすると、床にひざまずき、胸と腹に口を這わせた。彼女をそっと引っ張って浅く座り直させ、両足を開かせる。椅子にかけてあった服が床に落ちる。

彼女はすでに濡れていて、温かい砂糖のような味がした。頬に触れる太ももは震えていた。徐々に息づかいが重くなる。

テーブルのうえの塩の容器がひっくり返って、半回転する。

ジャッキーはエリックの顔を両足ではさんだ。あえぐ声がだんだん高くなる。椅子が後ろにすべる。彼女は笑みを浮かべて、静かに床にすべり下りた。

「男の人とうまく付き合えるかどうか自信がないの」と、頭を椅子の座面にぎこちなく預けて、彼女は言った。

「僕はただの生徒だよ」と、エリックがささやく。

ジャッキーは腹ばいになると、テーブルの下にもぐり込んだ。エリックがあとを追って尻をつかんだ瞬間、彼女がまた仰向けの姿勢に戻る。

彼女が太ももを開いてやさしく引き寄せると、エリックの頭が音を立ててテーブルにぶつかる。むき出しの肌の熱が伝わってくる。

　ジャッキーはエリックの背中をしっかりとかかえた。彼がなかへゆっくりと入ってくると、あえぎ声を漏らす。だが、彼はそこで動きを止めた。

「やめないで」と、彼女がささやく。

　ジャッキーの心臓が激しく鼓動し、頭のなかを駆けめぐっていたさまざまな思いがなりを潜める。腰を動かし、彼に押しつけると、股間で生じたやわらかな熱が広がっていくのを感じた。

　背中に当たる固い床は消え失せ、太ももが震え、張り詰める。エリックの動きが速くなる。ジャッキーは尻と爪先をこわばらせ、彼の肩ですすり泣くような声を漏らす。その瞬間、オルガスムが彼女の全身を貫いた。


　エリックが闇のなかで目を覚ますと、静かなピアノの音が聞こえた。まるでピアノを地中に埋めたかのように、奇妙に抑えられた音色だった。最初エリックは夢を見ているのかと思った。手を伸ばしてみたが、ジャッキーのいる感触はなかった。カーテン越しに差し込む月の光が細長い不思議な影を部屋に投げかけている。ぶるっと身震いすると、エリックはベッドを下り、居間へ行った。ジャッキーが裸のままピアノの前に座っていた。ピアノに薄い毛布をかけて音を弱めている。

薄明かりで、彼女がそっと身体を揺すっているのが見えた。闇のなかで見ると、その優美な手は水のうえを漂っているかのようだった。裸足の足が真鍮《しんちゅう》のペダルのうえを移動する。彼女はスツールに浅く腰かけていたので、エリックにはほっそりしたウエストとぴんと伸ばした影のような背筋を見ることができた。

〝たとえ我、死の影の谷を歩めども《ナム・エトゥ・シ・アムブラーヴェロ・イン・メディオ・ウンブラエ・モルティス》〟と、ジャッキーはつぶやく。

エリックがそこにいることに気づいているようだが、彼女は最後まで曲を弾き終えてから、ようやく振り返った。

「近所の人から苦情が出たからよ」と、ジャッキーは言った。「でも、明日の結婚式のためにかなり難しい曲を仕上げなければならないの」

「とても素敵だったよ」

「ベッドに戻って」と、彼女はささやいた。

ベッドに戻って眠りに落ちかけたところで、エリックは知らず知らずビヨーン・ケルンのことを考えている自分に気づいた。警察はまだ、殺された女性が耳に片手を当てて座り込んでいたことを知らない。そう思った瞬間、エリックの眠気が覚めた。自分が警察の捜査を遅らせていることに思い当たったからだ。

一時間ほどたつと、ピアノの音がやんでジャッキーがベッドに戻ってきた。エリックがもう一度眠りに落ちたのは、外が明るくなってからだった。

朝起きると、ベッドは空っぽだった。エリックは浴室に行ってシャワーを浴び、服を着た。浴室を出ると、キッチンからジャッキーとマデレーンの話し声が聞こえた。

エリックはなかへ入り、コーヒーのカップを手にとった。マデレーンは牛乳をかけたシリアルと生のラズベリーを食べていた。

ジャッキーは、まもなく結婚式のリハーサルのためにアドルフ・フレドリック教会へ行かなければならないと言った。

彼女が着替えにキッチンを出て行ったと思うと、すぐにマデレーンがスプーンを置いて、エリックのほうに顔を向けた。

「あなたがベッドに運んでくれたとママが言ってたけど」

「手伝ってくれと頼まれたんだ」

「部屋は暗かったかしら？」と尋ねて、マデレーンは何を考えているのかわからない目でエリックを見つめた。

「ママには何も言ってないよ。きみの口から伝えたほうがいいと思ってね」

少女は首を左右に振った。頬を涙が伝い落ちる。

「きみが考えているほど悪いことではないよ」と、エリックがやさしく言った。

「ママはとっても悲しむでしょうね」と言って、マデレーンはしゃくりあげた。

「心配することはないさ。だけど、何か考えていることがあるのなら、ママには打ち明けたほうがいい」

「なんであんなことをしたのか、自分でもわからない。なんで何もかもめちゃくちゃにしなければならなかったのか」マデレーンはすすり泣いた。

「きみはそんなことはしていない」

「いいえ、したのよ。忘れたくても忘れられない」と言って、少女は頰の涙をぬぐった。

「僕だって、きみぐらいの年にはもっと悪いことをしたものだよ」

「うそ」と、またすすり泣く。

「マディ、よくお聞き」と、エリックが言う。「ふたりでできるさ……きみと僕で壁を塗り直さないか?」

「あなたにできるの?」

「ああ」

マデレーンは小きざみに震える顎で何度かうなずいてみせた。

「どんな色が好き?」

「ブルーね……ママのナイトガウンみたいなブルー」と言って、マデレーンは笑みを浮かべた。

「あのライトブルーかい？」

「あなたたち、何を話しているの？」ジャッキーの声がした。

彼女は黒のスカートとジャケット、ピンクのブラウスに着替え、丸型のサングラスとピンクの口紅をつけて戸口に立っていた。

「マディはそろそろ自分の部屋のペンキを塗り直したいそうだ。僕でよければ喜んで手伝うと言ったところだよ」

「いいわね」ジャッキーはかすかに面白がっているような顔でそう言った。

四八

マルゴットは警察本部の地下車庫で、アダムが自分を待ち構えているのに気づいた。胸に包帯を巻いているせいで、彼のTシャツはふくらんでいた。マルゴットは近づいていったが、途中でお腹の赤ん坊が蹴ったので足を止めた。ビニール・コーティングされたテーブルのうえには、フィリップ・クローンステッドの倉庫から運ばれた品物が並べられていた。

同僚のひとりが別の方向から近づいてきて、エレベーターに向かう前に、アダムに褒め言葉らしきものをかけているのが聞こえた。

アダムの顔にはうっすらと髭が伸び、疲労の色が濃い。とげとげしい照明の光を受けて、温かみを失っている。

彼の背後で、何人かの人々がおびただしい数の証拠品の仕分けをしていた。ビニールをかけた架台式テーブルのうえには、フィリップ・クローンステッドの保管スペースから押収されたものが、改めて番号を振られて並び、分析されるのを待っていた。ひとつ目のテーブルには、金箔《きんぱく》を張ったベッドの枠組み、糊付けして畳まれたリンネルを入れた箱、ぼろぼろになった本が何冊か、スニーカーが三足置いてある。

「具合はどう?」と、マルゴットが訊いた。

「何でもありません」と、肋骨に手を当てて、アダムが答える。「頭のなかはぐるぐる回ってますけどね。何度も思い返しているんですよ。彼女がほんの少し、わずか三ミリ左を狙ったら、僕は死んでいた」

「援護なしにあそこに行くべきではなかったのよ」

「自分で決めて行ったんだが、ヨーナがあんな体調だとは知らなかったんです。彼は床に倒れて、銃を落とした」

「彼も行くべきではなかった」

「台無しにしてくれましたよ」と、アダムが言う。「間違いなく内部調査があるでしょうね。僕が撃たれたから。特別監察委員会に呼ばれる前に、あなたと打ち合わせをしておく必要があるな」

マルゴットは保管スペースから持ち出された品物のひとつに目を向けた。女性の解剖図が描かれた学校用のポスターだった。目を青のチョークで色づけされている。

「でも、ヨーナがいなければ、私たちはフィリップを捕まえられなかったわ」と、彼女は言った。

「僕がフィリップを捕まえたんですよ。ヨーナは床に寝ころがってたんだ」

蛍光灯と光度を高めたライトのぎらぎらした光が、テーブルに置かれた品物のすき間のビニールに強く反射していた。マルゴットはレンズが割れた三台のビデオカメラの横で足を止めた。

「誰かフィリップのカメラが、被害者を写したものと一致するか試してみたかしら？」と、マルゴットは尋ねた。

「したと思いますよ」

「でも、舌のピアスと頭のもげた鹿は見つかってないのね？」

「あんまりあせらないで」と言って、アダムはにやりとした。「ここにあるのは保管スペースからもってきた品物だけなんですよ。あわてることはない。肝心なことはけりがついたんだから。僕らはやつを捕まえたんだ」

ふたりは手塗りの真鍮の兵隊の前を通り過ぎた。マルゴットは、鹿の胴体と舌のピアスがここにあってしかるべきだと思わずにはいられなかった。

「犯人が彼だと言いきれるかしら？」

「フィリップはいまカロリンスカの手術室だけど、話せるようになったら、自白させられますよ」

「あそこに警備はついているの？」

「やつは胸を撃たれて、片方の肺がつぶれてるんです。そんなものが必要とは思えないな」

「いずれにしても、警備をつけて」

目の前には、胸をはだけた若い女性のポラロイド写真が二十枚ほど、小型のプラスチックフォルダーに入れて置かれていた。

「それであなたが安心できるのであれば、上へ行ったらすぐに手配します」と、アダムが答えた。

「ヨーナと病院で話をしたわ。彼はフィリップが殺人を犯したとは思っていないみたいで、それに……」

「何を馬鹿なことを」と、アダムがいらだたしげな笑みを浮かべてさえぎる。「ヨーナを連れて行ったのは気の毒に思ったからだ。あれは間違いで、僕は二度とあんなことはしない。彼が刑事役を演じるのを許すべきじゃない」

「そのとおりよ」と、即座にマルゴットが同意した。

「彼が台無しにしたんだ。どんなかたちであれ、今後は事件にかかわらせてはいけない」

「私が言いたかったのは、これではあんまり簡単すぎないかってこと」マルゴットはテーブルのあいだを歩き続けた。

「撃たれる直前に、フィリップはもう少しで自白しようとしてたんだ。マリア・カールソンの家の窓の外をこっそり歩きまわったと言っていた」アダムはマルゴットのほうを振り向いて、またにやりとした。「やつには殺人のあった夜のアリバイはない。あいつはひどく凶暴で、偏執的で、カメラと監視に執着していて……」

「わかってるわ。でも……」

「やつはふたりの女性を連れて閉じこもっていた。あなたにもあの場にいてほしかった。あいつは女性を鋼線で縛っていたんだ」

アダムの目はくぼんで、疲労の色が濃かったが、それでもその奥にはまだ炎が宿っており、頬も紅潮していた。

彼は口を閉じると、荒い息をついた。目を閉じ、ふたつのこぶしを近くのテーブルについて寄りかかる。

昨夜の出来事が、重い振り子のように頭に戻ってきた。最後の銃声が耳の奥に響き渡ったこと、血が脇腹を、下着のなかを流れ落ちたこと。そのあとようやくソフィアから拳銃を取り上げることができた。

彼を噛みちぎろうと迫ってきた巨大な犬のことが頭に浮かんだ。それに、ビルエルヤール・ホテルでの乱交パーティと、見ず知らずの女性と行った無防備なセックスのことも。

自分があれほど自制心のない人間だったとは。自分がどんな人間かほとんどわかっていなかったのだ。そう思うと、涙があふれてきた。

アダムは急に、家に帰って妻のカトリーナと過ごしたいという欲求を抑えきれなくなった。温かいベッドで妻の背後に横たわり、彼女のハンドクリームのにおいを嗅ぎ、みっともないベッドソックスを眺め、北斗七星そっくりの背中のほくろを見ていたい。

マルゴットは昔風の蓄音機の前を通り過ぎて、箱に入った装飾品の前に立った。ペンを取り出して、変色した銀の指輪やブローチ、切れた鎖、十字架をつついた。ペンをハート型の腕輪に引っかけて持ち上げたとき、携帯電話が鳴り出した。

マルゴットは腕輪を段ボール箱のなかに落として、電話に出た。

彼女の声音を聞いて、アダムがはっと振り向く。

マルゴットはその瞬間のことをずっと忘れないだろう。フィリップの持ち物に囲まれ、まばゆい光を浴びて、ふたりがどんなふうに立っていたかを。何秒かのあいだ、胸の高鳴りがそれ以外のすべての音をかき消してしまったことを。

「どうしました？」と、アダムが言った。

マルゴットは彼を黙って見つめた。喉が干上がったようで、言葉が出てこなかった。自分の顎が震えているのを感じた。

「ビデオよ」と、うわずった声でマルゴットは言った。「またビデオが届いたの」

「嘘だろう」と言って、アダムはエレベーターに向かって走り出した。

「病院へ電話して」マルゴットは荒い息をつきながら呼びかけた。フィリップが逃亡していないことを確認する必要がある。ふたりはテーブルを回り込んでエレベーターへ急いだ。

アダムは携帯電話を耳に当て、マルゴットが追いつく前にすでにエレベーターのボタンを押していた。エレベーターが鈍い響きを立てて昇っていく。走ったせいで、マルゴットは骨盤が熱を帯びるのを感じた。

携帯を耳に当てたまま、アダムは彼女に向かって首を振った。

「彼は逃げたの？」と、マルゴットが苦しい息づかいで尋ねる。

「誰も電話に出ない」と、アダムは短く答えた。

エレベーターが二階で止まったので、マルゴットは毒づきながらボタンをもう一度押した。

ようやく病院の人間が電話に出た。言い訳するように、この電話は集中治療室にかかっていると説明する。

「こちらはアダム・ヨーセフ、国家警察犯罪捜査局の捜査官です。至急、患者の所在を確認する必要がある……フィリップ・クローンステッドがそちらにまだいるのを確かめたい」

「フィリップ・クローンステッドね」と、電話に出た男が言う。

「いいか、よく聞いてください」アダムは自分がつじつまの合わない要求をしていることを意識しながらそう言った。「彼のところへ行って、そこにいるかどうか確認してきてほしいんです」

相手の男は、まるで甘えん坊の空想を聞き入れてやるとでも言いたげにため息をついたが、デスクに受話器を置いて遠ざかっていく足音が聞こえた。

「確認に行ったようです」と、アダムはマルゴットに言った。

「ちゃんと身元確認をするように言って」とマルゴットが言った瞬間、エレベーターのドアが閉まった。

エレベーターがシャフトを上昇していくあいだ、ふたりは落ち着かない動物のようにもぞもぞと身じろぎし続けた。アダムの肩に付けられた警察合唱団コンサートの肩章には皺が寄っていた。

耳に届いた。「クローンステッドはまだ眠らされている」と、のんびりした声がようやくアダムの
「フィリップは眠らされている」と、アダムはおうむ返しに言った。

四九

アダムはマルゴットの先に立って、廊下を走った。フィリップ・クローンステッドは今朝早くに救急救命室に運び込まれたときに麻酔をかけられ、それ以来目覚めていなかった。

本物の殺人者はまだ野放しになっている。

マルゴットがアダムのあとからオフィスに入ると、小さな窓越しに淡い日差しを浴びたクロノバーリ公園の木々の梢が見えた。

「コピーはしてあるの？」

「そうみたいですね」と、アダムが答える。

マルゴットが荒い息をついてコンピューターの前の椅子に腰を下ろすあいだに、アダムはビデオをスタートさせた。マルゴットは背骨の根もとに痛みを感じながら椅子の背によりかかると、シャツの裾が丸い腹のうえにせり上がってきた。

「ビデオはオンラインで送られてきて、長さは二分です」と、アダムが小声で言う。

カメラはすばやい動きで、ウワズミザクラの木のへりを前進した。葉叢《はむら》で一瞬何も見えなくなったが、すぐに寝室の窓が画面に映し出された。窓の底辺のあたりは水蒸気で曇っている。

庭は木陰で覆われていたが、窓台は白い空の光を照り返している。

カメラが後退し、部屋に入ってきた下着姿の女性を写した。女性は乾いた染毛剤のしみがついた白いタオルを椅子の背に掛けると、足を止めて片手で壁に寄りかかった。

「あと一分」と、アダムが言った。

部屋は天井灯のやわらかい光に覆われていた。鏡に付いた指紋や、近代美術館のピカソ展のポスターが少し傾いて貼られているのが見分けられる。

カメラのレンズが横にずれると、ベッドサイドテーブルに赤茶色の磁器の鹿が置いてあるのが見えた。

「鹿だわ」画面に身を乗り出して、マルゴットが言った。後ろで束ねた髪が肩に落ちてくる。

スサンナ・ケルンが握っていた鹿の頭は、まさにこれと同じ置物からもげたものにちがいない。

寝室の女性は片手を口に当てて、ゆっくりベッドサイドテーブルに近づいた。引き出しを開けて、何かを取り出す。ベッドサイドランプの光で、顔がさらにはっきり見えた。薄い色の眉毛に鼻筋の通った鼻が映し出されたが、目は黒縁メガネの反射の陰に隠れている。口もとはゆるんでいる。ブラジャーは赤の着古したもので、下着は白で生理用ナプキンらしきものが押し込んである。女性は片方の太ももを何かでこすると、小さな白い棒状のものを取り出し、筋肉に突き刺した。

「何をやってるんでしょう？」と、アダムが訊いた。

「インシュリンの注射よ」

女性はきつく目を閉じてガーゼを太ももに押し当てていたが、やがて目を開ける。前かがみになって注射針を引き出しにしまおうとして、はずみで鹿の置物を倒してしまう。鹿の頭がもげて床に落ちた瞬間、明るい光のなかで破片が舞う。

「これはいったい何なんだ？」と、アダムがささやく。

うんざりした様子で、女性は身をかがめて磁器の置物の頭を拾い上げる。それをベッドサイドテーブルに戻すと、ベッドを回り込んで曇った窓のほうへ行く。そのとき何かを感じたのか、ぴたりと足を止めて外の闇の向こうをすかし見た。

カメラはゆっくり後退する。葉が何枚かレンズにこすれる。

女性は不安そうだった。ブラインドを下ろそうとするが、途中で引っかかってしまう。紐を引いてからもう一度下ろしたが、うまくいかずあきらめる。壊れたブラインドのすき間から、女性が向きを変えて部屋の中央に戻っていく姿が見える。彼女が右の尻をかいたとき、いきなりビデオが止まった。

「確かに僕は少し疲れている」落ち着かなげにそう言うと、アダムは立ち上がった。

「でも、こんなの狂ってる、そうじゃないですか？」

「正気とはとても言えないわね」と言って、マルゴットは顔をこすった。

「で、僕たちはこれからどうするんです？　もう一度ビデオを観るんですか？」

マルゴットのデスクの電話が鳴った。鑑識からの電話だろう。

「何か見つかったの？」電話を取ると、マルゴットは即座に言った。

「前とおんなじだよ。ビデオもリンクも追跡不可能だ」

「じゃあ、誰かが死体を見つけるまで待つことになるのね」と言って、マルゴットは電話を切った。

「彼女は身長一メートル七十センチ、体重六十キロというところだな」と、アダムが言った。「髪はおそらく、乾いたときはダークブラウンだろう」

「一型糖尿病で、去年の秋にピカソ展に行っている。独身で、定期的に髪を染めている」と、マルゴットが一本調子の口調であとを引き継いだ。

「それに、壊れたブラインド。それ以上は続かないな」と言ってから、アダムは何分かかけて女性の顔を中心にした大型のカラー写真をプリントアウトした。

それから壁の前に行き、写真をできるだけ高い位置に貼りつけた。名前も場所も書かれていない、孤独な写真。

「三番目の被害者ですね」と、力なく彼は言った。

その写真の左には、先に殺された被害者ふたりの写真が並べられている。YouTubeの動画を印刷した写真だ。違いがあるのは、最初の二枚の写真の下には殺害現場の名称と写真、鑑識報告と法医学調査、法医学解剖の結果が貼られているところだけだった。

マリア・カールソンとスサンナ・ケルン。

二枚のどれにもおびただしい数の刺し傷が写っていた。顔、首、胸の深傷は、それぞれ頸動脈、肺、心臓まで達していた。

五〇

サンドラ・ルンドグレンは寝室を出た。誰かに見られているようで、背筋を寒けが這い下りてくる。

床に着きそうなほど長いローブの紐を締め直す。注射を打っているので、一日中眠気がとれない。キッチンへ行き、冷蔵庫を開けてチョコレートケーキの残りを取り出してカウンターに置く。

メガネの位置を直すと、ローブの前がはだけて、腹とたるんだ下着があらわになる。サンドラはぶるっと身震いして、まな板に置いてあった幅広のキッチンナイフを取ってケーキを切り分ける。皿もスプーンも使わずに、ケーキのかけらをそのままほおばる。

ステファンの縞柄のガウンを着るようになってから、そのたびに悲しみがこみ上げてきたが、胸にずっしりかかる重みや肩の落ち具合、袖のほつれた糸が気に入っていた。

垂れ板式のテーブルに置かれたロウソク立ての横に、ソダートーン大学から届いた手紙がある。もう三十回も読み返しているのに、また見ずにはいられない。サンドラは創作講座の補欠者リストに入っていた。母親に手伝ってもらって願書を書いたのだ。その頃は自分ひとりで書き上げる自信がなかったのだが、母親はこの講義を取ることが娘にとってどれほど大きな意味を持つかを知っていた。

この春に講座には入れないと知らされたとき、サンドラは声を上げて泣いた。もしかしたら、少々過剰な反応だったかもしれない。結局のところ、何も状況に変わりはなかった。サンドラはそれまで同様、キャリアカウンセリングの講座を受け続けた。

その手紙がどのくらい前から、床に落ちている古い郵便物と一緒にそこに置かれてあったか、もう覚えていない。入学事務担当の主事からうれしいメールが届かないかぎり、二度と開くことはないだろう。

サンドラは母親に電話して、報告しようと心を決める。

窓の外に目をやると、ふたりの男が道路の反対側をヴィンターヴィーケンの方角に歩いて行くのが見えた。サンドラは一階に住んでおり、ときおり通行人が窓越しに部屋のなかを覗いていくのに、いまだに慣れていなかった。

廊下の木の床がきしむ音がする。まるで誰かが忍び足で歩いているような音だ、とサンドラは思う。

キッチンの椅子に腰を下ろして、電話の番号を押す。

「もしもし、ママ、私よ」と、サンドラは言う。

「あら、ちょうど電話しようとしてたところよ。今夜のこと、気が変わったんじゃないでしょうね？」

「何のこと？」

「うちに食事に来ることよ」

「ああ、そうね……ちょっとそんな気分になれないの」

「あなただって、食べなければならないのはわかっているはずよ。車で迎えに行くわ。帰りも送るから」

そのとき不意に、何かがこすれるような音がして、サンドラはずらりとコートが掛けられ、たくさんの靴が置いてある廊下のほうに目を走らせる。

「そうさせてくれない？　お願い」

「わかったわ」サンドラは小声でそうつぶやき、手に持った手紙を見下ろす。

「何を食べたい？」

「そう言われても」

「リュードベリ風ビーフはどうかしら？　あなた、好きでしょう。サイコロ・ステーキにして……」

「それでいいわ、ママ」と相手をさえぎり、サンドラはバスルームに入る。

流しの横に抗鬱剤プロザックのブリスターパックが置いてある。プラスチック包装のなかで、緑と白のカプセルがかすかに光っている。

サンドラは鏡に映った自分の姿を見る。開けっぱなしのバスルームのドアから廊下の先が見通せる。そこに誰かが立っているように見えた。それが黒いレインコートであるのはわかっているのに、心臓が一瞬止まりそうになる。

〝今日は例の〝三銃士〟で昼食に出かけたんだけど……〟

母親の話を聞き流しながら、サンドラはバスルームを出る。母親は、サンドラの妹とヴァクスホルムス・ホテルへ行って、バルト海ニシンのフライにマッシュドポテト、コケモモのジャム、溶かしバターと、おいしい冷えたビールを堪能した話をしている。

「マーリンの具合はどうなの？」と、サンドラが訊く。

「あの子には驚かされどおしよ」と、母親が答える。「どうしてあんなふうに、いつもポジティブでいられるのかわからない。放射線治療の最後の回を終えたばかりで、とても調子がいいの。スウェーデンで暮らしててほんとうによかった。あの治療を自費でまかなうなんて、あの子にはとてもできなかったわ」

「ほかに治療法はないのかしら？」

「カロリーナに言わせれば、みんなでジャマイカに引っ越して、お金がなくなるまでマリファナを吸って、おいしいものをたらふく食べるのがいいらしいわ」

「私も一緒に連れて行って」と言って、サンドラはにやりとする。

「行くときは知らせるわ」母親も笑い声を上げる。

頬に当てた電話が生温かくべたつくような感じがする。サンドラは電話をもう片方の耳に当てて寝室へ向かったが、唐突に足を止める。目を窓のほうに向けた。壊れたブラインドのすき間から、西洋スモモの大きな木が揺れているのが見える。

「第四学期にあなたが読まなければならない本のリストを見てみたわ」と、母親が言う。「全部、労働市場の政治学についてだった」

「そうね」と、サンドラが消え入りそうな声で言う。

なぜセンデルテルン大学での自分の立場を母親に打ち明けないのか、自分でもよくわからない。

意識してゆっくり窓から目をそらし、鏡のなかの自分の姿に視線を投げる。ローブの前がまたはだけている。下着姿で立ったまま、青白い肌や丸くふくらんだ胸、平らな腹、それに太もものピンクがかった長い傷痕を眺める。

彼女とステファンは復活祭の休日を過ごすために、オーレのコテッジを借りた。もうすぐエステルスンドという頃、サンドラが運転をして、ステファンは眠っていた。あたりは暗く、スキーを入れたルーフキャリアがガタゴトうるさい音を立てていた。ふたりの車は黒いモミの林を抜ける道で、何キロメートルも材木運搬トラックに前をふさがれた状態にあった。左右に揺れるトレーラーの幅広の後輪が、道路脇の雪のかたまりをはねあげていた。サンドラはハンドルを左に切って追い抜こうとしたが、近づいてくるバスのヘッドライトに気づいて、あわててもとの車線に戻った。

バスが通り過ぎ、さらにもう三台続いたあと、対向車はいなくなった。サンドラはもう一度左車線に出て、アクセルをふかした。車はちょうど長い下り坂に差しかかり、材木運搬トラックの速度も上がっていた。両手でハンドルを握り締めたサンドラが巨大なトラックと並走していると、風の乱流で車体が傾くのを感じた。

たぶん早く追い抜きたい一心でアクセルをふかしすぎたのだろう。道路の真ん中にあった雪のうねで車輪がスリップした。車はコントロールを失い、トラックの下に突っ込んだ。そこで引っかかり、けたたましい金属音をあげ、激しく揺れ動きながら、しばらくそのまま引きずられていく。やがて鋼板が剝がれ、ステファンの頭を押しつぶした。ガラスがつむじ風のように渦を巻き、ドライバーが急ブレーキを踏むとトラックとトレーラーがくの字型に折れ曲がった。トレーラーは甲高い音を響かせて横転した。

サンドラは命をとりとめたが、ステファンは助からなかった。彼女はのちに、自分の人生を一変させた出来事を報じるわずかな数の記事を読み、現場写真も見せてもらった。

「必要な薬はちゃんと飲んでいるの？」と、母親がやさしく尋ねる。サンドラは、さっきから黙りこくっていたことに気づいた。

「ママ、いまは話している時間がないの」と、サンドラが言う。

「でも、今夜は来るわね？」と、母親が即座に訊いてくる。心配を隠せないでいる。

「何とも言えないわ」サンドラはベッドの端に腰かけ、力のかぎり目をきつく閉じる。

「来てくれたらうれしいんだけど。迎えに行くわ。もし気が変わったら、いつでも送っていくから」

「あとで話しましょう」と言って、サンドラは電話を切る。携帯電話をベッドサイドテーブルの血糖値測定器の脇に置く。

窓の外では、繁みが風に揺れている。

サンドラはローブを脱ぎ、ベッドに広げて置いた。ジーンズをはいてから、整理ダンスの引き出しを開ける。きちんと畳んで積み重ねた服の横に、小さな鹿の置物が横たわっている。メガネを外して、きれいなTシャツを着る。またしても誰かに見られているような気がして、壊れたブラインドとその向こうの暗い庭、風に揺れる葉叢に視線を走らせる。

突然、玄関の近くでドスンという音がして、サンドラはびくっとする。たぶん、広告チラシだろう。チラシおことわりとドアに表示しておいたのに。ママに電話して謝り、自分は幸せだが、幸せな気分になるときは一緒に悲しみも掘り出してきてしまうのだと説明しよう。

もう一度キッチンへ行き、テーブルのうえの手紙をちらりと見てから、カウンターでケーキをもうひときれ切ろうとしたが、キッチンナイフが見当たらない。

薬のせいで頭が混乱したのか。きっとバスルームか寝室に持っていったのだろうと考えていると、突然、黄色い服を着た人間が大またに近づいてくるのが見えた。

サンドラはただ立ち尽くすばかりだった。こんなこと、ありえない。

彼女は何も言えず、身を守ろうと左手を上げる。

上方からキッチンナイフが振り下ろされ、彼女の胸に突き刺さる。足の力が抜けて後ろへ倒れた拍子にナイフが抜け、激しい勢いで床に腰を落とす。テーブルに頭がぶつかり、その衝撃で燭台《しょくだい》のロウソクが外れ、テーブルの縁から転げ落ちる。サンドラはドクドクと噴き出した血が腹に流れてくるのを感じる。胸の奥深くに耐えがたい痛みが走る。心臓が揺さぶられているような気がする。

動くこともできず、何が起きたか理解できないままじっと座り込んでいると、さらに頭に一撃が加えられ、仰向けに倒れる。あらゆるものが暗く、生温かく感じられる。ゴボゴボという水の音が聞こえ、肺に焼けつくような痛みを覚える。顔を起こしたとたん、咳と一緒に血が吐き出される。何秒か天井を見上げていると、胸にまたキッチンナイフの刃が差し込まれるのを感じる。

あたりが急に静寂に包まれる。まるで生ぬるい水のなかを歩いているようだ。夜を流れる銀灰色の川を。

五一

警察が三番目のビデオを受け取ってから一時間二十分後に、緊急電話センターに自分の娘が殺されたという母親から通報があった。

四時四十五分、マルゴットは自分のリンカーン・タウンカーを犯行現場の風にはためく規制線テープの前に停めた。

被害者を救いに家のなかに入った警官が隣家のドアの階段に腰を下ろしていた。顔から血の気が引き、目には暗い陰が宿っている。アダムがその警官から話を聞いているあいだに、救急医療隊員が警官の肩に毛布をかけ、血圧を測った。死んでいる娘を見つけた母親は、もうひとりの娘と病院にいる。マルゴットは、鎮静剤で苦痛とショックが少し和らいだら、その母親と話そうと頭のなかにメモした。

ヘーゲルステンへ車を走らせている途中に、マルゴットは病院にいるヨーナに電話して、第三の殺人が起きたことを伝えた。ヨーナはとても疲れているようだったが、話に最後まで注意深く耳を傾けた。なぜか知らないが、それをしたことでマルゴットの気分は落ち着いた。

彼女は規制線を越えて、共用の玄関ホールに入った。投光照明が階段を照らし、その光が居住者名一覧を覆うガラスに反射している。

靴カバーを付けると、マルゴットは数人の鑑識係の前を通り過ぎた。

投光照明のぎらぎらした光のなかで足を止める。温まったメタルランプがカチカチと音を立てている。生温かい血と尿のにおいがむっと鼻を突く。鑑識係が部屋を撮影していた。リノリウムの床には、顔を完全に破壊され、胸がぽっかり開いた女性が座り込んでいる。メガネが彼女の脇の血だまりに落ちていた。

女性は片手を左の乳房に当てていた。血で黒ずんだ手の下のやわらかそうな肌が、真珠のような白い輝きを放っている。

女性が死後にそのような姿勢をとらされたのは明らかだった。だがそこに性的な意味を暗示するものはなかった。

マルゴットはしばらくその場にたたずみ、犯行現場の暴力の痕跡を見渡した。ナイフの切り傷から流れた血の痕、キッチンのドアから収納ボックスまで広がっている血の痕、被害者が抵抗したか、痙攣を起こしたかで飛散した血の痕……。

第二の殺人についてはほとんど何もわかっていないが、今度の件は最初の殺人を正確になぞっているように見えた。残虐さはおよそ信じられないほどで、死の瞬間をできるかぎり先延ばしにするやり方をしたらしい。

激しい暴力衝動が鎮まったあと、犯人は死体をいまのようなかたちにしてから現場を立ち去ったのだ。

最初の事件では被害者の指が口のなかに突っ込まれていたが、今度は片手で乳房を覆っている。

マルゴットは脇に寄って、床に保護板を敷こうとしている鑑識係に場所を譲った。

突き出た腹に手を当てながら、彼女は寝室へ移動して、磁器の鹿が入っている開けっぱなしの引き出しを覗き込んだ。鹿は頭がもげた面を除けば、全体が栗色だった。しばらくそれを眺めてから、被害者のところへ戻る。

もう一度、被害者が意図的にとらされた片手を胸に当てる姿勢を見つめているうちに、ある考えが頭をよぎった。

この姿勢にはどこか見覚えがある。

マルゴットはその場に留まって思いをめぐらせていたが、まもなくアパートメントを出ると、自分の車に戻った。エンジンをかけて、片手をハンドルに、もう一方の手を腹に当てた。指先に活発な動きを感じながら手をすべらせていく。反対側にも軽く突いてくる動きがある。生命の始まりだ。

楽な姿勢をとろうとしたが、どうやっても腹がハンドルにつかえてしまう。

この思い出せそうで思い出せない記憶はいったい何だろう、と彼女は思った。別の管区で起きたことだ。五年ほど前だったか、何かを読んで目に留めたのは間違いない。手のことだったか、鹿のことだったか。

それが何だったかはっきりさせないと、今夜は眠れそうになかった。

マルゴットはポールへムス通りへ曲がると、ビルの壁面に沿ってしばらく進んでから路傍に車を停めた。

携帯電話が鳴り、画面にツーソンで買ってきたカウボーイハットをかぶったジェニ

「報告すべき犯罪があるのよ」

ーの姿が現れる。

「もしもし」と、マルゴットが応じる。

「こんばんは、警部補」と、ジェニーがふざけた口調で言った。「報告すべき犯罪があるのよ」

「それなら、一一二の緊急番号におかけなさい」と、停車位置を直しながらマルゴットが言う。「でも、もし……」

「これは社会の良識に対する犯罪よ」と、ジェニーがさえぎる。

「もう少し具体的に言ってくれない？」マルゴットは車のドアを開けた。

「こっちへ来たら、見せてあげられるけど……」

マルゴットは耳から携帯電話を離し、車を降りて鍵をかけた。

「ごめん、なんて言ったの？」

「あなたがどこにいたのか訊きたかったから電話しただけよ」ジェニーの口調ががらりと変わった。

「いまクングスホルメンよ。これから……」

「ぐずぐずしている時間はないのよ。まっすぐ実家に来なければいけないの」と、ジェニーが途中でさえぎる。

「何かあったの？」

「まじめに訊いてるの、マルゴット？　どうかしてるわ。よしてちょうだい、日曜日がいいって言ったのはあなたよ。みんな、まもなく到着するから……」

「ガミガミ言わないで。今度の事件を放っておくわけにはいかないし……」

「じゃあ、来ないつもり？」と、ジェニーがさえぎる。「そう言ってるの？」

「今度の週末だと思ってたわ」と、マルゴットは答えた。

「よくもそんな馬鹿げた思い違いができるわね」

マルゴットは実家のディナーのことをすっかり忘れていた。プライド・フェスティバルの期間中に、マルゴットとジェニーを支援してくれた人全員に感謝をしようという趣旨の催しだった。みんなで〝誇るべき両親と家族〟という横断幕をもってパレードに参加してくれたのだ。

「私はちょっと遅れると言えばいいだけじゃないの」警察本部まであと十メートルほどのところで、マルゴットはそう言った。

「そういうわけにはいかないわ」と言ってから、ジェニーは大きく息をついた。「ほんとにがっかりさせてくれるわね。今度の事件が出世の大きなチャンスになるのはわかってる。私だって応援したいわ、でも……」

「それでいいと言ってくれてたじゃない」

「だけどあなたは働きづめで、ほかに……」

「やらなければならないのよ」と、マルゴットがさえぎる。

彼女は本部の玄関へ向かった。同僚のひとりが出てきて、バイクの後輪に巻いた重そうなチェーンをほどいた。

「わかったわ」と、ジェニーが静かに言った。

「終わりしだい、実家に向かう……」

ジェニーが電話を切ったことに気づいて、マルゴットは途中で言葉を呑み込んだ。

玄関ロビーを横切り、エレベーターに向かう。

最初の被害者、マリア・カールソンは片手を口に当てていた、とマルゴットはまた考え始めた。

それだけではパターンを見分けるのに十分ではないが、サンドラ・ルンドグレンが乳房に手を当てて横たわっているのを見たとき、その関連性がふと頭をよぎった。

死体の姿は自然とは言えず、明らかに作為が感じられた。

マルゴットは人気《ひとけ》のない廊下を自分のオフィスまで歩き、ドアを閉めると、コンピューターの前に腰を下ろした。これまで死体の姿勢に手を加えられた犯行があったかどうかを調べるためだった。

サイレンの音が聞こえてくる。

検索結果を見ていきながら、マルゴットは靴を蹴り脱いだ。どの事件にも、今度の殺人と共通するものは見つからなかった。腹が締めつけられる気がしたので、ベルトを外す。

検索の範囲を全国へ拡大し、その結果を見ていくと、探しているものが見つかったのがわかった。

サレムで起きた殺人事件だ。

被害者はバスルームで、片手を首に当てた姿勢で発見された。死後にそういう姿勢にされていた。

セデテリエ市警察が初動捜査を行った。

内容を読んでいくうちに、細かい点も思い出してきた。多くのことがメディアにリークされていた。最も残虐な行為は、おもに被害者の顔と胸に集中していたという。

被害者の女性は、片手を喉に当ててバスルームに横たわっていた。

名前はレベッカ・ハンソン。パジャマのズボンにセーターという服装だった。解剖が行われたが、性的暴行は受けていなかった。

牧師のロッキー・キルクルンドの関連情報を読んでいくと、マルゴットの鼓動が速まった。彼には逮捕状が発行され、のちに交通事故との関連で逮捕された。彼の犯行であることを示す有力な法医学的な証拠がそろっていた。ロッキー・キルクルンドは司法心理鑑定を受け、カーシュウデン地域病院に収容された。

これが犯人だ、とマルゴットは思った。震える手で、カーシュウデン病院の電話番号を打ち込む。

ロッキー・キルクルンドは監禁され、一度も病院外に出たことがないと聞かされると、マルゴットはただちに病院の警備主任との面会を要求した。

・

二時間後、マルゴットは明るく照明された白い主棟のなかにある警備主任ニール・リンデグレンのオフィスで、D－4病棟の警備態勢について話し合っていた。

ニールは肉厚の額と、手入れの行き届いた短くて太い手を持つがっしりした体格の男だった。彼は椅子の背にゆったりともたれて、警備用の境界フェンスや、警報システム、気密式ロック、通行カードのことを説明した。

「文句なしの態勢のようですが」ニールの説明が終わると、マルゴットが言った。「でも問題は、ロッキー・キルクルンドが外へ出られた可能性があるかどうかという点です」

「彼とお会いになればいい。それで気分が少しでもよくなるんなら」にっこりとして、ニールは言った。

「彼がここを出て、同じ日に戻ってきたら、気づかれないことは絶対にありえないとお思いですか？」

「誰も逃げられません」と、ニールは言った。

「でも、あくまで仮定の話ですが」と、マルゴットが食い下がる。「昨夜八時にあなたがたの巡回が終わったあとにここを出たとしましょう。その場合、何時までに戻ってきたら、いないことが気づかれずにすむでしょうか？」

ニールの顔から笑みが消えた。両手を膝に下ろす。

「今日は日曜日です」彼はゆっくりと言った。「朝の五時までには戻らなければならない。ですがご承知のように……ドアはロックされて、警報装置が働いています。それに敷地全体に監視カメラが設置されているんです」

五二

大きなモニターに、病院の監視カメラが映し出す三十の画面が並んでいた。

六十代とおぼしき技師が、監視カメラと動作感知カメラの設置場所やレーザーと赤外線バリアのことをマルゴットに説明した。

録画は、公共カメラ監視法によって最大一カ月保存される規定になっている。

「ここがD－4病棟です」と言ってから、技師はひとつひとつを指さした。「廊下、談話室、運動場、フェンス、フェンスの外側、建物の周囲。それに、これが駐車場と進入路です」

モニターに映っているのは、病院の午前五時の様子を写した画像だった。照明の固定された光が、駐車場を不思議なほど生命を感じさせない風景に見せている。画面の隅にある時計を除けば、何もかもがぴたりと静止している。

技師が画像を早送りすると、ようやく風に揺れる数本の木が映った。深夜勤務の警備員が廊下を歩いて行き、スタッフルームに姿を消した。

突然、技師がテープを止め、灰色の水のように広がっている草むらを指さした。マルゴットが身を乗り出して目を懲らすと、繁みや木々の前に黒い影がいくつかあるのが見えた。

技師は画像を拡大して、再生した。明かりのなかに、三頭の鹿が現れた。鹿たちは草むらを横切ると一斉に足を止め、鶴のように首を伸ばしてじっとしていたが、やがて走り去った。

技師は画像を縮小して、また早送りを始めた。朝の光が差し始め、日が昇ると透き通るように薄かった影の輪郭がくっきりしてきた。

車が到着し、スタッフが建物のなかへ入って、廊下やトンネルへと散っていく。

技師は病院を出る夜勤のスタッフがひとりひとりはっきりわかるように再生速度を落とした。マルゴットは、さまざまな部門で朝の回診が行われる様子を黙って見守った。

日曜のせいもあって、活動はごくわずかだった。運動場へ出ることを選んだ患者のなかに、ロッキー・キルクルンドがいる気配はなかった。

ふたりはテープの早送りを続け、ときおり廊下にいる人物を確認するために一時停止したが、特に異常は見つからないまま時間は過ぎていった。

「今度はあなたですよ」と、笑みを浮かべて技師が言った。

彼は、苦労して車を降りようとしているマルゴットを写した画像を拡大した。ラップドレスの前がはだけて、ピンクの下着が見えている。

「あらまあ」と、マルゴットはもぐもぐつぶやいた。

大ぶりのレザーバッグを肩から下げ、両手で腹をかかえて駐車場を横切っていく自分が映っていた。まもなく建物の角を曲がって見えなくなったが、すぐに次のカメラが玄関前にいる姿を映し出した。同時に、ロビーの受付デスクの上方にあるカメラに彼女の別角度の姿が映った。

「建物の角を曲がったときに、私は何秒か見えなくなったわね」と、マルゴットは言った。

「そんなことはありません」

「そんな感じがしたけど」と、マルゴットは譲らなかった。

技師は彼女が車を降りて、下着が見えた場面に巻き戻してから、駐車場を横切り、建物の角を曲がって姿を消したところでテープを止めた。

「ここにカメラがあるから、映っているはずだが……」

別の画像を拡大して建物の端を映し出したが、濃い葉叢が見えただけで、彼女の姿はない。画像をスローにして進めていくと、玄関の前にマルゴットが現れた。

「確かに、あなたは数秒消えてしまった」ようやく技師が認めた。「このシステムには常に小さなギャップが生じるようだ」

「それを利用して脱走できないかしら？」

技師は椅子の背に寄りかかった。頭を強く振ると、嚙みタバコのかたまりが歯を伝って唇の裏側に落ちた。

「仮説としても成り立ちませんね」

「どれぐらい確信があるの？」

「ほぼ百パーセント」

「わかったわ」マルゴットは苦労して椅子から立ち上がると、技師に助力の礼を言った。

もしロッキー・キルクルンドがここを抜け出せないなら、もう一度最初から考え直すしかない。彼が犯した殺人は、最近の事件と関連があるはずだからだ。

偶然が作用するようなレベルではない。

牧師には外部に弟子のような協力者がいるにちがいない、とマルゴットは思った。犯人が牧師とは無関係の完全な模倣犯でないかぎり、彼が連絡を取り合っている人物がいるはずだ。

技師の案内で、マルゴットは人気《ひとけ》のない廊下を通ってニール・リンデグレンのオフィスへ戻った。なかへ入ると、警備主任は白衣を着た女性と話をしていた。

「ロッキー・キルクルンドと話をしたいんですが」と、マルゴットは言った。

「でも彼は、今日やったことさえ覚えていないんですよ」と、女性医師のほうを指し示して、ニールが言った。

「キルクルンドは重い神経系の損傷を受けています」と、医師が解説した。「記憶は小さな断片としてしか戻ってきません。ときには自分が何をやっているのかわからずに行動することもあります」

「危険なんですか？」

「もし戻りたいという意思を少しでも見せていたら、社会復帰のためのリハビリを始めてもおかしくない段階です」と、ニールが言った。

「彼はここを出ることを望んでいない。そうおっしゃるんですか？」と、マルゴットは尋ねた。

「私たちはかなり早い段階から、ほとんどの患者の社会復帰支援を始めています」と、医師が言った。「病院外で人と会う機会を設けたり、監視付きの外出を行ったり。でも、彼はずっと自分のなかに閉じこもったままで、面会も受け入れません。誰かに電話することもないし、手紙も書かない。インターネットも使っていません」

「ほかの患者とは話をするんですか？」

「私の知るところでは、ときおり話をしていますね」と、ニールが言った。

「彼がD－4病棟に入ってから、どんな患者がそこを退院したか知りたいのですが」

椅子に腰を下ろして、マルゴットが言った。

ニールがコンピューターで検索するあいだ、マルゴットは彼のきちんと片づいたオフィスを見まわした。写真を飾っていないし、本も置物もない。

「何か見つかりました？」と、声が上ずりそうになるのを意識しながら、マルゴットは尋ねた。

ニールは画面を彼女のほうに向けた。

「ごくわずかです」と、彼は言った。「あそこは患者の入れ替わりがとても少ない病棟ですから。ほかの精神科施設に転院した者もほとんどいません。ロッキーがいるあいだに退院した患者はふたりだけです」

「九年間でふたり？」

「そんなものなのです」

マルゴットはレザーのバッグから手帳を取り出すと、名前をメモした。

「では、ロッキー・キルクルンドに会わせてください」と、彼女は言った。

五三

非常通報《パニック》ボタンと警棒、スタンガンをベルトに差したふたりの警備員がマルゴットに同道して、気密扉を通ってロッキー・キルクルンドが収容された病棟に続く通路を進んだ。

ロッキーは自分の部屋の寝台に腰を下ろし、壁に固定されたテレビでフォーミュラ1のレースを見ていた。

日差しを跳ね返すメタリックカラーの車が、猛烈なスピードでトンボのようにサーキットを周回している。

「私の名はマルゴット・シルヴェルマン。国家警察の刑事です」と、マルゴットはロッキーのデスク椅子に寄りかかって自己紹介した。

「アダムはイヴとファックして身ごもり、カインを産んだ」と、マルゴットの腹を見ながら、ロッキーが言った。

「今日は何をしていたの？」

「あなたはどうなの？」マルゴットは椅子を引いて腰かけた。

「安息日を守る気がないんだな」と言って、ロッキーはテレビに目を戻した。

「あなたと話をするためにストックホルムから来ました」

ロッキーは涼しい顔をしていた。その鼻は前に折ったことがあるようで、頬は灰色の髭で覆われ、太い首には何本も皺が寄っている。

「今日は外に出たの？」少し間を置いて、マルゴットが先を続けた。「運動場には出なかったでしょうけど、もしかしたらあなたには外へ出るほかに手段があるみたいね」

ロッキー・キルクルンドはまったく表情を変えなかった。目はテレビ画面の車の動きを追っていた。入り口に立っていた警備員のひとりが身じろぎし、ベルトに吊るした鍵がガチャガチャと音を立てた。

「外にいる誰と連絡を取り合っているの？」と、マルゴットが質問する。「友だちか、家族か、それとも患者のひとり？」

テレビからエンジンの轟音が響く。まるで乾いた材木を切断するチェーンソーのような音だった。

マルゴットはロッキーの靴下をはいた足を見下ろした。どちらのかかとにも穴が開いており、片方だけ雑に繕ってあった。

「あなたは誰とも面会しないと聞いたけど？」

ロッキーは返事をしなかった。デニムのシャツの下で腹が規則正しく上下している。片手を両脚のあいだに置き、ふたつの枕に背を預けている。

「でも、ここのスタッフとは個人的な話をすることもあるんでしょう？　何年も勤務してきた人もいるでしょうから。おたがいに顔見知りになるはずよ。違う？」

ロッキー・キルクルンドは黙りこくったままだった。

テレビでは、フェラーリのドライバーが高速でピットに入った。停止するのも待たず、クルーがタイヤの交換を始めた。

「食堂ではほかの病棟の患者と食事をするし、運動場でも一緒になることもある。一番気に入ってる相手は誰？　ひとり挙げるとしたら誰かしら？」

赤い糸でつくった栞が六十本ほどもはさまった聖書が、ベッドサイドテーブルの汚れたミルクのコップの脇に置いてある。木々のあいだを通り抜けてきた日差しが、窓にはまった鉄格子のすき間から差し込んでくる。

マルゴットは居心地悪そうに椅子のうえで身じろぎすると、退院した患者の名前をメモした手帳をバッグから取り出した。

「ヤンス・ランバーリを覚えている？　マレック・セミオヴィクは？」と尋ねる。

「覚えているはずよね？」

テレビの画面で、一台の車が別の車に衝突し、煙の雲を立ちのぼらせてスピンした。車体の一部がコースのうえを飛んでいった。

「今日はいままでに何をしたか覚えている？」

マルゴットはしばらく返事を待っていたが、やがて立ち上がった。テレビには事故のシーンのリプレイが流れ、その光がロッキーの顔と胸に反射した。

一緒に部屋を出るときも、警備員はマルゴットと目を合わせなかった。ロッキーのほうは、彼女が出て行ったことにも気づいていないようだった。

駐車場へ戻るあいだ、あの技師が三十の画像のひとつで自分を見つめているのを感じた。

車を出す前に、彼女は運転席でレベッカ・ハンソン殺害事件の資料に目を通した。ロッキー・キルクルンドは、何らかのかたちで今度の殺人にも関与しているにちがいない。

マルゴットは、エリック・マリア・バルクがキルクルンドの心理鑑定チームに加わっていたことに気づいた。判決のもとになったチームの結論は、エリックとロッキーの長時間にわたる会話から導き出されたものだった。どうやらエリックは相手の信頼を得ることができたらしい。マルゴットは、エリックが百回近く司法精神科医による鑑定に参加したことがあり、証人として法廷に呼ばれたことも四十回以上あることを知っていた。

五四

アダム・ヨーセフは、妻のカトリーナと並んで自分の車のなかに座っていた。妻は手をマッサージしており、ハンドクリームのにおいが車内に広がった。外は暗くなりかけていて、ヴァルハラ通りではかなりスムーズに車が流れている。ふたりは、カトリーナの弟のファドが出演したロック・バンド〈ザ・キュアー〉を題材にした卒業公演を国立映画大学で観てきたところだった。

芝居では、中年になったバンドの中心メンバー、ロバート・スミスがむきだしの回転木馬にまたがって、ノートルダム中学校の思い出を語っていた。

赤信号で停車すると、アダムはカトリーナに目を向けた。眉毛を少し抜きすぎたせいで、彼女の顔はうっすらと酷薄さを感じさせる。車に乗ってから、彼女はひと言もしゃべっていない。

「何を考えているんだい？」と、アダムが尋ねる。

カトリーナは肩をすくめた。

アダムは彼女の爪を見た。爪の色は、紫からピンクへと徐々に変化して塗られていた。何か言ってほめてやるべきだ、とアダムは思った。

「カトリーナ」と、彼は言った。「それは何だい？」

するとカトリーナが思いがけず真剣なまなざしを向けてきたので、アダムは不安になった。

「私、赤ん坊は欲しくない」と、彼女は言った。

「欲しくないって？」

カトリーナが首を振ったとたん、その顔に映っていた信号の赤が消えた。アダムは信号を振り返った。青になっていたが、アクセルを踏む気になれなかった。

「ほんとうに子どもが欲しいのか、確信をもてないの」と、カトリーナがささやくように言った。

アダムはごくりと唾を飲み込んだ。クラクションを何度か鳴らしてから、後続の車が右側を追い越していった。やがて信号がまた赤に変わった。アダムはハザードランプのボタンに目をやったが、それを押す気分ではなかった。

「だけど、妊娠したばかりじゃないか」アダムは呆然《ぼうぜん》としていた。「時間がたてば、考えも変わるんじゃないか？」

「もう予約を取ったの。来週、中絶手術を受けるわ」

「僕も一緒に行ったほうがいいかい？」

「その必要はないわ」

「手術のあいだ、車で待っていてもいいけど……」

「結構よ」と、カトリーナがぴしゃりと言う。

アダムは目の前の交差点を行き過ぎる車を黙って見つめていたが、やがてオリンピックスタジアムの前で大きく弧を描きながら頭上を飛んでいる何羽かの黒い鳥に目を移した。

自分は彼女を失おうとしている。それはもう始まっているのだ。

近頃の彼は毎日、愛していることを妻になんとか伝えようとしていた。何と言っても、ふたりは心から愛しあっているのだから。少なくとも彼はそう信じていた。木曜日の夜ごとに、化粧品専門店〈セフォラ〉の同僚たちと出かけると言ったとき、彼女は真実を語っていたのだろうか？　彼女は何も言わなかったが、もっと関心をもって細かく質問したり、一緒に行こうかと申し出たりするべきだったのではないか。

また信号が青になり、アダムは足をアクセルに足を踏みかえて発進した。スヴェアベーゲンに近づくと、彼の携帯電話が鳴った。

「誰からか見てくれる？」

カトリーナがシフトレバーの横の物入れから取って、画面を出した。「あなたのボスからよ」

アダムはため息をつくと、車の流れから彼女のほうに目を移した。一瞬ふたりは見つめあったが、すぐにカトリーナは受信のボタンを押して、電話を夫の耳に押し当てた。

「もしもし?」と、弱々しい声でアダムが言う。

「同じ鹿よ」と、マルゴットが言った。

サンドラの部屋で見つかった鹿の胴体と、スサンナ・ケルンの手に握られていた小さな頭がぴったり一致したという。

「ビデオを見たときは、完全に狂っているとしか思えなかったけど」と、息を切らしながら、マルゴットが言った。「でも、そうじゃなかった。どう見ても、殺人はずっと前から計画されたもので、犯人は被害者をビデオで記録し、機会をうかがっていたのよ。何週間も待っていた可能性もある」

「でも、なぜなんだ?」アダムはハンドルを握る手が汗ばむのを感じた。

どの殺人も、真珠のネックレスやロザリオのように連なっていたのだ、とアダムは思った。死の順番は、殺人者が実際に襲いかかるずっと以前に決まっていた。そういうやり方は本来なら警察側に時間の余裕を与えるはずだが、そうはならなかった。なぜなら殺人者は、被害者の所在を特定するには遅すぎる時点まで待ってビデオをアップロードしたからだ。

「昔の事件との共通点を見つけたわ」と、マルゴットが言った。

「何て言いました？」

「あなた、聞いてるの？」

「ええ。すみません」

アダムはそっぽを向いたカトリーナの顔を見つめた。そのあいだも、マルゴットはサレムで起きた昔の殺人事件のことを話し続けた。有罪と宣告された牧師のこと、レベッカ・ハンソンの破壊された顔のこと、彼女がとらされていた姿勢のことを。

カーシュウデン病院の警備態勢を調べてみたが、見つからずに外へ出ることは不可能に思える、とマルゴットは説明した。

「だから、彼には共犯者か、弟子みたいな人物がいるにちがいない……模倣犯の犯行でないかぎり」

「わかりました」と、ためらいながらアダムが答える。

「私は大げさに考えすぎてるかしら？」

「そうかもしれない」と、アダムは言った。

「たとえそうだとしても、こうなったらどうでもいいわ。あなたも自分の目で見れば、私の言ってることがわかるはずよ」

「一緒に牧師を訪ねて、話を聞くつもりですか？」

「いまそれを終えて帰る途中よ」

「今夜はジェニーと豪勢なディナーを催すはずじゃなかったんですか？」

「それは来週の話よ」と、マルゴットはそっけなく答えた。

「牧師は何をしゃべりました？」

「何にも。私を見ようとさえしなかった。私など、関心の埒外《らちがい》っていう感じだった」

「それは素晴らしい」と、アダムが言った。

「彼にはよくあることとみたい」と、マルゴットが言う。「エリック・マリア・バルクに司法心理鑑定を手伝わせたのも、それが理由だった。彼なら、人に話をさせることができる」

「僕らの証人はだめでしたが」と、アダムが指摘する。

「捜査はすべて、キルクルンドと彼の会話にもとづいて進められたの」と、マルゴットが説明する。「大変な量の資料よ。細かいところまで全部調べるには、人を回してもらわなければならないわ」

「どれぐらい時間がかかりそうですか？」

「それを知るために、いまバルクのところに行こうとしてるのよ」

「いま？」

「そう、私はもう車で走っているから、あと……」

「僕も車のなかですよ」アダムは笑い声をあげた。「でも、僕のほうはまったく予定してなかったから……」

「あなたが来てくれたら、とてもうれしいわ」と、マルゴットがさえぎった。

五五

エリックは精神医学雑誌を膝に置いて座り、ネリーとマルティンの家のディナーについて考えていた。ふたりはやや過剰とも思えるほど頻繁に、アーチ型の窓と昔のヨットを思わせるテラスを備えた、大きなモダニスト建築の邸に彼を招待した。

今回のディナーが終わると、マルティンはネクタイを外して、カルバドスの瓶を片手に邸のなかを通り抜け、自分の書斎にエリックと妻を連れて行った。書斎には、ヴェストファーレンに住む叔母から最近贈られたばかりの小さな油彩画が飾られていた。憂鬱そうな天使が描かれた絵だった。ネリーはその絵を不気味に思い、エリックに譲ろうとした。マルティンも妻に同意したが、彼がその絵を手もとに置きたがっているのがわかったので、エリックは申し出をことわった。

そのあと、マルティンはシドニーからの電話を受けなければならなかったので、エリックとネリーは娯楽室に移動した。ネリーはかなり酔っていたのに、またワインをグラスに注いだ。彼女はうっすらと濡れた目をして、緑の盛り上がったテーブルに寄りかかった。

「マルティンはポルノを見てるのよ」と、彼女が不明瞭な発音で言った。

「どうしてそう思うんだね？」緑のフェルトに玉を転がしながら、エリックが訊いた。

「どうでもいいわ。別に変態というわけじゃないし」

「嫉妬心をかき立てられないか？」

「嫉妬ではないわね。でも……あなたはもっと女性と付き合うべきよ。若くて美しい人がたくさんいるし、私にはとてもできないことをやってくれるわ」と言って、ネリーは片手を伸ばしてエリックの唇に触れた。

「ご主人にそう言えばいい」

「重要なのは若さだけなのかしら」間延びした声で、ネリーはそう言った。

「僕はそうじゃないがね」

「じゃあ、大切なのは何なの？　あなたは何を望んでいるの？　男の人たちが心底欲しがっているのは何なの？」ネリーの身体がわずかに傾いだ。

エリックは彼女を支えて寝室に連れて行った。もっとも、彼女がベージュのドレスを脱ぐ前にそこを立ち去った。

その後、ダンデリード地区から回されてきた、祖国で拷問を受けたふたりのイラン人患者について相談するためにネリーが電話してきたとき、エリックはディナーの礼を言った。彼女はただ笑っただけで、自分がもっと酔っ払ってきまりの悪い思いをさせなかったことを有り難く思いなさいと言った。

いまエリックはアームチェアにゆったりおさまって、さっき栓を抜いたシャンパンのことを考えた。酌《く》み交わす相手もないので、また栓をして冷蔵庫に戻しておいたので、グラスに注げばいまでも味は落ちていないはずだ。

一杯やれば頭痛も消えてくれるかもしれないと思ったとき、ヘッドライトの光が大きなガラス窓を貫いて部屋のなかに差し込んできた。

小さくため息をつくと、エリックは立ち上がって雑誌をテーブルに置き、スリッパを床に脱ぎ捨てたまま玄関を開けに行った。マルゴットが苦労して車を降り、こちらに手を振るのが見えた。続いて、別の車が邸内路に入ってきた。

黒い髪を短く刈った若い男が急ぎ足でマルゴットのところへ行くと、ふた言三言、彼女と言葉を交わした。ふたりの後ろから、ぱっちりとした目に厳しい表情を浮かべた若い女性が現れた。

エリックはマルゴットと若い男と握手をした。マルゴットは、今回の殺人事件の捜査を一緒にしている同僚だと、彼を紹介した。

若い女性は玄関でためらっていた。黒いコートが雨で光り、とても寒そうだった。

「妻を家まで送る時間がなかったので」と、意外なほどおどおどした口調で、アダムが言った。「カトリーナです」

「車で待つのはだめだとアダムが言うんです」と、カトリーナが穏やかな口調で言った。

「大歓迎ですよ。お入りなさい」と、エリックが言った。

「ありがとうございます」

「素敵な爪ですね」エリックはしばらく彼女の手を握ったまま、爪を鑑賞した。

カトリーナはびっくりしたように微笑み、黒い瞳が急に打ち解けた表情になった。

エリックは三人にコートを脱ぐように言ってから、玄関ドアのそばにあるポーチへ上がった。しとしと降る雨がライラックの葉に当たってリズミカルな音を立てていた。街灯の下の路面が輝きを放っている。不意にエリックは、庭に長身の人影を見たような気がした。屋外照明のスイッチを入れながら、一輪車の脇に生えているひょろりとしたビャクシンの木と見間違えたのだろうと思った。

エリックは玄関ドアを閉めて、三人を書斎へ案内した。途中で、カトリーナが少し戸惑ったような表情を浮かべて立ち止まった。

「私はみなさんの話を聞かないほうがいいかもしれないわ」と、彼女は言った。

「そうしたいなら、ここに座っていてください」と言って、エリックは本棚から大判の本を引っ張り出した。「あなたの好みは知らないけど、僕はカラヴァッジョにはまっていてね」

エリックはテーブルに画集を置くと、ふたりの刑事に書斎へ入るよう促した。なかへ入ると、アダムがドアを閉めた。

「今日、三番目の被害者が見つかりました」と、すぐにマルゴットが切り出した。

「三番目の被害者」と、エリックが繰り返す。

「予想はしてましたが、ショックでした」

マルゴットは自分の腹を見下ろした。疲れのせいだろう、口の隅がかすかに引きつっている。額の深い皺が眉毛のあいだまで伸びていた。

「それで僕にどんなご用です？」と、エリックが感情のこもらない声で尋ねた。

「あなたはロッキー・キルクルンドという人物をご存じですね？」マルゴットは顔を上げて訊いた。

「知っているはずなんですか？」

「知っていて当然です。九年前に鑑定が行われて、精神科医療を受けるよう宣告されたんですから」

「なるほど」と、エリックは穏やかに答えた。

ロッキーの名前が出たとたん、エリックはマルゴットが何もかも知っているにちがいないと思った。

「あなたはチームの一員だった」と、マルゴットが言う。

「僕はたくさんのチームに参加しています」と、エリックは言った。

彼は前もって何時間もかけて、こういう場面になったときのシナリオを何種類かつくり、自分が罪を問われないばかりか、厳密には嘘とは言えない答えや反応を返せるようにイメージトレーニングをしてあった。

「それだけでなく、あなたが彼の信頼を得ていると考えていい根拠もあります」

「よく覚えてはいないけど、でも……」

「彼はサレムで、私がいま捜査している殺人事件とよく似た方法で女性を殺害しました」と、マルゴットは直截《ちょくせつ》に言った。

「もし彼が解き放たれてまた殺人を犯したのなら、仮釈放のプロセスで重大な誤りがあったことになる」と、エリックは用意した答えを返した。

「彼は釈放されていません。まだカーシュウデンにいて、一度も外へは出ていない」と、マルゴットは言った。「私はさっきそこを訪ねて、警備主任と話してきたところです」

五六

マルゴットはレザーのバッグから診療結果と心理鑑定書を取り出して、エリックに渡した。

フロアランプのやわらかい光がオーク材の床のニスと、作りつけの本棚に並べられた総革装の本を温かく照らしていた。鉛枠の窓の外は闇に包まれ、果樹園のうっそうとした枝は見えなかった。

エリックは八角形のテーブルをはさんでアダムの向かいの席に腰を下ろし、資料をぱらぱらとめくってから、目を上げてうなずいた。

「ええ、覚えてますよ」

「私たちは、彼には弟子か信奉者のような人物がいるのではないかと考えています。もしかしたら、模倣犯かもしれないが」

「ありえますね。もしそれほど強い類似性があるのなら……そう、僕は意見を述べる立場にはない」

マルゴットは手首を振って、腕時計の位置を直した。「私は今日、彼と話してきました。質問をたくさん投げかけたのですが、彼は黙ってベッドに座ったまま、テレビを観ていました」

「脳に深刻な損傷を受けているからね」と、エリックは昔の心理鑑定書を示しながら言った。

「彼は私の言ったことが聞こえてたし、全部理解していました。答えたくなかっただけなんです」マルゴットはにやりとした。

「こういった患者を相手にすると、会話を始めるのに苦労することはめずらしくありません」

マルゴットは身を乗り出して、腹が太ももで支えられる姿勢をとった。「力を貸してもらえますか？」

「どうやって？」

「彼と話すんです。彼は以前あなたを信頼していたし、あなたも彼のことがわかっている」

エリックの鼓動が速くなった。感情を表に出すわけにはいかなかったので、震えを止めようとゆっくり両手を握り合わせた。

おそらく警察は、ロッキーがアリバイについてしゃべったときの診察のビデオを手に入れるはずだ、とエリックは思った。

だがロッキーが犯人なら、アリバイのことはまじめに取り合わなかったと言えばすむ。

「何を知りたいんです?」

「彼に協力している可能性のある人物が誰かを知りたいのです」

エリックはうなずいて、それがわかったら自分は解放されるのだろうか、と考えた。いままで下ろそうにも下ろせなかった、知ってしまったことの重荷からついに逃れられるのか。今回ロッキーがしゃべろうがしゃべるまいが関係なく、かつて罪を着せようとした人物を警察に教えることはできる。ビヨーン・ケルンにもう一度催眠をかけて、そのあとスサンナが片手で耳をつかんでいたことを伝えてもいい。

「言わずもがなのことですが、これは通常の診断書の範囲外になります」と、エリックは切り出した。

「むろん、報酬はお支払いしますよ」

「そういう意味で言っているのではありません。仕事の範囲を聞いておけば、研究所にどう伝えればいいかわかりますからね」

マルゴットはうなずいた。何か言いたげに口を開きかけたが、途中で言葉を吞み込んだ。

「それに、患者に何をしゃべっていいのか知っておく必要があります」と、エリックが言葉を継いだ。「たとえば彼の以前の協力者がふたたび殺人を始めたとあなたがたが考えていることを、彼に伝えてもかまわないでしょうか？」

マルゴットは、お好きなようにと言わんばかりに手を振った。エリックは、腕組みして座っている彼女の同僚がかすかに身をこわばらせたのに気づいた。

「どこまで譲歩できるか考えておいたほうがいいわね」と、マルゴットが言った。「むろん、まだ何とも言えないけど、あなたから監視付きの外出を提案できるかもしれないわ」

まるで息が切れたかのように、マルゴットは唐突に口を閉じて、手を腹に当てた。細い結婚指輪がむくんだ指に食い込んでいる。

「あなたは今日、彼に何を言ったのですか？」と、エリックが尋ねた。

「一番付き合いのある相手は誰かと」

「そう訊いた理由を彼は理解していましたか？」

「いいえ。私の訊いたことにはまったく反応しなかったわ」

「彼は脳に、記憶に影響を及ぼすてんかん発作をかかえている。診断書によれば、自己陶酔的な妄想性人格障害の持ち主でもある。それでも、あらゆる証拠が彼には知性があることを示している」

そう言って、エリックは口を閉じた。

「あなたは何を考えているの？」と、マルゴットが尋ねる。

「なぜそういう質問をしているのか、その理由を彼に打ち明ける権限を与えてもらいたい」

「シリアル・キラーのことを彼に話すの？」

「もし僕が嘘をつけば、彼はそれを見抜くでしょう」

「マルゴット」と、アダムが口をはさんだ。「僕らは……」

「何が言いたいの？」

アダムは困ったような顔をして、声を落とした。「これは警察の仕事です」

「選択の余地はないわ」と、マルゴットがぞんざいに言った。

「あなたのやり方は常道を外れていると思っただけですよ」と、アダムは言った。

「私が？」

「まずヨーナ・リンナをこの件に関わらせた。今度は催眠術師に警察の仕事をやらせようとしている」

「ヨーナ・リンナだって？」と、エリックが訊き返した。

「あなたに話しているんじゃない」と、アダム。

「彼が戻ってきたの」と、マルゴットが言った。

「どこに？」

「〝戻ってきた〟というのは正しい表現ではないな」と、アダムが言った。「いまフデインゲでロマの連中と暮らしている。アルコール依存症になり、それに……」

「そんなこと、わからないわ」と、マルゴットが口をはさむ。

「ああ、そうだった。ヨーナは最高だ」と、アダムが言う。

マルゴットはエリックの物問いたげな視線を受け止めた。

「ヨーナは意識を失って、聖ヨーラン病院の救急治療室にかつぎこまれたの」と、マルゴットは説明した。

「いつのことだね？」と言って、エリックは立ち上がった。

「昨日よ」

エリックはすぐに携帯電話を取って、聖ヨーランの集中治療室で働く同僚の電話番号を押して、つながるのを待った。

「いつロッキーと話してくれますか？」と、立ち上がりながら、マルゴットが訊いた。

「明日の朝一番に行ってみますよ」エリックがそう答えるのと同時に、同僚が電話に出た。

五七

聖ヨーラン病院の医師と短い会話を交わしたあと、エリックはふたりの刑事を玄関まで送った。カトリーナとアダムはどちらも相手を見ないで出て行った。エリックは、ふたりは来る前に言い争いをしていたのだろうと思った。

家を出た三人は玄関ドアを越えたとたん、闇のなかに吸い込まれた。エリックには邸内路に続く砂利道を歩く足音が聞こえていたが、車内灯がつくとふたたび三人の姿が見えた。彼は書斎へ戻り、聖ヨーラン病院から届いたファックスに目を通した。患者の名前とID番号が修正されていた。

報告書によれば、ヨーナは緊急通信センターからの最優先指令を受けた救急車で運ばれていた。エリックは血圧や心拍数、呼吸数、血中酸素飽和度、体温、意識レベルの評価に目を通した。

ヨーナは栄養不良、発熱、意識障害、血行不良の状態だった。トリアージ担当看護師は手に入る証拠で正しい指示を出していた。敗血症にかかっている可能性があると判断したのだ。

血液ガス分析と乳酸値測定の結果を見て、看護師はヨーナを集中治療室に送った。生命兆候《バイタルサイン》が不安定だったため、ヨーナ・リンナは集中治療管理下に置かれ、モニターが付けられた。

血液分析の結果が出るまで、血液循環と体液バランスを維持するために広域抗生物質とコロイド溶液が投与された。

ところが、抗生物質治療が完了する前に、ヨーナ・リンナは姿を消した。住所は登録されていなかった。治療を受けなければ、命にかかわる病状だった。

エリックは書斎を出ると、玄関ホールで上着をはおった。明かりを消す手間も省略した。

雨はもうやんでいた。夜気は冷たく、車の窓を曇らせている。エリックはワイパーをかけ、前が見えるようになるとすぐに車を発進させた。

深夜零時になろうとする時刻で、車はほとんど走っていなかった。街灯の黄色い光や交通監視カメラ、へこみのあるガードレール、防音壁の向こうに、晩夏の夜が重たげなビロードのように黒々と広がっている。

ストレンゲスレーデンを進んで、セントラル通りをダールへム通りへ曲がり、高いフェンスのある工場地域に入ると、やがて森林地帯が見えてきた。

かつてスウェーデンには物乞いがひとりもいなかったのだが、ここ数年で、EU諸国からの移民が街や都会で目立つようになった。彼らはスーパーマーケットの前の雪にひざまずき、空《から》の紙コップを持つ両手を差し出して施しを求める。

この国の差別と強制不妊手術の黒い歴史を考えると、スウェーデンの現代社会がこうした変化に思いがけないほどの寛大な態度をとっているのは驚きだった。

木々のあいだにかすかな明かりが見えた。エリックは速度を落としてそちらへ向かい、砂利道に乗り入れた。イグニッションキーに付けた小さな猿が上下にバウンドする。

開けた場所に出ると、二本の木に渡したロープにシーツが干してあるのが見えた。ベニヤ板を釘で打ちつけて、防水シートとビニールで覆った小屋があった。

エリックはUターンして、小道の突き当たりに車を停めた。ロックすると、歩いて林のなかへ入っていく。

ジャガイモとプロパンガスのにおいがした。でこぼこの車体のトレーラーが四台連なって停められていた。そのあいだに、ゆがんだ木造の小屋が建っている。たわんだドラム缶から煙が立ちのぼり、残り火が鈍い輝きを放ちながらビニールの焼けたにおいを拡散している。

ヨーナはここのどこかにいる、とエリックは思った。彼は敗血症にかかっているのだから、すぐにも抗生物質治療を受けなければ命が危ない。エリックは、この地上に存在する誰よりもあの長身の刑事の世話になっていた。

ショールを頭にかぶった老女は、近づいてくるエリックを不安そうに見ると、そそくさと遠ざかっていった。

エリックは先頭のトレーラーのところへ行き、ドアをノックした。ドアの下の美しい敷物にはさまざまなサイズのすりきれたスニーカーが五足置かれていた。

「ヨーナ？」と大声で呼びかけて、もう一度ノックする。

　トレーラーがわずかに揺れて、白内障で目の曇った老人がドアを開けた。その後ろで、子どもがひとりマットに座り込んでいる。ウールの帽子をかぶり、服を着込んで冬用のコートまでまとった女性が床で眠っていた。

「ヨーナ」と、エリックは声を落として呼んだ。

　厚手のチュニックコートを着た体格のいい男がエリックの後ろに現れ、おぼつかないスウェーデン語で何の用かと尋ねてきた。

「友人を探しているんだ」と、エリックは言った。「ヨーナ・リンナという男なんだが」

「騒ぎはごめんだ」と、男は不安げに言った。

「ほかの人に訊いてみるよ」エリックは二台目のトレーラーに移って、ドアをノックした。ドアのあちこちに、火のついたタバコを押し当てたような丸い焦げ跡が付いていた。

　メガネをかけた若い女性がおずおずとドアを開けた。分厚いセーターに、膝のところが濡れているだぶだぶのズボンをはいている。

「病気の友人を探しているんですが」と、エリックは言った。

「隣よ」と、女性はおびえた顔つきでささやくように言った。

子どもが近づいてきて、エリックをプラスチックのワニでつついた。

エリックは地面に置かれた二本の松葉杖をまたいで、三台目のトレーラーまで歩いた。割れた窓をボール紙で補修してある。

林のなかの暗がりで、無精髭を生やし、疲れた顔つきの男がタバコをすっていた。ノックしても返事がないので、エリックはドアを開けた。ラジオ付き時計のぼんやりした光で、友人が見えた。ヨーナは折り畳んだ毛布を枕にして、湿ったマットレスに横たわっていた。流行遅れのキルティングの上着を着た老齢の女性がその横にすわって、スプーンでヨーナに水を飲ませようとしている。

「ヨーナ」と、エリックがそっと呼びかける。

彼がトレーラーのなかに入ると、水をいっぱいに溜めたプラスチックのバケツがたぷたぷと音を立てた。床に敷かれたカーペットは雨で濡れており、湿気とタバコの煙のにおいが強く立ち込めている。青みがかった灰色の布の切れ端が、ボール紙を貼りつけた窓を覆っていた。さらに奥へ入っていくと、壁に十字架が掛けてあるのが見えた。

ヨーナの顔はやつれて、灰色の髭で覆われていた。胸が不自然にへこんでいる。その目は焦点が定まっておらず、意識があるのかどうかエリックには判断できなかった。

「ここを出る前に注射を打っておこう」と言って、エリックはバッグを床に下ろした。

ろくに反応を示さないヨーナの袖をまくり、肘の内側を脱脂綿で拭いて血管を探ってから、ベンジルペニシリンとアミノグリコシド系抗生物質を注射する。

「起きられるか？」注射痕に絆創膏《ばんそうこう》を貼りながら、エリックが尋ねる。

ヨーナはわずかに頭を上げると、咳をした。エリックの助けで、片膝をついて起き上がる。その拍子に、缶が床を転がった。ヨーナはまた咳をして、老女を指さし、何か言おうとした。

「聞こえないよ」と、エリックが言う。

「クリーナに礼をしなければ」とささやくと、ヨーナは立ち上がった。「彼女が私を助けてくれた」

エリックはうなずくと、財布を取り出して五百クローネ札を老女に渡した。老女はわかったというようにうなずいて、口を閉じたまま笑みを浮かべた。

エリックはドアを開けて、ヨーナが階段を下りるのに手を貸した。しわくちゃのスーツを着たはげ頭の男が、ふたりのために外からドアを押さえてくれた。

「ありがとう」と、エリックは言った。

光沢のある黒の上着を着たブロンドの男が別の方向から近づいてきた。彼は背中に何かを隠していた。

隣のトレーラーの横に三人目の男がすすだらけのフライパンをもって立っていた。

ジーンズにデニムのベストという姿で、腕はルーン文字の刺青《いれずみ》で埋めつくされている。

「いい車に乗ってるな」と、その男がにやにやしながら声をかけてきた。

エリックとヨーナは道路へ向かいかけたが、ブロンドの男が行く手をふさいだ。

「いくらか部屋代をもらわなければな」と、男は言った。

「もう払ってある」と、エリックは答えた。

はげ頭の男がトレーラーに向かって何か叫ぶと、老女が出てきて、いまもらったばかりの金を見せた。はげ頭は怒り声で何か言うと、札を奪いとり、老女に唾を吐きかけた。

「誰であろうと、ここにいる者からは部屋代をもらうことになっている」と、片手に握った金属パイプを見せながら、ブロンドの男が言った。

エリックは早く車にたどり着くのが最上の策と思って、曖昧な同意の言葉をつぶやいたが、ヨーナがそれを制した。

「彼女に金を返すんだ」はげ頭の男を指さして、ヨーナは言った。

「トレーラーはみんな俺のものだ」と、ブロンドの男が言った。「マットレスも、くそフライパンも、何もかもな」

「おまえに言ってるんじゃない」と言ったとたん咳が出て、ヨーナは肘の内側を口に当てた。

「そんなことをしても意味ないぞ」と、鼓動が速まるのを感じながら、エリックがささやく。

「何を言ってやがる。おれたちはこいつらとそういう取引をしてるんだぞ」と、刺青の男が声を張り上げる。

「エリック、車に乗れ」と言って、ヨーナは足を引きずりながら男たちのほうへ近づいた。

「こうなったら、もっとはずんでもらわなければな」と、ブロンドの男。

「金ならもう少しある」と言って、エリックは財布を取り出した。

「そんなことはするな」と、ヨーナが言った。

エリックは札を数枚、ブロンドの男に渡した。

「これじゃあ足りないね」と、男が言う。

「全部、返せ」と、力のこもらない声でヨーナが言った。

「たかが金じゃないか」エリックは急いでそう言うと、残りの札を全部引っ張り出した。

「クリーナにはそうじゃない」と、ヨーナが言う。

「俺たちの気が変わる前にここを逃げ出して、家に隠れることだな」ブロンドの男は金属パイプの先をふたりのほうに向けて、にやりとした。

五八

ヨーナは両腕で自分を抱きかかえるようにして、わずかに上体を前に倒して立っていた。ブロンドの男が金属パイプを握り直すのを見て、横に動く。はげ頭の男は脱いだ上着を、プラスチックの椅子に掛けた。

ヨーナはゆっくり顔を上げると、はげ頭と目を合わせた。

「金をクリーナに返せ」と繰り返す。

はげ頭は意外そうな顔でにやりとすると、横に移動して闇のなかに入った。カチリと飛び出しナイフが開く音がした。

「いますぐナイフを地面に落とせば、痛めつけないでおいてやる」物憂げなフィンランド訛りでそう言うと、ヨーナは一歩前に踏み出した。

はげ頭が身をかがめて、ナイフを昔ながらのハンマーグリップで握って一歩横に寄った。ナイフを前に突き出し、二度三度と試し突きをする。

「気をつけろよ」と、小さく咳をしながら、ヨーナが言った。ナイフの刃は鋭く、弱い光を反射してきらめいている。ヨーナはナイフから目を離さず、相手の不規則な動きを読みとろうとした。

「おまえ、死にたいのか?」と、男がうなるように言う。

「私の動きはのろいように見えるだろうが」と、ヨーナ。「そのナイフを奪いとって、おまえの腕を真ん中から折ってやるつもりだ。それでもやめなければ、おまえの右の肺に穴を開けてやる」

「フィンランド野郎を刺しちまえ!」と、ブロンドの男が叫んだ。「フィンランドの大馬鹿野郎を刺すんだ!」

「ナイフを手に入れたら、次はおまえの相手をしてやる」と言ったとたん、ヨーナは錆びついた自転車にぶつかった。

はげ頭の男が思いがけずナイフを水平に振った。刃がヨーナの手の甲を捉え、血が流れる。

ブロンドの男はつくり笑いをしてあとずさった。

ヨーナはパンツで手の血をぬぐった。はげ頭の男がブロンドに何か叫んだ。トレーラーの一台から赤ん坊の泣き声が聞こえる。

ブロンドの男はヨーナの背後に回った。ヨーナはそれに気づいたが、位置を変える力がなかった。

ヨーナが肩越しに視線を投げたとたん、はげ頭の男が攻撃をかけた。狙いを下げ、ヨーナの腰に向かってナイフを突き出した。白い刃がトカゲの舌のように伸びてくる。

あっという間のことだったが、筋肉は習い覚えたことをすべて記憶していた。無意識にヨーナはナイフを避け、相手の手をつかむと、指関節を締めつけた。

片手で相手の手首を折り曲げ、もう一方の手を肘の下に差し込んでぐいと持ち上げる。

小枝を踏んだときのようなポキッという音がして、男の腕が折れた。砕けた橈骨《とうこつ》の破片が靭帯《じんたい》と服を貫通し、汚れたバケツに血が飛び散る。男は悲鳴をあげてがくりと膝をつくと、地面に這いつくばった。

「後ろだ！」と、エリックが叫んだ。

ヨーナは振り返った。突然のめまいによろめいて水たまりに足を突っ込み、松の梢が目の先をよぎるのが見えたが、なんとか体勢を立て直す。

手のなかでナイフをくるりと回して握り直すと、それを背中に隠してブロンドの男に近づく。

「俺にかまうな！」ブロンドはそう叫んで、金属パイプを振りまわした。

ヨーナはまっすぐ近寄ると、金属パイプの一撃を肩で受け取め、相手の額にナイフを走らせた。次の瞬間、前腕をブロンドの腋の下に突き入れて、肩を脱臼させる。パイプが砂利のうえに落ちた。

ブロンドの男は肩を押さえてあえいだ。後退しようとしたが、額から流れる血で何も見えなくなっていた。薪の山につまずき、仰向けに倒れる。

フライパンの男はトレーラー集落の外の闇に消えていた。ヨーナは倒れた男たちのところへ行き、荒い息をつきながら身をかがめて、ふたりから金を取り戻した。

彼はトレーラーのドアをノックし、倒れないように車体に寄りかかった。よろけた彼を見て、エリックが走り寄り、身体を支えた。

「クリーナに金をやってくれ」と言って、ヨーナは階段に座り込んだ。

エリックはトレーラーのドアを開けて、奥の薄暗がりに引っ込んでいた老女を見つけると、札を見せてから、それをカーペットの下に押し込んだ。

ヨーナはずるずると階段をずり落ちて草のうえに寝そべり、トレーラーの支柱代わりの石に頭を載せた。

先頭のトレーラーの裏から、刺青の男が戻ってきた。ショットガンをかかえて、足早に近づいてくる。

ヨーナが走れそうにないのを見てとったエリックはトレーラーの下にもぐり込み、ヨーナを引っ張り込もうとした。

「僕を助けると思って」と、エリックはささやいた。

ヨーナは足を蹴って、ゆっくり背中をすべらせた。上着が砂利にこすれる音がした。足音が迫ってくる。

ショットガンをもった男がトレーラーのドアを開けて、老女に何か叫ぶのが聞こえた。男がなかへ入ると、ふたりの頭上で床が雷鳴のような音を立てた。

「こっちだ」と言って、エリックは這い進んだ。ケーブル配線トレイに頭をぶつける。ヨーナもあとに続いたが、でっぱりに上着が引っかかって動けなくなる。エリックはトレーラーの反対側に出て、イラクサの繁みに隠れた。

トレーラーの下から、ヨーナは刺青の男が階段を下りてくるのを見守った。声が聞こえ、不意に男は前かがみになると、両手を地面についてトレーラーの下に横たわるヨーナのほうをまっすぐ見た。

「やつらを捕まえろ！」と、ブロンドの男が叫んだ。

ヨーナが身を振りほどこうともがくと、上着が裂けかけた。刺青の男は生え放題の下草を踏み散らしながら、トレーラーの周囲を歩き出した。

エリックは急いでトレーラーの下に戻ると、ヨーナのほうへ這っていき、上着をでっぱりから外してやった。

ふたりは転がって方向を変え、コンクリートブロックのあいだを這い進んで草むらに出た。さびたブリキ板をどけて、小屋の陰に身を隠す。

刺青の男が濡れた地面に足をとられながらトレーラーを回り込んできた。ショットガンを構えて、狙いを定める。

エリックが射線から外れるようにヨーナを引っ張る。

その動きに合わせて、男が銃口を上げる。ふたりは、二本の木のあいだに据えられたキッチン用シンクの後ろにかがみ込んだ。

発射音がして、水切り台に置いてあった皿の山が粉々になった。破片が雨のように降り注ぐ。

叫び声が上がり、林のなかに響き渡る。エリックは小屋の裏手に回るようヨーナを促した。刺青の男が皿の破片を踏み砕いてあとを追ってくる。空薬莢を排出して新しい薬包を入れるカチッという音がする。

エリックは足がガクガクするのを感じながら、ヨーナを引きずるようにして林に駆け込んだ。

ふたりは枝が引っかかるのも気にせず、密生する松を押し分けてでこぼこの地面を走った。

ヨーナの背中が汗で濡れてくる。尻に焼けるような痛みが走り、片足の感覚がまったくなくなった。熱が波のように押し寄せる一方で、氷のような冷気が静脈を震わせ、悪寒が走るのを感じて顔をしかめる。

エリックはヨーナの腕をしっかりとつかみ、林を抜けて車へ向かった。木々のあいだをチラチラと懐中電灯の光が動き、十人あまりの移民が刺青の男から銃を取り上げて、何か話し合っているのが見えた。

ふたりで道路を横断する前に、ヨーナはしばらく休まずにはいられなかった。足が萎え、文字どおり倒れ込むようにして助手席に身体を預ける。目を閉じ、肺が燃えるようになるほど激しく咳き込む。

エリックは走って車を回り込み、運転席に座ってドアをロックした。そのとたん、ドスンとフロントガラスに何かがぶつかる音がした。血まみれの顔をしたブロンドの男がヘッドライトの光のなかに浮かび上がる。男がかかえていた太い枝を持ち上げた瞬間、エリックがエンジンをかけてアクセルを踏み込む。前輪が路肩で空まわりして、砂と小石が車の下で跳ね飛ぶ。

またドスンと音がして、サイドミラーがちぎれた。ワイヤーでぶら下がったミラーを揺らしながら、車はバックで道路に出た。森の彼方から緊急車両のサイレンが聞こえた。

五九

その晩エリックは睡眠剤をいつもの二倍飲んだのでよく眠れたが、朝早くに目を覚まし、夜明けの光とともにベッドを出た。前夜、出かける前にブルーのシャツを椅子の背に掛けたつもりだったが見当たらず、洋服掛けから新しいシャツを出さなければならなかった。

三件の殺人事件に過去の事件と多くの共通点があるのは事実だが、ロッキーは拘束されているから、警察は彼に共犯者か弟子がいて、何らかの理由でその人物がふたたび殺人を犯したものと考えていた。エリックはロッキーの記憶を探って、汚れた牧師のことを問いただすつもりだった。まだ来客用寝室で眠っているヨーナを家に残し、ダクトテープでサイドミラーの応急処置をしてから、車で出かけた。

馬運車を追い越しながら、昨夜、ヨーナの服を脱がせてシャワーと風呂に入れ、身体を支えて来客用寝室のベッドに寝かせたことを思い起こした。ヨーナの手のナイフの傷をきれいにして、傷口をテープで貼り合わせると、使ったタオルは血でぐっしょりになった。その間ヨーナは目覚めていて、冷静に治療を見守っていた。エリックは破傷風予防の筋肉注射をして、ペニシリンを打ち、水と解熱剤を飲ませてから、尻の傷を検《あらた》めた。古傷が大量の内出血をしており、血は足の皮膚の内側を流れ落ちていた。尻の骨は折れていなかった。エリックは尻の少しうえにコルチゾン剤を注射し、ヨーナを寝かしつけた。

カーシュウデン病院の用を終えたら、帰り道にヨーナの偏頭痛を抑えるトピラマートを購入するのを忘れないようにしよう、とエリックは思った。

朝もまだ早かったので道路は空《す》いており、車はカトリーネホルムを通過して巨大な施設へ向かった。

シーモン・カシーヤスは受付の前の階段に立ち、パイプで手すりをコツコツと叩いていた。エリックが通路を近づいていくと、握手の手を差し出した。

「神経学的検査はすませてある」ふたりで陰気なレンガ造りの建物に向かいながら、カシーヤスが言った。「手術は無理だな。脳組織の損傷は修復不可能だ。活動はできるが、記憶の一時的喪失と不安定化は避けられない」

D－4病棟への入館手続きをすませると、ふたりは目尻に笑い皺のある女性警備員の出迎えを受けた。

「ロッキー・キルクルンドは鎮静室に入れてあります」エリックと握手しながら、警備員はそう言った。

この対面で何が起ころうとも、エリックはマルゴットに、九年前にロッキーが罪を着せようとした〝汚れた牧師〟のことを打ち明けるつもりだった。

ふたりは足を止めた。カシーヤスは警備員に鎮静室の外で待機して、話が終わったらエリックを出口まで案内するよう指示した。

エリックはビーズのカーテンを押し分けてなかへ入った。ロッキーは部屋の真ん中に置かれたソファに腰を下ろし、十字架にかけられたように両腕を広げ、ソファの背に沿って伸ばしていた。前の低いテーブルにはコーヒーのマグとシナモンロールが置いてある。二基のスピーカーから、落ち着いたクラッシック音楽が流れていた。

ロッキーは壁にこすりつけて後頭部をかいてから、緊張の色はかけらもないくつろいだ表情でエリックを見た。

「今日はタバコを持ってこなかったのか？」と、おもむろに尋ねる。

「持ってくるように手配しますよ」と、エリックは答えた。

「代わりに〈モガドン〉ひと箱にしてくれ」と、髪を耳の後ろにたくし込みながら、ロッキーは言った。

「〈モガドン〉？」

「そうすれば、イエスはきみを許してくれるだろう」

「睡眠剤が必要なら、担当の医師に相談して……」

「きみも使ってるんだろう？」と、ロッキーがさえぎる。「〈モガドン〉か、ロヒプノールを？」

エリックは内ポケットに手を入れて、ブリスターパックをまるごとロッキーに渡した。

ロッキーは一錠取り出し、何も飲まずにそれを口に放り込んだ。

「前にここに来たとき、あなたにある人物——あなたの同僚について質問しました」

と言いながら、エリックはアームチェアに腰を下ろした。

「俺には同僚などひとりもいない」と、ロッキーがむっつりと言った。「なぜなら神は道の途中のどこかで俺を見失い、探しに戻ってきてくれなかったからだ」

ロッキーは白いマグカップを持ち上げ、角砂糖をひとつ人差し指のうえに載せた。

「殺人を犯したとき、共犯者がいたのを覚えていますか？」

「なぜそんなことを訊く？」

「理由は前回話しましたよ」

「俺は共犯者がいたと言ったのか？」

「ええ」と、エリックは嘘をついた。

ロッキーは目をつぶり、ゆっくりとうなずいた。

「知ってのとおり……俺は自分の記憶が信用できない」と言って、目を開ける。「夜中に目を覚まして二十年前のある日のことを思い出し、それを書き留めることはできる。だが、一週間後に自分の書いたものを読み直してみると、全部でっち上げで、起こりもしなかったことだと感じる。むろん、俺にはほんとうのところはわからない。短期記憶もおなじようなものだ。一日の半分はどこかへ消えてしまう。薬を飲み、ビリヤードをやり、そのへんの馬鹿と話をし、昼食を食うと、それが全部どこかへすっ飛んでいってしまう」

「あなたはまだ、レベッカを殺したときにほんとうに共犯者がいたのかどうか教えてくれていません」

「そんなことはどうだっていい。きみは以前ここに来たと言ってるが、俺はきみに一度も会ったことは……」

「あなたは僕が来たことを覚えていると思いますよ」

「思う？」

「それに、あなたはときどき嘘をついていると思う」

「俺が嘘をついていると思うのか？」

「たったいま、僕がタバコをあげたことを話していたじゃないか」

「きみが俺の話についてこれるかどうか知りたかったのさ」にやりとして、ロッキーが言う。

「それで、何を思い出したんです？」

「なぜきみに教えなければならないんだ？」ロッキーはコーヒーをすすって、唇をなめた。

「あなたの共犯者がひとりで殺人を始めたからです」

「もしそうなら、当然の報いだ」そうつぶやいたとたん、ロッキーは突然震え出した。手からマグカップが落ち、コーヒーの残りが床にぶちまけられた。ロッキーの顎が小きざみに震える。眼球が見えなくなって白目になると、まぶたが閉じられ、ぴくぴくと引きつる。てんかん発作は数秒間続いた。やがてロッキーは身を起こし、口をぬぐって目を上げた。いま何が起きたか、まったく気づいていないようだった。

「以前、あなたはある牧師のことを話してくれた」と、エリックが言った。

「レベッカ・ハンソンを殺したとき、俺はひとりだった」と、ロッキーが低い声で言った。

「じゃあ、汚れた牧師は誰なんです？」

「いまさら、それがどうだって言うんだ？」

「真実を明かしてくれればいいんです」

「話せば何をもらえるんだ？」

「何が欲しいんです？」

「俺が欲しいのは純粋なヘロインだよ」ロッキーはエリックの目を覗き込んだ。

「協力してくれれば、ここを出る許可を得ることができる」と、エリックが言う。

「俺は覚えてない。いずれにしろ、全部過ぎたことだ。何の意味もない」

エリックはクッションのいいアームチェアに腰かけたまま、身を乗り出した。「僕が思い出すのを助けてあげよう」少し間を置いて、エリックが言った。

「助けることなど誰にもできない」

「神経学的には無理だが、起きたことを思い出す助けはしてあげられる」

「どうやって?」

「あなたに催眠をかけます」

ロッキーは壁に頭をもたせかけた。目を半分閉じ、口をわずかにすぼめている。

「何も心配することはない。催眠は被験者を安らいだ気分にすることで、意識の少し深いレベルに触れる手段にすぎません」

「『大脳皮質《コルテックス》』という雑誌で読んだことがある。神経心理学と催眠についての長い記事だった」と、ロッキーが片手を振りながら言った。

六〇

ふたりでロッキーの部屋に移動した。ドアを閉めて、明かりを落とす。弱い電灯の光が『プレイボーイ』のカレンダーに反射する。エリックは三脚を広げてビデオカメラをセットし、角度と露出を調整した。マイクが正しい方向を指しているのは確認ずみだった。

赤いパイロットランプがついて、カメラが録画を始めた。

キルクルンドは椅子に腰かけていた。広い肩から力が抜け、熊のように丸まって、頭をだらりと垂れている。あっという間に緊張の解けた状態になり、催眠誘導に良好な反応を示した。

催眠をかけるのはさほど難しいことではない。難しいのは正しいレベルを見つけて脳をできるかぎりリラックスした状態に置き、それでもなお実際の記憶と夢を判別できる状態にすることだった。

ロッキーのすぐ後ろに立ったエリックは、数を逆からかぞえてロッキーに自分の記憶を検証する準備をさせた。

「二百十二」と、エリックは抑揚のない声で言った。「二百十一……あなたはまもなく、自分がレベッカ・ハンソンの家の前にいることに気づく」

エリックは、自分が催眠共鳴の状態に入りつつあるのを意識した。相手がロッキー・キルクルンドのような気まぐれな患者であるときは、特に注意が必要だ。現実の自分と観察する自分を区別できるかどうかが成否の鍵を握る。

エリック本人が催眠状態にあるとき、観察する自分はつねに水中にいる。それが深い催眠に入ったときの内的イメージになった。

患者に記憶をたどらせているあいだ、エリックは峻険《しゅんけん》な断崖やサンゴ礁を通り過ぎて、温かい海のなかにいる。

そのイメージを保持することで、安全な距離をとりながら、患者の経験を一緒にたどることが可能になる。

「八十八、八十七、八十六」エリックは眠気を誘う口調で続けた。「いま存在するのは、私の声と、それを聞きたがっているあなたの欲求だけです。ひとつ数をかぞえることに、あなたは安らぎの世界にどんどん沈んでいく……八十五、八十四……そこには危険や心配すべきことは何ひとつない」

数を唱えていくうちに、エリックは自分がロッキー・キルクルンドと一緒にピンクの水のなかに沈んでいく気がした。ふたりは錨《いかり》の鎖に沿って進んでいた。鎖の輪は糸状の藻に覆われている。頭上の銀色に輝く水面には、スクリュープロペラの静止した大型船の船体があった。

ふたりはどんどん深く沈んでいく。

ロッキーは目を閉じており、髭から小さな泡がわき上がっている。両腕をぴったり身体の側面につけているが、水の流れが服を揺らしている。

「五十一、五十、四十九……」

エリックには、灰を盛り上げたような巨大な暗灰色の海底山が、紫がかった闇から突き出しているのが見えた。

ロッキーは顔を上げてあたりを見ようとしたが、白目がむき出しになっただけだった。口をぽっかりと開けると、また目を閉じた。髪が頭の周囲を漂い、鼻孔から気泡が立ちのぼる。

「十一、十、九……僕が合図したら、あなたはレベッカ・ハンソンに関する現実の記憶を全部思い出します」

エリックは水のなかを沈んでいきながら、同時に自分の部屋で椅子に腰かけているロッキーの姿を観察した。口から唾の糸が垂れ、両腕で押さえた白いベストの縫い目がほぐれ始めている。

「三、二、一……これで目を開ければ、あなたは最後に会ったときのレベッカ・ハンソンの姿を見ることができる」

ロッキーはすぐ目の前の海底山の頂上に立っている。服がゆるやかな水流ではたはたと動き、髪は頭からゆっくり立ちのぼる炎のように揺らいでいる。口を開けると、大きな泡が流れ出て、顔の前を浮き上がっていく。

「何が見えるか話してください」と、エリックは言った。

「彼女が見える……俺は裏庭にいる。パティオのドアの向こうに、座ってテレビを観ている彼女がいる。編み物の針が動いて、尻の脇にあるブルーの毛糸玉がゆっくりほどかれていく。俺には会いたくないと言っていたが、どっちみち足を開くことになるはずだ」

「何が起きているんです？」

「俺はガラスドアをノックする。彼女はメガネを外して、俺をなかに入れる。明日は朝から仕事だから、もう寝なくてはいけないと言う。だが、もしそうしたいなら、俺はひと晩ここで過ごしてもいいそうだ」

エリックは言葉をさしはまず、ロッキーの頭に記憶の次の部分が浮かんできて、イメージがつながるのを待った。

「俺はソファに座って彼女のネックレスに触れる。床に、昔の編み方が載っている女性誌が置いてある……レベッカが編み物をテーブルに置き、俺は彼女の太もものあいだに手をすべらせる。そんなことはしたくないと言って、彼女が身を遠ざけるが、俺はまた彼女のナイトガウンをまくり上げる……」

ロッキーの息づかいが荒くなった。

「彼女はあらがうが、気が変わるのはわかっている。目を見ればそれがわかる。彼女はいますぐ欲しいと思っている……俺はキスして、彼女の足のあいだに手を入れる」

ロッキーはにたりとしたが、すぐに真剣な顔つきになった。

「彼女は寝室のほうがいいと言う。俺は彼女の口に指を突っ込む。彼女がそれを吸う。そのとき、外に……」

ロッキーは急に口をつぐむと、目を見開いて前方を見つめた。

「外に誰かがいる！　顔が見える。窓のところに誰かいる」

「家の外ですか?」

「顔だった。俺はガラスドアの前へ行ったが、何も見えない……暗闇だけで、部屋のなかがガラスに映っている。そのとき、後ろに誰か立っているのが見える。くるりと振り返って立ち向かおうとしたが、いるのはレベッカだけだ。彼女はおびえて、もう帰ってくれと言う。本気だとわかったんで、俺は彼女のバッグのなかの金をありったけ取って出口に向かう。そうしたら……」

また口を閉じて、さらに荒い息づかいをする。部屋のなかのエネルギーが変化して、ゆっくり危険なものになっていく。

「ロッキー、あなたにはレベッカと一緒にいてほしい」と、エリックが言った。「同じ晩、あなたはレベッカの家にいる。そして……」

「俺は〈ゾーン〉に行った」と、ロッキーが不明瞭な発音で言った。

「その夜のことですか？」

「メインステージのストリッパーは無視する」と、ささやくような声で言う。「ディーラーも無視する。なぜなら、俺が探しているのは……」

「レベッカの家に戻りますか？」

「いや、俺は障害者用トイレにいる。そこならふたりだけでいられる」

「誰のことを言っているんです？」

「ガールフレンドだ……俺が愛する女。ティナだ……彼女は気にせず、コンドームなしでフェラチオをしてくれる。彼女はあせっている。汗まみれになっている」

エリックは、このへんで催眠から目覚めさせたほうがいいかもしれないと思った。ロッキーが記憶をたどる速度があまりにも速すぎる気がした。適正なレベルにとどめておく自信がなかった。

「ティナはシンクに乗り出して咳をしている。鏡に映った俺におびえた目を向ける。彼女は確かに上手にはできなかった。だが……」

「ティナがあなたの共犯者なのですか？」エリックはロッキーの邪気の感じられない顔を見つめる。

「まったく……やつらには一万ドルも貸しがあって、来週にはそれが返ってくるはずなのに」と、ロッキーがつぶやく。「なのにいま俺に買えるのは、くそみたいな茶色のメキシコ・ヘロイン《シュー・スクレイピング》だけだ。あれは打つ前にＬＳＤに溶かさなければならない」

ロッキーは不安そうに首を左右に振り、鼻で不規則な呼吸をした。

「ここには危険なことはいっさいない」できるだけ冷静な口調を保ちながら、エリックが言う。「あなたはまったく安全だ。起きたことを何でも話すことができる」

ロッキーの身体からふたたびこわばりが消えた。だが、その顔には皺がきざまれ、汗が噴き出している。

「俺は座って、彼女にスプーンを持たせている。最高の快感は去っていたが、気持ちがよくてうとうとしている。彼女が止血帯がわりに腕に電線を巻いているのを見ている……電線がからまっていて、なかなかうまく巻けない。俺も薬でいかれてるから、手伝ってはやれない。手伝ってくれとすすり泣く彼女の声が聞こえるが……」

ロッキー本人もすすり泣くような声になった。邪悪なひと刺しが間近に迫っているような雰囲気が広がる。

「いま何が起きているんですか?」と、エリックが尋ねる。

「ドアが開いている」と、エリックが答えた。「どこかの馬鹿野郎が錠をこじ開けたんだ。俺は目を閉じる。休まなければならない。だが、そいつが牧師であるのはわかっている。牧師が俺を見つけて……」

「どうして、それがわかるのです?」

「ヘロイン中毒の嫌なにおいがするからだ。禁断症状だ。魚の内臓みたいな金属のにおいがする」

ロッキーはまた首を左右に振った。呼吸が速まっている。エリックは、そろそろ催眠からの覚醒を始めるべきだと思ったが、思いとどまる。

「何が起きているんですか?」と、もう一度ささやくように尋ねる。

「俺が目を開けると、廃人みたいなやつが見える。たぶん肝臓炎だ。目が真っ黄色だ……牧師は鼻をすすり上げると、えらく甲高い声でしゃべり始める」

ロッキーは浅い呼吸になり、椅子のうえで身をよじった。言葉と言葉のあいだに、苦しげなうめき声がはさまる。

「牧師はティナのところへ行く。彼女は打ち終えていたが、電線を腕から外せない……ああ、神よ、わが魂に慈悲を。ああ、神よ……」

「ロッキー、これからあなたを目覚めさせる。だから……」

「牧師はなた《マチェーテ》を持っている。それはシャベルを泥に刺したときのような音を立てる」

ロッキーがえずき始めた。荒い息づかいだが、それでも話を続けた。

「牧師は彼女の腕を肩から絶ち落とす。止血帯がゆるむと、やつは飲み始める……」

「僕の声を聞きなさい」

「彼女の腕から血を飲む……ティナは床に倒れて死にかけている……ああ、神よ……天にまします神よ……神よ……」

「三、二、一……いまあなたは障害者用トイレのうえにいる。はるかに高いところにいる。何が見えても、あなたを傷つけることはない」

「神よ」ロッキーは頭を垂れて、しくしくと泣き出した。

「あなたはまだ深い安らぎのなかにいて、いま話してくれたことのどの部分が夢なのかを明かそうとしている。あなたはドラッグを摂取し、悪夢を見ていた。いまあなたはトイレの床に倒れた自分を見下ろしている。実際には、何が起きているのですか?」

「わからない」と、ロッキーがゆっくりと言った。

「彼は誰なんです?」

「牧師の顔は血まみれだ……俺にレベッカのポラロイド写真を見せている……前の週のティナのとそっくりの写真を。そして……」

そこでしゃがれ声が途絶えた。それでも口は動き続けたが、やがてぴたりと止まった。ロッキーは大きな頭を片側に倒して、生気のない目でエリックをまっすぐに見つめた。

「何と言ったのか聞こえなかった」と、エリックが言う。

「俺の過ちだった……自分の目玉をくりぬくべきだった。俺を苦しめたのだから。こんなことなら、目玉をくりぬけばよかった」

ロッキーは立ち上がろうとしたが、エリックがそっと肩を押して思いとどまらせる。ロッキーの身体が恐怖で小きざみに震えているのを感じた。

「あなたは深く安らいだ気分でいる」と、エリックは言った。背中を汗が流れ落ちていた。「だが目を覚ます前に、牧師をしっかり見てほしい。そして……何が見えるか教えてほしい」

「俺は床に横たわっている。ブーツが見える……血のにおいがする。俺は目を閉じる」

「少し前へ戻ってください」

「俺にはできない」ロッキーは催眠から目覚め始めていた。

「あと少し、そこにいてください。危険はない。あなたは安らかな気分でいる。僕に、その汚れた牧師と初めて会ったときのことを話そうとしている」

「教会だった」

ロッキーは目を開けたが、すぐにまた閉じて、よく聞きとれない言葉をつぶやいた。

「教会のことを話してください」と、エリックが言う。「何があるんですか?」

「わからない」と、ロッキーがあえぐように言う。「礼拝ではないが……」

「何が見えます?」

「やつは無精髭のうえに化粧をしている。それに、やつの腕は穴だらけで……」

ロッキーが立ち上がろうとすると、椅子がひっくり返った。彼は倒れ、後頭部を床にしたたかにぶつけた。

六一

ロッキーが倒れたまま横向きになったので、エリックが助け起こした。ロッキーは背筋を伸ばし、口を手でこすると、エリックを押しのけて窓辺へ行き、鉄格子のあいだから外を眺めた。

「催眠をかけられたあとのことを何か覚えていますか?」と、椅子を床から起こしながら、エリックが尋ねた。

ロッキーは振り返り、目をすがめてエリックを見た。「俺は楽しい時間を過ごさせてやったかね?」

「あなたは牧師のことをたくさんしゃべった。ほんとうの名前を知っているんじゃないですか?」

ロッキーは口をすぼめて、首を振った。「いや」

「知ってるはずです。なんで彼を守ろうとしているのか理解できない」

「牧師はただの贖罪羊《しょくざい》にすぎないし……」

「じゃあ、名前を教えてくれてもいいじゃないか」エリックは執拗《しつよう》に迫った。

「覚えていない」

「それなら住所はどうです?　彼はどこに住んでいるんです?　〈ゾーン〉はどこにあるんですか?」

背後から差す陽光が、ロッキーの髭のすき間から深い皺の寄った頬を照らした。

「きみが俺に催眠をかけたのはこれが初めてか?」と、ロッキーが質問した。

「これまであなたに催眠をかけたことはありません」

「こと俺に関しては、鑑定など時間の無駄だ」相手の言葉などおかまいなしに、ロッキーはそう言った。「だが、きみと話をするのは好きだった」

「覚えてるんですか？　十年も前なのに」

「きみが茶色のコーデュロイの上着を着ていたのを覚えている。いまじゃ流行遅れになってるだろうがな。俺たちはテーブルをはさんで座った……合板にカバノキの化粧板が貼ってあった。においでわかるんだ。水を入れた紙コップ、録音機、ノート……嘘でなく俺は頭痛がひどくなり始めていた。モルヒネが必要だったが、まずきみに俺のアリバイのことを話したかった」

「それはよく覚えていませんね」一歩あとずさりながら、エリックはそう答えた。

ロッキーは鉄格子のすき間から窓を指でつついた。「俺はオリヴィアの住所を書いてやったのに、裁判でそのことはひと言も触れられなかった」

「でも、あなたは殺人を自白していたのだから……」

「俺のアリバイがどうなったのか、それだけ教えてくれ」と、ロッキーがさえぎる。

「真剣に受け取めていませんでした」

ロッキーはくるりと振り向くと、エリックのほうに近づいた。相手をよく見たいとでもいうように、わずかに身をかがめて頭の位置を低くした。「じゃあ、きみはアリバイのことを俺の法廷弁護人に言わなかったのか？」

エリックが肩越しに視線を投げると、ドアのところにいた警備員が姿を消しているのがわかった。

ロッキーはふたりのあいだにある椅子を足で押しのけた。

「住所を教えてもらったかどうか覚えていません」と、エリックが急いで言った。「でも、もし教えてもらっていたら、間違いなくあなたの弁護団に渡したはずです」

「捨ててしまったんじゃないのか？」とむっつり言うと、ロッキーは一歩近づいた。

「落ち着いて」エリックはドアに向かって動いた。

「おまえが判決を下したも同じじゃないか！」と、ロッキーが叫んだ。「おまえだ、俺をこんな目にあわせたのは！」

エリックはドアのほうにあとずさりながら、相手を止めようと両手を挙げたが、身を守ることはできなかった。ロッキーが腕を横に払って、こぶしをエリックの胸に叩きつけた。まるでハンマーで殴られたような打撃だった。肺から空気が全部吐き出され、息ができなかった。次の一撃も正確に同じ場所に繰り出された。エリックの頭が、どすんという鈍い音を立ててドアにぶつかった。

エリックはなんとか体勢を立て直そうとした。横に逃れようとすると、上着のファスナーが肌理《きめ》の粗い壁紙に引っかかる。片手でロッキーを払いのけながら、咳をして息を吸おうとする。

「僕にアリバイのことを調べてほしいのか？」と、エリックは引きつった声で言う。

「嘘つきめ！」ロッキーはそう吠えて、エリックの顎をつかみ、無理矢理口を閉じさせた。

ロッキーはエリックを引き寄せ、頭の横を殴った。あまりの衝撃に目がくらみ、エリックはたたらを踏むとプラスチックの椅子に腰から落ち、その勢いでベッドのスチール製の枠に背中をしたたかに打ちつけた。上掛けを引きずりながら、そのまま床にずるずるとすべり落ちる。頬が燃えるように熱かった。

「もう十分だろう」エリックはあえぎ声を出し、尻餅《しりもち》をついたままあとずさった。

「黙れ」と怒鳴って、ロッキーはプラスチックの椅子を押しのけた。

相手が前かがみになったところへ、エリックは片足を蹴り出し、胸に命中させた。ロッキーがその足をつかんだので、エリックはもう一方の足で蹴った。靴が脱げ、ロッキーが後ろへよろけた瞬間、テーザー銃を構えた警備員が入ってきた。

「壁の前に立て、ロッキー！　両手を頭の後ろへ回して、足を広げろ」

エリックはよろよろと立ち上がり、服の乱れを直した。震える手で上掛けを床から拾い上げ、ベッドに戻す。「妙に見えるかもしれませんが」と苦しげな声で言う。口のなかに血の味がした。「でも、僕の足がこむら返りを起こしたんで、ロッキーが靴を脱がしてくれたんです」

警備員はエリックを見つめた。「こむら返り?」

「もうだいぶよくなりました」

ロッキーは、組んだ両手を首の後ろに当てて黙って立っていた。白いベストの背中が汗で濡れている。

「あなたも言いたいことがあるんだろう、ロッキー?」

ロッキーは両手を下ろしてゆっくりと振り向くと、髭をかきながらうなずいた。

「お医者さんが靴を脱ぐのを手伝っていたんだ」と、ぶっきらぼうに言う。

「ふたりで叫んだんだが、誰にも聞こえなかった」と、エリックが説明する。「僕はベッドに横たわろうとして、床で足をすべらせてしまった」

「もうよくなったのか?」と、床からエリックの靴を拾い上げて、ロッキーが言った。

「かなりよくなったよ、ありがとう」

警備員はテーザー銃を構えたままふたりを見つめていたが、やがてうなずいた。どこかおかしいと感じたようで、「面会はこれまでです」と言った。

「もしオリヴィアの姓だけでも教えてくれれば、僕が彼女を探し出す」エリックはロッキーの目をまっすぐ見つめて、そう言った。

「名前はオリヴィア・トーレビーだ」と、ロッキーはそれだけ言った。

エリックは部屋を出て、警備員のあとについて廊下を進んだ。談話室で、カシーヤスが病棟の責任者と話をしていた。

「うまくいったかね?」と、カシーヤスが声をかけてきた。

エリックは戸口で足を止めた。殴られた頰がまだひりひりした。「あなたがたが、患者に対して素晴らしい仕事をしているのは認めざるをえませんね」

「ありがとう」と言って、カシーヤスは笑みを浮かべた。「彼が保釈の申請をすれば、認められる可能性はかなり高いはずなんだが、自分でまだ罪滅ぼしが足りないと思っているようだな」

エリックは携帯電話を取り出し、オリヴィア・トーレビーのことを話すためにマルゴットに電話した。

六二

ヨーナは目を開けて、白い天井を見上げた。ダークブルーのブラインドの端から、日差しが部屋に漏れ入っている。窓が少し開いており、そこから流れ込んだ新鮮な空気のおかげで清潔なシーツがひんやりとした。

庭ではクロウタドリの鳴き声がする。

時計に目をやると、十三時間も眠ったのがわかった。エリックが携帯電話を残していっており、ベッドサイドテーブルにはピンクのカプセルがふたつと錠剤三つが置かれていた。薬の下に、〃いますぐ私たちを飲んで。それに水をたっぷりね。冷蔵庫を開けてみて〃と書かれたメモがあった。

ヨーナは薬を口に含み、コップの水を飲み干すと、ひと声うなって立ち上がった。それでも、少なくとも足は全体重を支えてくれた。胃のむかつきと痛みも、まるでそんなことがなかったかのようにすっかり消えていた。

窓辺に近づき、リンゴの木を眺めながらルーミに電話した。

「パパだよ」と、心臓が締めつけられるのを感じながら言った。

「パパ？」

「どうしてる？　パリは気に入ったか？」

「ナッタヴァーラより少し大きいだけよ」と、娘はスンナそっくりの声で答えた。

「大学はどんなだね？」

「まだときどきまごつくことがあるけど、おおむねうまくやっていると思うわ」

ヨーナは娘に、必要なものは全部そろっているかと尋ね、娘のほうは髭を剃って警察に復帰してねと父を諭した。そのあと、ふたりは電話を切った。

エリックは黒いスウェットパンツと白のTシャツを用意してくれていた。どちらも少し小さすぎて、パンツはふくらはぎにまとわりつくし、Tシャツの胸はぴちぴちだった。ベッドの脇には、ホテルに備えつけられているような白いスリッパが一足置いてあった。

ヨーナは、ありえないことを全部排除しないかぎり、謎はそのまま謎として残るのだと思った。

まだ入院していたとき、ヨーナはマルゴットから、ビデオはどれも実際に殺人が行われた日よりずっと前に撮られたものであることを教えられた。

マリア・カールソンは確かに黒い下着しか持っていなかったが、死んだときにはいていたタイツの縫い目はビデオのものとは違っていた。スサンナ・ケルンの家にあったアイスクリームの紙箱のなかのスプーンはビデオのものと同じではなく、おそらくサンドラ・ルンドグレンは殺された日に太ももにインシュリン注射を打っていなかったことが検視解剖で明らかにされるはずだ。

典型的なストーキングだ。女性たちは長い期間見張られ、調べられていた。

ヨーナは壁に頼って家のなかを歩き、キッチンへ行った。何か腹に入れたら、すぐにもフディンゲの警察に電話をして、昨夜の出来事がどうなったか確かめようと自分に言い聞かせる。

少し水を飲んでコーヒーを淹《い》れてから、冷蔵庫を開けてみた。ハーフサイズのピザとヨーグルトが入っている。

キッチンテーブルのうえには、エリックが飲んだ空のコーヒーカップの隣に、十年近く前にセデテリエ地方裁判所で行われた裁判の関連資料のプリントアウトが置かれていた。

ヨーナは冷たいピザをかじりながら、陪審員の評決や検視解剖報告、すべての捜査記録を読んでいった。

その事件は驚くほど最近の事件によく似ていた。

サレムの教区牧師ロッキー・キルクルンドがレベッカ・ハンソン殺害の容疑で逮捕され、有罪判決を受けていた。

ヨーナは、昨夜エリックが傷の手当てをしてくれたときのことをほとんど覚えていなかったが、彼が話していたことは思い出せた。マルゴットに、判決で精神科治療を命じられた男を訪ねて話を聞くよう頼まれていた。その男に共犯者か弟子がいないかどうか確かめてほしいという依頼だった。

マルゴットの言っていた男とは、ロッキー・キルクルンドなのだろう。

彼女は推理の正しい道筋を進んでいるようだ、とヨーナは思った。彼は両手をテーブルについて身体をささえて立ち上がった。裸足のまま裏庭に出て、クッションのないカウチ型ブランコに腰を下ろす。すぐにまた立ち上がると、納屋へ向かった。納屋の壁の隅には、水で濡れて傷んだダートボードが掛かっていた。ヨーナは納屋の扉を開けてクッションを引っ張り出し、ブランコのところへ持っていった。納屋へ戻って扉を閉めようとしたが、そこで足を止めて、壁にきちんと並べて掛けてある日曜大工道具と園芸用品を眺めた。

袋小路になっている道路の端で、アイスクリーム屋のトラックが鈴音を鳴らし始めた。ヨーナは赤い握りの付いた古いナイフを手に取って重さを確かめてから、もう一本プラスチックの鞘に入った小型ナイフを掛け金から外して外へ出て、納屋の扉を閉めた。

小型ナイフをブランコの横の地面に置くと、芝生の真ん中に立って、右手でもう片方のナイフの重さを確認する。握り方をいろいろ変えて、バランスがとれ、一番軽く感じるかたちを見つけてから、ナイフを尻の横に下ろし、尻の傷が引っ張られるのを感じながら、もう一方の手を前に突き出す。

おそるおそる、ナイフを持ったふたりの敵に対する〝型〟を演じてみた。いくつかの要素は省いたのに、演じ終えてもまだ足が重かったのでがっかりする。

身体をひねり、両足を反対方向に動かすことで、ひとり目の敵の胴体を無防備にする。下から斜めにナイフを振り上げ、ふたり目の敵の手をブロックしてから、今度はナイフを振り下ろして相手の攻撃をそらし、危機から抜け出す。

ヨーナはその一連の動きをゆっくり、完璧なバランスで繰り返した。尻は痛んだが、集中力は以前と少しも変わっていなかった。

この〝型〟の変化形は動きが自然でないために複雑になるが、訓練を受けていない相手に対しては絶大な効果を発揮する。九つの協調する動きを行えば、敵は武器を失い、無害になる。それは罠に似た働きをする。相手が攻撃してきたとたん、突然罠がはじけるのだ。

〝型〟もシャドーボクシングも、そのまま実際の格闘やスパーリングに使えるわけではないが、身体を動きに慣れさせ、ひとつひとつの動きがつながっていることを覚え込ませることができる。

ヨーナは肩を前後に回してから、体勢を保ちながら数度ナイフの突きを入れ、次に肘を繰り出す動きをした。そのあと、さっきより速く〝型〟を反復する。今度は想像上の敵の攻撃をそらすために垂直にナイフを振り上げたが、握り方を変えようとしたとたん、ナイフが草のうえに落ちた。

ヨーナは動きを止めて、背筋を伸ばした。鳥の声と木々のあいだを吹き抜ける風の音に耳を傾ける。深呼吸を何度かしてから、身をかがめてナイフを拾い上げ、くっついた草を息で吹き飛ばし、重心を確かめる。次の瞬間、右手に握ったナイフをハンモック越しにダートボードめがけて投げた。ダートボードがぐらりと揺れて草のうえに落ちる。

誰かが拍手する音が聞こえた。振り向くと、庭に女性が立っているのが見えた。ブロンドの髪の長身の女性で、笑みを浮かべてヨーナを見守っていた。

六三

ヨーナを見ていた女性はいかにも自我が強そうだが、いまはマネキンを連想させるリラックスしたポーズをとっている。腕はほっそりとし、手にはそばかすが目立つ。化粧はほとんどしておらず、頰がかすかに赤らんでいる。

ヨーナは前かがみになってもう一本のナイフを地面から拾うと、それを肩越しにダートボートに向かって投げた。ナイフはシラカンバの枝に当たって、納屋のそばの草むらに落ちた。女性がまた拍手して、微笑みながらヨーナに近づいてきた。

「ヨーナ・リンナね？」と、彼女が尋ねる。

「こんな髭を生やしてると、確信をもってそうだとは答えられないが、どうやらそのようだな」と、ヨーナは応じた。

「エリックの話では、あなたは寝たきりのはずでは……」

そのときポーチのドアが開いて、心配そうな顔をしたエリックが庭に出てきた。

「X線を撮るまでは、尻に注意しなくてはだめだ」

「問題はないよ」と、ヨーナ。

「コルチゾンを処方したんだが……」

「そう言ってたわね」と、女性がさえぎる。「効いているみたいよ」

「彼女はネリーだ」と、エリックが紹介する。「僕の同僚だよ。トラウマをかかえる子どもの治療ではこの国一番の精神分析医だ」

「それほどでもないわ」ヨーナの手を握りながら、ネリーは言った。

「どんな具合だね?」と、エリックが尋ねる。

「順調だ」と、ヨーナが冷静に答える。

「ペニシリンは、明日には効いてくるはずだ。体力もついてくるだろう」と言って、エリックはヨーナのぴちぴちのシャツを見て笑った。

　ヨーナはうめき声を出してブランコに腰を下ろした。あとのふたりもその横に腰かけ、一緒にブランコをそっと揺らした。バネがキーキーと音を立て、クッションから湿ったかび臭いにおいが立ちのぼる。

「捜査関係の資料は読んだか?」しばらくして、エリックが尋ねた。

「ああ」エリックをちらりと横目で見て、ヨーナが答えた。

「今朝、僕はロッキーを訪ねて話をしてきた。事故以来、彼は記憶に大変な問題をかかえているんだが、催眠を受けることには同意した」

「彼に催眠をかけたのか？」ヨーナは関心を示した。

「脳組織の損傷とてんかん発作を考えると、うまくいくかどうか自信がなかった」

「だが、彼は受け入れたんだな？」ヨーナは頭を少しのけぞらせて、空を見上げた。

「ああ。それでも、記憶のどの部分が現実なのか読みとるのは簡単ではなかった。当時のロッキーは大量のドラッグを服用していたから、催眠中に彼の言ったことのなかには――それも記憶にはちがいないんだが――悪夢とか、譫妄《せんもう》と言ったほうがいいものが含まれていた」

「やれやれ、とても厄介そうね」と、足首を伸ばしながら、ネリーが言った。

エリックは立ち上がった。そのはずみに、ブランコがまた揺れ始める。

「ほんとうは、彼に共犯者がいたかどうかを確かめるために、レベッカ・ハンソン殺害のことだけを訊くつもりだった」と、エリックは言った。「だが催眠状態のロッキーは、まったく無実であるように話していた」

「どんなふうに？」と、ヨーナが訊いた。

「彼が牧師と呼んでいる男について話し続けていた。汚れた牧師だ」

「ちょっと不気味ね」と、ネリーが言う。

「それに、彼は突然、殺人のあった夜にアリバイがあることを思い出した」エリックは声を落としてそう言った。

「催眠状態でそう言ったのか?」

「いや。そのときは目覚めていた」

「そのアリバイを証明できる人物はいるのか?」

「オリヴィア・トーレビーという女性だそうだ。当時は記憶していたが、そのあと忘れてしまったらしい」と言って、エリックは目をそらした。

「興味深いわね」と、ネリーが言った。

「いずれにしろ、追ってみる価値はある」と、エリック。

「そのことはマルゴットに話したのか?」と、ヨーナが訊いた。

「もちろんだ」

「精神科医のリード、一対ゼロ、ってとこね」と、ネリー。

エリックはまた彼女の横に腰を下ろした。三人はしばらく押し黙ってブランコを揺らした。金属のバネが間を置いてきしむ音、鳥の鳴き声、近くの公園で遊ぶ子どもの声が聞こえる。

そのとき、クッションに置いたエリックの携帯電話が鳴った。マルゴットだった。

ヨーナが電話を取った。「もう犯罪記録と警察のデータベースには当たってみたんだろうな」

「あら、気分がよくなったみたいでうれしいわ」と、マルゴットが乱暴な口調で言った。

「犯人はその事件以降、刑務所か外国にいた可能性もある」と、ヨーナが先を続けた。

「私には欧州刑事警察機構《ユーロポール》にいいコネがあるから……」

「ヨーナ、捜査についてはあなたと話ができないの」と、マルゴットが途中でさえぎった。

「わかってる。だけど、私が言いたいのは、九年は冷却期間としてはあまりにも長いから……」

「言いたいことはわかります。でも、ロッキー・キルクルンドのアリバイは立証されていないの」

「その女性を見つけたのか？」

「オリヴィア・トーレビーはこの話に何も思い当たることがないそうよ。彼女は当時ヨンショーピングに住んでいて、彼女とロッキー・キルクルンドとのつながりは何ひとつ見つかっていない」

「じゃあ、まだきみはロッキーに共犯者がいたと考えてるんだね？　今度の殺人にも彼がかかわっていると？」

「だから、エリックに電話したんです」と、マルゴットは冷静に言った。「もう一度ロッキーに会って、共犯者のことをきちんと訊いてほしいの」

「彼に代わるよ」ヨーナは電話を手渡した。

エリックがマルゴットと話しているあいだに、ヨーナはナイフを拾い上げて納屋に戻した。少しの間、芝刈り機のハンドルに身を預ける。納屋の天井に小さなハチの巣がぶら下がっていた。奥に置いてある折り畳み椅子の後ろに手作りのおもちゃの自動車があるのが見えた。

納屋を出ると、エリックはもう電話を終えていて、ブランコのネリーの横で身体を伸ばしていた。

「きみはいままで、アリバイのことで証人に電話したことはあるかい？」と、エリックが訊いた。

「状況しだいだね」と、ヨーナは答えた。

「僕が言いたいのは、つまり……相手にかかわりになる心の準備ができているかどうかわからないってことだ。何年もたって警察から電話が来たら、人は真実を話す気になるだろうか？」

「ならないかもしれないな」と、ヨーナは言った。

「僕は彼女と話す必要がある。もう一度ロッキーのところへ行って、彼の目をまともに見られるかどうか確かめるために」

六四

ヨーナはエリックと一緒にオリヴィア・トーレビーに会いに行きたいと思ったが、まだ時期尚早であるのを認めざるをえなかった。エリックは彼にペニシリンを打ち、尻にもう一度コルチゾンの注射をして、偏頭痛の予防のために抗てんかん薬トピラマートを五十ミリ服用するように命じた。

エリックがネリーを助手席に乗せて走り出したとき、ちらりとバックミラーに目をやると、ヨーナがまたブランコに座っているのが見えた。

「きみを家まで送ったほうがいいかな?」と、エリックは訊いた。

「彼女はヨンショーピングに住んでいると言ってなかった?」

「どうやら五年前にエスキルストゥーナに引っ越したらしい」

「一時間かそこらで着くんじゃない?」

「そうだね」

「マルティンは、今日は仕事で遅くなると言ってたわ」と、ネリーが言う。「あんなに窓のたくさんある家で、ひとりでいたくない。だんだん、誰かに覗かれている気がしてきて」

「きみを誰かが見ていると本気で思うのか？」

「いいえ」ネリーは笑い声を上げた。「暗闇が怖いだけよ」

　ふたりは黙ってイェンスケデ通りをセデテリエへ向かう。灰色の防音フェンスが長々と続いている。

「あなたは牧師の有罪を確信していると言ってたわね」しばらくして、ネリーがエリックのほうを振り向いて口を開いた。

「彼は自分でそう言っていた。レベッカを殺したと。ところが催眠をかけたあと、彼は急に思い出した」

「だけど、何を思い出したの？　アリバイを証明してくれる女性がいることを突然思い出したわけ？」疑い深げに、ネリーは尋ねた。

「アリバイのことを僕に話したのを思い出したんだ」

「よしてよ。何があったの？　彼は怒ったの？」

「僕の胸を何度か殴りつけた」

「あなた、戦ったの？　怪我《けが》しなかった？」

「いや」

「見せてくれる？」ネリーは手を伸ばして、エリックのシャツをめくり上げた。

　エリックは左手一本でハンドルを握り、右手でネリーを制した。「溝にはまってしまうぞ」彼は笑った。

ネリーはシートベルトを外して、座席のうえで向き直った。エリックの傷ついた胸を見つめる。

「痛むんじゃない？」と言って、ネリーはエリックに身を寄せた。「神様、あなたはいったい何をしたの？　とっても痛そう」

ネリーは身をかがめてエリックの首にキスしたかと思うと、次の瞬間、彼に顔をそむけるいとまを与えず、すばやく口にキスをした。

「ごめんなさい」と、ネリーは言った。

「無理なんだ、ネリー」

「わかってるわ。そんなつもりじゃ……ときどき、ふたりで過ごした夜のことを思い出すだけよ」

「ふたりともひどく酔っていたから」と、エリックは諭した。

「あのことは後悔していないわ」ネリーはエリックの顔に顔を近づけた。

「僕も同じだ」と答えて、エリックはシャツの裾をパンツに押し込んだ。

それからしばらく、ふたりはE二十号線をイエテボリに向かって走り続けた。数台の救急車両がサイレンを轟《とどろ》かせながら追い越していく。ネリーはハンドバッグを手に取ると、車のサンバイザーを下ろして鏡を見ながらパウダーをはたき、口紅を塗り直した。

「私たち、その気になればやり直せるわ」

「いいや、それは絶対に無理だ」

「いいえ、私にはわかっている……あなたとのことではないのよ。ときどき、別の世界にいたら人生はどんなふうに変わるんだろうって考えることがあるの」

「僕らが生きてこなかったあらゆる人生が考えられる」

「きっと、私が年をとったということね」と言って、ネリーは微笑んだ。

「ほんの小さな選択ひとつでたくさんのドアが閉ざされ、たくさんのドアが開かれる」と、エリックが言った。「僕はアリバイを無視した。その手抜かりのつけが九年後に回ってきたわけだ」

「そんなこと、馬鹿な人間しかやらないわ」ネリーは背もたれに寄りかかった。「あなたのおかげで、私は身動きできない立場に追い込まれたのよ。個人的にはアリバイがあったとは信じられないけど、もしその女性が認めたら、私はあなたのやったことを報告しなくてはならない。そんなことはしたくないけど、医師として……」

「わかっているよ」と、エリックがネリーを横目で見ながら、口をはさむ。

「あなたが嘘をついたせいで、ロッキーは九年間も閉じ込められて、薬物治療を受けることになった」

「頼む、ネリー」と、エリックが言う。「悪いが、いまはそういう会話をする気力がないんだ。きみに何か頼むつもりはない。何であれ、正しいと思うことをやってくれ」

「正しいのは、あなたを告発することよ」

「では、そうすればいい」

「でも、怒ったあなたがそんなにキュートでなければ、もっとやりやすいんだけど」

ネリーはにやりとした。

「たぶん、僕はセラピーを受ける必要があるんだろう」

「あなたに必要なのは薬よ」と言って、ネリーはバッグから〈モガドン〉を出すと、カプセルをふたつパックから押し出した。ひとつを自分に、もうひとつをエリックに手渡す。

「ありがとう」とつぶやくと、エリックは頭をのけぞらせて、カプセルを飲み込んだ。

六五

エリックが、オリヴィア・トーレビーが教師をしている学校の横に車を停めると、ネリーはドアハンドルに手をかけたまま降りるのをためらった。

「一緒に行ったほうがいいかしら？」と、彼女は訊いた。

「どうだろう……そうだな、きみはここで待っていたほうがいいかもしれない」

「そうすれば、あなたも気兼ねなく魅力を発揮できるものね」と言って、ネリーは微笑んだ。

「努力してみるよ」

「私はあなたの愛する人と一緒にここに残るわ」ネリーは、イグニッションキーにぶら下がっているピンクのスカートをはいた小さなサルを指さした。

エリックは運動場を横切り、用務員にオリヴィア・トーレビーの所在を訊いた。用務員はあそこにいると教えてくれた。

オリヴィア・トーレビーは五十代の青白いやつれた顔をした女性だった。両腕を組んで立ち、ジャングルジムで遊ぶ子どもたちを見守っていた。ときおり子どもが呼びかけたり、助けを求めて走り寄ったりしていた。

「オリヴィアさんですね？　僕はエリック・マリア・バルク、医者です」エリックは彼女に名刺を渡した。

「お医者さん」と繰り返して、オリヴィアは名刺をポケットにしまった。

「あなたとロッキー・キルクルンドについて話をしたいのですが」

一瞬、彼女の顔がこわばったが、すぐにもとに戻った。「また警察ですか」と、そっけなく言う。

「僕はロッキーと話をしました。そのとき彼は……」

「前にもお話ししたとおり、私はそういう名前の人はひとりも知りません」と、彼女がさえぎる。

「わかってます」と、辛抱強くエリックが答える。「でも、彼はあなたのことを話していた」

「その人がどうして私の名前を知ったのか、さっぱり見当もつきません」

オリヴィアは数人の子どもが首に縄跳びの縄を巻いて木馬で遊んでいるのに目を留め、急いでそこへ行くと、縄を腰に巻くようにさせた。

「私には仕事があります」エリックのところへ戻ってくると、彼女はそう言った。

「ほんの数分でいいんです」

「ごめんなさい、家に帰って、二十二名の生徒の成績をつけなければならないの」オリヴィアは学校の建物のほうへ向かいかけた。

「僕は、ロッキー・キルクルンドが犯してもいない殺人の罪で有罪になったと確信しています」急いで彼女のあとを追いながら、エリックは言った。

「それはお気の毒ですわね。でも……」

「彼は牧師でしたが、ヘロインの依存症でもありました。まわりの人間を食い物にしていました」

石段の前の陰へ入ると、オリヴィアは足を止めてエリックを振り返り、「彼は情のかけらもない人間でした」と、抑揚のない声で言った。

「それは私にもわかります」と、エリックが答える。「でも、犯していない殺人の罪で有罪になるいわれはない」

オリヴィアは額にかかる白髪を息で吹き払った。「警察に嘘をついたのがわかったら、私はまずい立場になるんでしょうか？」

「それは法廷で宣誓して嘘をついた場合だけです」

「わかりました」と言った彼女の薄い唇は小きざみに震えていた。

ふたりは石段に腰を下ろした。オリヴィアはうつむいて自分のスニーカーを見つめ、ジーンズについたゴミを取ってから、咳払いをした。

「私はあの頃とは違う人間になったし、あんなことには二度と巻き込まれたくありません」と、落ち着いた声で言う。「でも、そのとおりです。私は彼を知っていました」

「あなたがアリバイを証明してくれると彼は言っています」

「証明できます」と言って、オリヴィアはごくりと唾を飲み込んだ。

「確かですか？」

オリヴィアはうなずいた。顎を震わせて、またうつむく。

「九年も前のことですが」と、エリックが言った。

オリヴィアは喉にこみ上げてくるものをなんとか抑えようと上唇をこすると、涙で濡れた目でエリックを見上げて、もう一度ごくりと唾を飲んだ。

「私たちはロッニンゲの牧師館にいました……彼はそこで暮らしていました」と、つっかえながら話し出す。

「いま話しているのは、四月十五日の夜のことです」と、エリックが思い出させる。

「ええ」と言って、オリヴィアは頬の涙をぬぐった。

「そのことをどうして覚えているのですか？」

オリヴィアの口は震えていたが、下唇を噛んで気を取り直そうとした。「私たちは一緒に飲み騒いでました」とささやくように言う。「金曜日に始めて……日曜の夜は最悪だった」

「その日付に間違いないですか？」

彼女はうなずいたが、口を開くと、声は抑制を失っていた。「十五日に私の赤ちゃんがサークルベッドのなかで死んでいた。私が見つけたのは翌日でした。乳幼児突然死症候群だった。医者はそう言ってました。私のせいではなかったけど、一緒にいてやれば、そんなことは起こらなかったはずです」

「それはお気の毒な……」

「ああ、神様」オリヴィアはすすり泣きながら立ち上がった。

運動場に背を向けて両腕で身体を強く抱きしめて、落ち着きを取り戻し、湧き上がる悲しみを抑え込もうとした。エリックがハンカチを差し出したが、彼女は目もくれなかった。何度か苦しげに息をつきながら、涙をぬぐう。

「あれから何年もたつのに、まだ死にたいと願うだけ」と、また唾をごくりと飲んで、オリヴィアは言った。「でもあれ以来、ドラッグには触れたこともない。誰かとセックスをすることも。二度と妊娠はできない。そんな権利はないのよ……彼が私からすべてを奪った。ヘロインを試すようにさせた彼が憎い。彼の何もかもが憎い」

ボールがひとつ、ベンチの下に転がってきた。子どもが駆けてきて、それを拾った。エリックはオリヴィアにハンカチを渡した。

「心配しないで、マルクス」オリヴィアは、ボールを腋の下にはさんで彼女を見つめている幼い子どもに、温かい口調で言った。「鼻をかめばすむことだから」

子どもはうなずいて走り去った。

エリックはロッキーの不安定な記憶のことを思った。おそらくカーシュウデンで暮らすあいだに、何度となく自分が間違って有罪の判決を受けたことを思い出したはずだ。エリックの裏切りのせいで。

「オリヴィア」と、エリックは言った。「簡単なことでないのはわかってますが、殺人が起きたときにロッキーと一緒にいたことを宣誓して証言する覚悟がありますか？」

「ええ」オリヴィアはエリックの目をまっすぐに見つめた。

エリックが礼を言って振り返ると、ネリーがジャングルジムの後ろに立って、ふたりを見つめていた。そちらに向かって歩きながら、オリヴィアの言ったことを伝えたら、ネリーは当局に通報するだろうかと考えた。彼女がそうする前に、マリア法（患者の安全に関する法律に規定されている報告義務の俗称）にもとづいて自分から報告すべきだ、と彼は思った。

六六

塗装が完全に乾く前に、エリックとマデレーンはマスキングテープを慎重に壁の幅木やドア、窓枠から剝がし、固い保護紙を折り畳み、部屋の中央に積み重ねた家具にかぶせたビニールを取った。エリックは鎮静剤を二錠飲んでいたが、それでもまだ、自分の嘘のためにマデレーンの人生より長いあいだ監禁されてきた牧師のことを思うと、打ちのめされた気分だった。

ふたりで片づけを続けていると、ドアベルが鳴って、ピザの配達が届いた。部屋を出て玄関を開けるあいだ、マデレーンはエリックの手を握っていた。

「どんなふうになったの？」キッチンに入ってきたジャッキーが尋ねた。

「とっても素敵よ」と、エリックを見上げて、マデレーンが言った。

外の通りでは、薄日が差しているのに雨が降っていた。その日は幼い頃のように、ゆっくり時間が過ぎていった。エリックがピザをカットして、各自の皿にそれを載せた。

「ロボットたちがピザを食べるのね」と、うれしそうにマデレーンが言う。

娘の顔つきはすっかりリラックスしていた。心からほっとしたのだろう、食事の席で歌ってはいけないと母親に何度か注意されたことがあるのに、ディズニーの『アナと雪の女王』の曲を思わず口ずさんでいた。

「頭のいいロボットね」と、マデレーンはエリックに目を向けたまま言った。

「でも錆びてしまったらどう?」ジャッキーがにっこり微笑む。そのとき、足に何かが触れるのを感じた。

「錆びないわ」と、娘は言った。

「マディ、これは何?」

ジャッキーは〈モルフィンメーダ（スウェーデンで販売されているモルフィネ塩酸塩水和物）〉のブリスターパックをそっと振ってみせた。椅子の背にかけたエリックの上着から落ちたものらしい。

「それは僕のだ。頭痛薬みたいなものだよ」と言って、エリックはパックを受け取り、ポケットに入れた。

「エリック」と、ジャッキーが言った。「お願いしたいことがあるの。水曜日にマディの試合があるんだけど、私はハッセルビー教会の夜の礼拝で演奏しなければならないの。こんなことは頼みたくないのだけど、いつもマディの迎えを頼んでいるロシータが今週はずっと体調が悪くて」

「送り迎えをすればいいんだね?」

「私はひとりで歩けるわ、ママ。エステルマルムまでだもの」マデレーンが急いで口をはさんだ。

「ひとりで歩くのは絶対にだめ」と、ジャッキーがぴしゃりと言う。

「僕が迎えに行くよ」と、エリックが言った。

「危険な道なの」と、ジャッキーが真剣な口調で言った。

「リーディンゲ通りとヴァルハラ通りは正気の沙汰とは思えないありさまだからね」

エリックはうなずいた。

「マディは鍵を持っているから、もし無理なら家に残っていただかなくてもかまわないわ。私は八時までには帰るから」

「たぶん試合を観る時間はあると思うよ」と、エリックは楽観的にマデレーンに向かって言った。

「エリック、何と感謝すればいいか。二度とこんなことはお願いしないわ」

「そんなこと言わないで。僕は力になりたいんだ」

ジャッキーは声を出さずに、感謝の意をエリックに伝えた。

テーブルを片づけようとエリックが立ち上がったとき、シャツのポケットで携帯電話が鳴り出した。カーシュウデン地域病院のカシーヤスからだった。オリヴィア・トーレビーと会ったあと、エリックは彼と、ロッキー・キルクルンドを外出させる許可がとれるかどうか、リハビリを始められるかどうかを話し合っていた。

「裁判所に相談してみたよ」と、カシーヤスは言った。「意外とは思わんだろうが、きみと私の見解は完全に一致したよ」

「それはすごい」と、エリック。

「最大の問題は、ロッキーが署名するのを拒んでいることだ。女性を殺したのは自分で、自由になる資格はないと言っている」

「僕が彼と話しますよ」と、すかさずエリックが申し出る。

「次の三カ月ごとの会議に出すのであれば、あまり時間の余裕はないぞ」


それから一時間半後、エリックはD－4病棟の防護扉を通過し、廊下を突っ切ってフェンスに囲まれた運動場へ出た。この病棟の患者は全員、重度の精神障害の影響で重大な暴力犯罪を犯した経験があるが、その多くは薬物療法のおかげでもはや危険ではなくなっている。

エリックは、ロッキーが立っている高いフェンスのそばへ向かった。フェンスの向こうには低い塀がある。低木の繁みが、運動場へ入れてくれと言わんばかりにフェンスにのしかかっている。

砂利道を近づいていくと、ロッキー・キルクルンドはどんよりとした日差しのなかで、眉根を寄せてエリックを見た。

「今日は素敵な薬は持ってきてないのか、ドクター？」

「持ってません」

男がひとり、遠くからロッキーに何か叫んだが、ロッキーはそれを無視した。

「オリヴィア・トーレビーと話をしました」と、エリックが切り出した。

「誰のことだ？」

「あなたとは前回、彼女のことを話しました……彼女はあなたのアリバイを立証しています」

「何のアリバイだね？」

「レベッカ・ハンソン殺害時のアリバイです」

「そいつはいいね」ロッキーは鋼色の髪を大きな手でかき上げながら、にやりとした。

「当時彼女はヘロイン依存症でしたから、彼女の証言があなたに対する評決に影響を与えたとは思えませんが、知っておいてもらいたいのは、あらゆるものがあなたの無罪を証明しているように思える点です」

ロッキーの目の焦点がぴたりとエリックに据えられた。「では、俺はレベッカ・ハンソンを殺してないんだな?」と、低い声で言う。

「僕はそう思っています」と、エリックが目をそらさずに答えた。

「彼女の言うことはどれぐらい確かなんだ?」ロッキーの顎の筋肉が引き締まった。

「間違いようがありません。あなたは殺人のあった晩、ドラッグでハイになっていたし、彼女はその夜、乳幼児突然死症候群で息子を亡くしていますから」

ロッキーはうなずくと、まっすぐ空を見上げた。

「彼女の息子の死亡届と日付は合致しています」と、エリックはきっぱりと言った。

「じゃあ、いままでさんざん言われてきたことは全部でたらめだったんだな」ロッキーはポケットからしわくちゃになったタバコのパックを取り出した。

「彼女はドラッグの依存症でした。当時の法廷は、彼女の証言を信じなかったはずです」と、エリックはさっきと同じことを繰り返した。

「結局はここに送られたわけだな。だが……知っていれば、まったく違う気持ちだっただろう……」

建物のあいだを吹き抜ける風が、日を浴びた駐車場から塵《ちり》や埃を舞い上がらせていた。運動場を横切って、男がひとり近づいてきて、何かぶつぶつとつぶやきながらふたりの横を通り過ぎた。不格好な刺青で覆われた顔は、薬のせいでむくんでいるように見えた。

「もう仮釈放の申請に同意してもいいんじゃないですか」

「そうかもしれない」

「外へ出たら、何をするつもりです？」と、エリックが尋ねる。

「きみはどう思う？」ロッキーはにやりとしながら、パックから半分吸い終えたタバコを抜き出した。

「わかりません」

「ひざまずいて、神に祈るつもりだよ」と、皮肉っぽくロッキーは言った。

「あなたはまもなく自由になる。だが、あなたにアリバイがあることで、もうひとつ別の問題が生じてくる。それをあなたと話し合わなければならない」

「きみが良い知らせを伝えるためだけに来たんじゃないことはわかっていたよ」

「僕がここに来たのは、警察がいまレベッカ・ハンソン殺害のケースとよく似た手口を用いるシリアル・キラーを追っているからです」

「もう一度、言ってくれないか？」

そよ風に吹かれてビニール袋が宙を舞い、まるで時間から解き放たれたかのように運動場を転がっていった。

六七

ロッキーは歯を噛みしめてフェンスに寄りかかった。そのせいで、砂利敷きの地面を照らしていた光が変化した。

「警察はシリアル・キラーを追っています」と、エリックは繰り返した。「殺人はどれもレベッカ・ハンソン殺害と酷似しているのです」

「俺はまだ自分が無実であるという事実をなんとか呑み込もうとしている」と、ロッキーは大声で言った。「俺はまだ自分が誰も殺していないことを理解しようとしている」

「わかります」

「俺は九年間も、ここにいるろくでなしの殺人者とともに生きてきた」と言って、自分の心臓を指さす。

「ロッキー?」と言いながら、警備員が近づいてきた。

「人は幸せになることを許されないのか?」

「どうしたんだ?」ふたりの前で足を止めて、警備員が尋ねた。「なかへ入るか?」

「おまえは俺が間違いで有罪になったことを知っているか?」

「じゃあ、俺たちはみんなこのカーシュウデンにいるだけで、百パーセント無実の人間に戻れるわけだな」そう言って、警備員は建物に戻っていった。

ロッキーは笑みを浮かべながらその姿を目で追い、タバコのパックをポケットに戻した。「なんで俺が警察に協力しなければならないのか教えてくれ」そう言うと、彼は両手でマッチを包んだ。

「罪のない人々が死のうとしている」

「それについては議論の余地があるな」

「真犯人は、あなたがここに来る原因をつくった人間です」と、エリックは言った。

「おわかりですか? ほかの誰でもない、その人物に責任があるのです」

ロッキーはタバコの煙を吸い込んで、ニコチンで汚れた大きな親指で口の隅をぬぐった。エリックは、やつれて目のくぼんだ相手の顔を見つめた。

「あなたは控訴裁判所に仮釈放の申請ができる立場になったのです」と、エリックはためらいがちに言った。「それに、もしかしたら教会ももう一度何らかの職を与えてくれるかもしれない」

ロッキーはしばらくタバコをふかしていたが、やがて吸いさしを別の患者のほうに指で弾いた。患者は礼を言って、タバコを地面から拾い上げた。

「警察のために、俺に何ができるかな?」と、彼は尋ねた。

「証人になれます」と、エリックが言う。「あなたは犯人を知っている可能性がある。あなたの言ったことからすると、犯人は同僚の可能性がある」

「どういう意味だね?」

「あなたはある牧師のことを話していた」エリックはロッキーにじっと目を据えた。

「あなたと同じヘロイン依存症かもしれない汚れた牧師のことを」

ロッキーは思いにふけっているようだった。遠くに刑務所のヴァンが並木道を走っているのが見える。

「よく覚えてないな」と、ゆっくりとした口調でロッキーが言った。

「あなたはその男を怖がっていた」

「俺が怖いのはヤクのディーラーだけだ。なかには完全に狂っているやつもいる。口を開けると金歯しか見えないやつがいた……そいつは俺が牧師であるのをおおいに気に入っていた。そのおかげで、俺はいやってほどくだらんことをしゃべらせられた。金だけでは十分じゃなかった。俺がひざまずいて、神の存在を否定するのを聞きたがった。従わないと、ヘロインやなんかを売ってくれなかった」

「その男の名前は?」

ロッキーは首を振って肩をすくめた。「忘れたよ」と、低い声で言う。

「〝牧師〟というのは、あなたがそのディーラーに付けた名前なのでは？」

「わからんね……だが、あの頃はよく誰かにつけまわされているような気がした。たぶん禁断症状なんだろうが……一度、祭服を取りに行ったときのことだが……朝だった。ステンドグラスから光が差し込んでいた。内陣の手すりにはそれこそ何千種類もの色が映えて、側廊には……」

　ロッキーの声がしだいに小さくなった。

「何があったんです？」

「何だって？」

「あなたは教会のことを話していました」

「そうだ。祭服は副祭壇の前に捨てられていた。誰かがそれに小便をかけていた。それがあたり一面に流れ出し、敷石の割れ目にしみ込んでいた」

「あなたには敵がいたようですね」

「夜、牧師館のまわりをこそこそ歩きまわっているやつがいるみたいな気がした。なかの明かりを消しても、姿は見えなかった。だが一度、寝室の窓の前の雪に大きなわだちが残っているのを見つけたことがある」

「あなたには敵がいて、その人物が……」

「どう思う？」と、いらだたしげに、ロッキーが問い返した。「俺はいやというほど愚か者を知っているが、そいつらのほぼ全員がドラッグを手に入れるためなら自分のきょうだいでも殺しかねない。俺はリトアニアのヴィリニュスからアンフェタミンをひと山密輸して、支払いを待っていたところだった」

「なるほど、でもこれはシリアル・キラーの話なんです」と、エリックは言い張った。

「動機は金やドラッグではない」

　ロッキーは薄緑の目をまっすぐエリックに向けた。「きみが言うように、俺は殺人者と会ったことがあるかもしれない。だが、どうすればそれが誰なのかわかるんだ？きみは何も話してくれない。細かいことを教えてくれ。もしかしたら、それが記憶を取り戻すきっかけになるかもしれない」

「僕は捜査にはかかわっていません」

「それでも、俺よりは知っているはずだ」

「僕が知っているのは、被害者のひとりの名前がスサンナ・ケルンであることくらいです。結婚前はスサンナ・エリクソンでした」

「その名前に聞き覚えはないな」と、ロッキーが答えた。

「彼女は刺されていました。胸と首と顔を」

「俺がレベッカにやったと言われたのと似てるな」

「それから、死体は片手が耳を覆うようにされていました」と、エリックが先を続けた。

「それ以外の被害者は？」

「わかりません」

「まあ、もっと詳しいことがわからなければ力にはなれないな」と、ロッキーが言った。「俺の記憶は、もう少し事情をつかめないと働いてくれない」

「それはわかりますが、でも……」

「ほかの被害者の名前は？」

「僕には捜査情報を手に入れることができないんです」と、エリックはきっぱり言った。

「じゃあ、きみはここに何をしに来たんだ？」うなるようにそう言うと、ロッキーは草むらを横切って歩き出した。

六八

午後五時、エリックはコーヒーのカップを片手に心理臨床科の廊下を歩いていた。吹き抜け階段の波形ガラスに寄りかかるように、長身の人影がひっそりと立っていた。鍵を取り出して、自分のオフィスの前で足を止めたエリックは、それが元患者のネストルであるのに気づいた。

「僕を待っているのかい？」そばに近づいて、エリックが訊いた。

「送ってくださって感謝してます」

「その礼はすんでるよ」

　胸のあたりをさまよっていた細い手の動きが止まった。「ぼ、ぼくは、また犬を飼おうと思ってることを、は、はなしたかっただけで」と、低い声でネストルは言った。

「それはいいね。でも、わかってるだろうけど、僕に話す必要はないんだよ」

「わかってます」ネストルの顔がわずかに赤らんだ。「だけど、どっちみち来る用があったから。母の墓を、か、かくにんしに。だから……」

「何かあったのかね？」

「も、もっと深く、う、うめられないか、と。どう思います？」

　そのときネリーが廊下に姿を見せたので、ネストルは口を閉じて一歩あとずさった。ネリーはエリックに手を振ったが、話をしているのに気づくと、自分のオフィスの前に行き、バッグの鍵を探った。

「希望するなら、ここに来て話をする時間を決めることもできるよ」と、ドアのほうをチラリと見ながら、エリックが言った。

「そ、その必要はありません……」と、ネストルが言う。「い、いぬのことは僕には大きな一歩だから……」

「きみはよくなったんだ。何でも好きなことができるよ」

「あなたのところへ来たときの、じ、じぶんがどんな状態だったかわかってます……あなたのためならどんなことでもしますよ、エリック」

「ありがとう」

「ご、ごようがおありなんですよね」と、ネストルは言った。

「そうなんだ」

「僕が歩いて、歩いていたら、突然それがぼくのところへ来た」唐突にネストルが真剣な口調になった。「ぼくはかがみ込んだ。そうしたら……」

「いまは、なぞなぞは勘弁してくれ」と、エリックがさえぎる。

「そうですね、ごめんなさい」と言って、長身の男は去っていった。

エリックは時計を確かめた。あと何分かでマルゴットとの約束の時間になるが、その前にネリーと短い会話を交わす余裕はありそうだ。彼女のオフィスに行き、開けっぱなしのドアをノックする。

ネリーはすでに読書用メガネをかけて、コンピューターを置いたデスクの前に座っていた。首にリボンのついた水玉模様のブラウスに、濃い赤のタイトスカートをはいている。

「ネストルの話は何だったの？」と、ネリーは画面から顔も上げずに尋ねた。

「犬を飼うことにしたんで、そのことを言いにきたんだ」

「そろそろ縁を切るべきかもしれないわね」

「彼はやさしい男だよ」と、エリックが言った。

「私にはそう言いきれないわね」

エリックはにやりとすると、窓のそばへ行き、ネリーのグループ・セラピー再編成の提案は順調に進んでいることを話した。

「ありがとう。それはとてもうれしいわ」と言って、ネリーはメガネを外した。

「このあとマルゴットと話し合うことになってるんだが、その前に……」

ネリーは微笑んだ。「私も参加できればいいんだけど」

「ネリー、僕はただ、前にきみが言ったことは正しかったと伝えたかった。一度嘘をつくと、ずっと問題につきまとわれることになる」

「その話はあとにしない？」と、ネリーが言った。

「できるだけ早くロッキーをカーシュウデンから出すために、やれることは全部やるつもりであるのを知っておいてほしい」

「いい、エリック、私はあなたのことを報告するつもりはない。マーティンと話し合ったわ。彼があなたを気に入っていることは知ってるでしょう。それでも彼は、警察と厚生局へ報告すべきだと言ったわ」

「すまなかった」そう言うと、エリックはドアへ向かった。

「エリック、私は何が正しくて、何が正しくないのかわからなくなった」と、ネリーが言った。

ネリーのオフィスを出ると、マルゴットとその同僚が彼の部屋の前で待っているのが目に入った。ふたりはエリックの案内で、廊下側がガラス壁になっている会議室に入った。真新しい椅子からプラスチックのにおいがした。エリックは空気を入れるために窓を開け、ふたりに座るよう促した。マルゴットはウォータークーラーからマグに水を注ぎ、一気に飲み干すと、もう一杯注いだ。

「さてと、オリヴィア・トーレビーが考えを変えたことはあなたがたもすでにご存じだ」と、エリックは切り出した。

「ロッキーは九年前のアリバイを思い出したけど、私たちの役に立つことは何ひとつ思い出していないわ」そう言って、マルゴットはいかにも重そうに腰を椅子に下ろした。

「あなたは僕に共犯者のことを訊くように求めたが、わかったのはまったく別の話だった。ロッキーの有罪は誤りで……」

「記憶喪失を装っていただけだとしたら？」と、マルゴットが訊き返す。

「それは違う、ただ……」

「彼は無関係じゃない。何らかのかたちで今度のことにかかわっている」

「話を続けさせてもらえば」エリックは片手をテーブルの表面にすべらせた。「真犯人は捕まっておらず、突然、殺人を再開した。会話のときも催眠のときも、ロッキーは何度も繰り返し牧師のことを口にしており……」

「僧侶？」と、アダムが訊き返す。

「牧師です。アリバイという観点で言えば、真剣に考慮すべき対象だと思う」

「だけど、あなたは名前も場所も訊き出さなかった」

「混沌のなかで道を見つけるのは時間がかかるものです。でも彼は催眠状態で、牧師が女性の腕を切り落として殺した場面を語っています。その記憶がどれほど真実にもとづいたものなのかは確信がないが」

「それでもあなたは、その話になにがしかの真実が含まれていると信じてるんですね？」アダムが身を乗り出した。

「彼は何度か牧師の話を出してますから。催眠状態ではないときも」

「だけど、殺人については何も言わなかった？」

「ロッキーは、できるものなら警察に協力する意思はあると言っている……少なくとも、さっきはそう言っていた。僕は彼が記憶を取り戻す助けをするつもりだが、捜査のことは何も知らされていない」

「すべて極秘扱いになっていますから」と、マルゴットが説明した。

「もし彼の協力が必要なら」と、エリックが言う。「彼に直接会いに行って、名前や場所その他、彼が記憶を取り戻すきっかけになる詳細を教えなければなりません」

「あなたに、継続して彼と話してもらうのが一番かもしれないわね」と、マルゴットは言った。

「そうすることは可能だが、でも……」

「事をスムーズに進めるためには何が必要かしら？」と、マルゴット。

「あなたの決断です」

「いまのところはメディアを寄せつけないようにしているけど、うちの広報担当官はそう長くはもたないだろうと言っています」と、アダムが答えた。

「要するに……事実が公表されたとき、シリアル・キラーがどんな反応をするかわからないの」と、マルゴットが言った。「ただ身を隠すだけなのか、あるいは……」

「だから急いで動かなければなりません」と、アダム。

「犠牲者の写真を何枚か持っていって、ロッキーに見せるのはかまいません」と、マルゴットが言う。「犯人のプロファイルもできています。その手口と特徴をあなたに教えることはできます」

「そのなかに、偽の情報もまぎれ込ませるつもりですね？」

「もちろんです」

「僕にはどれがそうなのか教えてくださいね」

マルゴットは深く息を吸い込むと、殺人者の手口と被害者の選び方を語り始めた。

「これまでのところ、自宅にひとりでいる女性ばかりでした。まず、犯人は窓から撮影を行う。それから襲撃の計画を立てる。その後、誰を殺すかを決めたら……」

「われわれにビデオを送ってきます」と、アダムが重苦しい声で言った。「犯人は現場で見つけたものを凶器にし、必ずそれを残していきます」

アダムは身を起こして、ブリーフケースから写真を三枚抜き出すと、裏返しにしてテーブルに並べた。

「これをロッキーに見せたら、すみやかに処分してもらう必要があります」

エリックは写真の裏面に目を向けた。そこには被害者の名前が書かれていた――マリア・カールソン、スサンナ・ケルン、サンドラ・ルンドグレン。

「サンドラ・ルンドグレン？」エリックははっと息を呑んで、写真を表にした。

「どうしたんです？」と、マルゴットが問いかける。

「彼女はわれわれの患者だ……まさか死ぬとは」

「あなたは彼女をご存じなんですね？」

六九

大判のカラー写真を見つめているうちに、エリックの喉はからからになった。最近の写真で、サンドラが努めて幸せそうな顔をしているのが見てとれた。光がメガネに反射していたが、彼女の緑色の瞳はちゃんと写っていた。濃いめのブロンドの髪はエリックの記憶より少し長く伸びて、両肩にかかっている。

「まさか」と、エリックは繰り返した。「彼女は自動車事故を起こしたんです。その事故でボーイフレンドが死に、その後……治療は始めるのが少し遅すぎました。彼女は生存者の罪悪感で重い鬱状態になり、たびたびパニック発作を起こして……」

「彼女はあなたの患者なのですか？」と、マルゴットがゆっくりと言った。

「最初は。でも、同僚のひとりが引き継ぎました」

「なぜです？」

エリックはサンドラ・ルンドグレンの均整のとれた顔からなんとか視線をそらし、もう一度マルゴットに顔を向けた。

「よくあることです」と、彼は弁解した。「治療の段階によって、別の医師が患者を担当することは」

次の写真をめくってマリア・カールソンの顔を見ると、エリックの心拍数がはね上がった。彼女のこともよく知っている。マリアとは、ジャッキーに出会う前に短期間、関係を持ったことがあった。彼女は同じジムに通っていた。バスの停留所まで一緒に歩き、映画を観に行き、一度だけ寝たこともある。彼女の舌のピアスとハスキーな笑い声をとても魅力的に感じたことを覚えている。

　急に喉に何かが詰まったような気がして、息をするのがつらくなった。早めに〈モガドン〉を飲んでおかなかったら、心の動揺を隠せなかっただろう。

「ぼ、ぼくはこの人もジムで見たことがある……なんだか、気味が悪くなってきたよ」と言って、エリックはマルゴットに笑いかけようとした。

「どこのジムに通っているんです？」と、アダムが手帳を取り出して尋ねた。

「SATSだ、メステル・サムエルス通りの」エリックは唾をごくりと飲み込んでそう言ったが、喉に詰まったかたまりはますます大きくなった。

　アダムがぽかんとして、エリックの顔を見つめた。「あなたはそこで彼女を見たんですね？」と言って、マリア・カールソンの写真を指さす。

「僕は顔を覚えるのが得意でね」と、うつろな声でエリックが答える。

「ずいぶん小さな世界ね」と、マルゴットはエリックから目を離さずに言った。

「スサンナ・ケルンとも会ったことがあるのでは？」と言って、アダムは最後の写真を差した。

「ないな」エリックは引きつったような笑い声をあげた。

だが、アダムが写真をめくると、場所は思い出せないが、どこかで見た顔であるのは間違いなかった。スサンナ・ケルンという名前にはぴんと来ないが、顔には見覚えがある。

エリックは首を振って、この成り行きの意味を理解しようとした。

殺人のあったあと、彼は被害者の夫から話を引き出すように依頼された。その夫に催眠をかけて、頭のなかで血の飛び散った自宅へ連れて行った。だが、被害者の写真は見たことがなかった。

「間違いないですか?」アダムはにこやかに微笑む女性の写真をかざした。

「ええ」と、エリックは答えた。

彼はアダムから写真を受け取って、スサンナの笑顔を眺めた。頭のなかがぐるぐる回り始め、いまいる部屋が縮んでいくような気がした。

自分がパニック発作の一歩手前にいるのを意識した。口が乾き、膝に押しつけないと両手の震えが止まらなかった。

「プロファイルを……犯人のプロファイルを教えてほしい」エリックはそう言ったが、声が他人のもののような気がした。

ふたりの刑事が犯人には離婚歴があり、社会的にも経済的にもかなり高い身分の人物であると説明するあいだ、エリックはじっとしているのがつらかった。

二人の話に集中しようとしても、思いは千々に乱れた。こんなことがあるのだろうか？　マリア・カールソンとは短期間ながら性的関係にあり、サンドラ・ルンドグレンは自分の患者で、スサンナ・ケルンにも会ったことがある。

三枚の写真の三人の女性と面識があるのだ。

まるで繰り返し悪夢を見ているようだった。こんなとんでもない状況に置かれて、いったい何をどう考えろというのだ？　エリックは何も思いつかなかった。テーブルの反対側で、マルゴットが携帯電話を取り出した。アダムは、誰かが残していったコーヒーカップの置いてある窓辺へ移動した。

不意にエリックは、いまの状況とロッキーがかかわったことにいくつかの共通点があるのに気づいた。

ロッキーは、汚れた牧師がティナとレベッカの写真を自分に見せたときのことを語っていた。

ロッキーは、苦しげに聖書の言葉、「もし片方の目があなたをつまずかせるなら、えぐり出しなさい」を大声で唱えながら、自分を責めた。

またしても、思いもよらないことが起きて、エリックは打ちのめされる思いだった。

自分は三人の被害者全員に会ったことがあるのだ。

　そしていま、エリックはふたたび警察に嘘をついた。三人の女性と面識があるなどとはとても言えなかった。

　声と身体のコントロールがきくようになったのを感じると、エリックは立ち上がり、「患者の予約が入っているので」と言った。

「今度はいつロッキーと話すつもりですか?」と、マルゴットが尋ねた。

「たぶん、明日には」

「写真を持っていくのを忘れないで」そう念押しして、アダムは写真を渡した。

　アダムから写真を受け取った瞬間、エリックの身体がわずかにふらついた。自分はロッキーの投影なのだ、と思い当たったからだ。その思いが嵐を呼ぶ風のようにぶつかってきた。急に自分が有罪を宣告された人間になった気がした。一瞬、カーシュウデン病院の運動場の高さ六メーターのフェンスから外を覗いている自分の姿が脳裏に浮かんだ。


（上巻終わり）

◉訳者紹介
染田屋茂（そめたや・しげる）
編集者・翻訳者。主な訳書に『真夜中のデッド・リミット』『極大射程』（ともに扶桑社）、『「移動」の未来』（日経BP）など。

下倉亮一（したくら・りょういち）
スウェーデン語翻訳者。共訳書に『スティーグ・ラーソン最後の事件』（ハーパーコリンズ・ジャパン）がある。

つけ狙う者（上）

発行日　2021年1月10日　初版第1刷発行

著　者　ラーシュ・ケプレル
訳　者　染田屋 茂／下倉亮一

発行者　久保田榮一
発行所　株式会社 扶桑社
〒105-8070
東京都港区芝浦1-1-1　浜松町ビルディング
電話　03-6368-8870（編集）
03-6368-8891（郵便室）
www.fusosha.co.jp

DTP制作　アーティザンカンパニー 株式会社
印刷・製本　図書印刷株式会社

ISBN 978-4-594-08690-9 C0197